Thekla Chabbi
Ein Geständnis

Thekla Chabbi

# Ein Geständnis

Roman

PIPER

*Mehr über unsere Autoren und Bücher:*
*www.piper.de/literatur*

Zitiert wurde aus:
S. 16: Carmen Fernández Díaz, La »escritura« surrealista de Frida Kahlo, in: Estudios Románicos, Band 16–17, 2007–2008, S. 420
S. 47: Johann Wolfgang Goethe, Egmont. 3. Aufzug, 2. Szene, Klärchens Lied. Leipzig 1788
S. 58: Drucksache 16/2712 vom 25.9.2006, Entwurf eines Jahressteuergesetzes 2007
S. 71 oben: Bertolt Brecht, Journal, Eintrag vom 7.4.1941 über Margarete Steffin
S. 71 Mitte: Margarete Steffin in einem Brief an Knut Rasmussen vom 5.6.1940
S. 92 Stephan Sulke, Lotte in: Stephan Sulke, 1976
S. 108 Johann Sebastian Bach, Kantate Mein Herze schwimmt im Blut, 1714, Text aus Georg Christian Lehn, Gottgefällige Kirchen-Opfer
S. 121: William Shakespeare, Macbeth, 1. Akt, 1. Szene, 1606
S. 131: Pinkfloyd, Single Point' Meat the Sky 1968
S. 195/196 Göttliche Komödie, übersetzt von Otto Gildemeister, Amalthea Verlag, Wien 1921
S. 261: Göttliche Komödie , übersetzt von Otto Gildemeister, Amalthea Verlag, Wien 1921

MIX
Papier aus verantwortungsvollen Quellen
FSC
www.fsc.org
FSC® C014496

ISBN 978-3-492-05723-3

Satz:psb, Berlin
Gesetzt aus der Aldus
Druck und Bindung: GGP Media GmbH, Pößneck
Printed in the EU

Für Leonid und Amelie

»Wer dich verlässt, denkt nicht an dich, sondern an sich.«

»Die Grenze des Verstehens ist schwer zu ertragen. Kein Mensch kann sich von der Verlassenheit eines anderen Menschen eine Vorstellung machen.«

»Offenbar.«

»Bis nächsten Mittwoch, Amelie.«

»Danke, Herr Blum. Machen Sie es gut.«

Amelie bleibt sitzen, als Herr Blum mit seinem Mantel überm Arm und dem Hut in der Hand schon an der breiten grauen Stahltür steht. Die Tür öffnet sich beinahe im selben Moment, in dem der hagere, dunkelblau uniformierte Wärter seinen Schlüsselbund zückt, einen Schlüssel mit dumpfem Scheppern ins Schloss drückt und ihn harsch herumdreht. Die vergangenen fünfundvierzig Minuten hatte er geräuschlos in der Ecke des matt erleuchteten Raumes mit den beiden Klappstühlen vor einem mit Eichenoptik-Folie beklebten Tisch abgesessen. Herr Blum geht, ohne sich umzuschauen. Der Uniformierte wirft Amelie einen leeren Blick zu, der ihr verständlich macht, sie solle aufstehen und mit ihm zusammen den Raum verlassen.

Um vier ist sie wieder in der Zelle. Abendessen und Frühstück stehen schon da. Sie zieht sich Sporthose, Turnschuhe und eine leichte Jacke an und bindet ihr braunes Haar mit einem Gummi zu einem Pferdeschwanz. Hinunter in den Innenhof. Sie rennt eine Stunde im größtmöglichen Radius an den Mauern entlang. Erst langsam, bis sich die Fußgelenke nicht mehr wehren, dann schneller und schneller, in die Stille und Schwerelosigkeit hinein. Als die Glocke schrillt, steht sie inmitten des Gewühls. Die Häftlinge strömen in den Trakt. Gedränge am Eingang und auf der Treppe.

Zurück in der Zelle. Sie zieht sich aus, verteilt ihre durchtränkte Kleidung auf Stuhl, Bettgestell und Heizkörper. In der Nasszelle hält sie den Waschlappen unter das Wasser, reibt ihn mit Seife ein und wäscht sich eilig, trocknet sich ab, zieht Hose und Hemd an. Kaum ist sie fertig, ein Schlag gegen die Tür. Im selben Moment brüllt jemand: »Lebendkontrolle!« Dann fliegt die Tür auf, kurz darauf wieder zu. Sie lässt den Putzeimer mit warmem Wasser halb volllaufen, greift Wischmopp und Besen und geht hinaus, über den Flur bis zum Freizeitraum, der ihr zur Reinigung zugeteilt ist. Wie ihr Schatten folgt der Wärter in schweren Stiefeln und Uniform einen Schritt hinter ihr. Im Türrahmen bleibt er stehen. Sie kehrt den Staub von den Ecken aus in die Mitte, dann alles zur Türschwelle. Sie taucht den Mopp ins Wasser, wischt den Fußboden, wieder von den Seiten auf die Mitte zu. Zweimal. Sie umschließt den Kehricht und lässt den Mopp in den Eimer gleiten. Zurück in der Zelle leert sie das Putzwasser in die Toilette, sie spült den Lappen aus und hängt ihn über den Eimerrand.

Sie stellt sich auf den Stuhl, schaut durch das vergitterte Fenster. Krächzende Raben ziehen über dem Gefängnishof ihre Kreise. Zu ihrer Linken gibt die Zelle den Blick über die Gefängnismauer hinweg auf einen stattlichen Baum frei. Die letzten Sonnenstrahlen des Tages lassen seine roten und goldenen Blätter leuchten. Einige haben sich gelöst und gleiten zu Boden. Heute ist mehr schwarzes Geäst sichtbar als gestern noch. Inzwischen beherrscht Rot das Gold des Laubes. Als hätte sie kaum einen Wimpernschlag getan, sieht sie den Baum in frischem gelbgrünen Kleid vor sich. Das saftige Grün hat er abgelegt, nachdem er sich ihr zartgrün beblättert gezeigt hatte. Sie hatte gesehen, wie er spross und sich mit feinen Ästen, die in Frühjahrsstürmen wogten, immer mehr Raum unter dem Himmel verschaffte. Denselben Baum hatte sie schwarz und starr erlebt in tobendem Regen und krustigem Eis, sich totstellend, von einer wärmenden Schneedecke nackt zurückgelassen. Die Sonne schwindet und überlässt den Blick einem diffusen Dämmerlicht.

Plötzlich ein erneuter Schlag gegen die Tür. Amelie schreckt auf. »Lebendkontrolle!« Danach lautes Scheppern im Schloss, Riegelkrachen. Sieben Uhr. Nachtruhe. Sie geht die zwei Schritte zum Tisch, nimmt den Wasserkocher, dreht sich herum, wieder zwei Schritte, dann füllt sie ihn am Waschbecken. Sie stellt den Stuhl vor den Tisch, setzt sich und hebt den Deckel des Abendbrot-Tellers an. Sie bestreicht die dünne Scheibe Graubrot mit Butter, während das Wasser zu rauschen beginnt, legt eine Scheibe Käse und etwas Gurke darauf. Sie unterbricht das Grollen des dampfenden Wassers und gießt einen weißen Kunststoffbecher voll. Dann hängt sie einen Teebeutel hinein, sieht das Wasser nach und nach die Farbe der grünen Schlieren aufnehmen. Minzgeruch steigt ihr in die Nase. Nach dem Essen stellt sie beide Tabletts in das Regal über dem Tisch. Abermals bringt sie Wasser zum Kochen und gießt eine zweite Tasse Tee auf.

Sehr geehrter Herr Kugler,
hiermit kündige ich fristgerecht zum Ende des Quartals meine Anstellung in Ihrem Hause.
Mit freundlichen Grüßen
Amelie Frank

Sie musste den Brief nur noch in ein Kuvert stecken und eine Briefmarke darauf kleben. Sie las die Zeilen. In sechs Wochen würde die Zukunft beginnen. Der Gang zum Briefkasten wäre ihr Weg in ein neues Leben. Abermals las sie die Zeilen vor sich. Sie musste das Kuvert nur noch zukleben und in den Briefkasten werfen. Was war das schon? Aber ihr zitterten Hände und Knie. Vor dem Fenster bot sich ein trüber Anblick – grauer Februarhimmel, im Sturm wogende Äste und von Zeit zu Zeit kurze heftige Regengüsse. Trotzdem nahm sie das Fahrrad und fuhr etwas wackelig gegen die Böen an. Vielleicht würde sie in ein paar Monaten als Kellnerin arbeiten oder ihre Wohnung verkaufen müssen, ging es ihr durch den gegen Sturm und Regen gesenkten Kopf. Vielleicht würde sie alles bereuen und sich für diese Fahrt verfluchen. Sie durchquerte einen kleinen Park und schlingerte in den aufbrausenden Windböen über den Schotterweg, als sie plötzlich jemanden hinter sich brüllen hörte.

»Bist du besoffen? Fahr geradeaus, Schabracke!«

Erschrocken riss sie den Lenker nach rechts. Aber der erregte Radfahrer hatte bereits auf derselben Seite zum Überholen angesetzt. Sie stießen zusammen und stürzten mit ihren Rädern auf die nasse Wiese. Der Mann sprang laut fluchend sofort wieder auf. Amelie entschuldigte sich, noch im Gras liegend. Der Radfahrer wollte davon nichts hören.

»Pass gefälligst auf und sauf nicht so viel am helllichten Tag. Das kommt dich teuer zu stehen, wenn mein Rad kaputt ist!«

Er fuhr ein flottes Rennrad und war offenbar im Training. Das verrieten seine Radlermontur, der Helm und das Tempo, mit dem er in ihr Vorderrad gerast war. Er überprüfte, ob sein Fahrrad Schaden genommen habe, drückte die Bremsgriffe und rüttelte an der Gangschaltung, dann stellte er es auf Sattel und Lenker, um ein paarmal an Reifen und Pedalen zu drehen. Mit einem Schwung drehte er das Rad wieder herum und jagte wortlos davon. Amelie setzte sich auf. Ihre Kleidung triefte, der Inhalt ihrer Handtasche lag verstreut neben ihr, der Vorderreifen ihres Fahrrads hatte die Form einer Acht. Als sie versuchte aufzustehen, fuhr ihr ein scharfer Schmerz ins rechte Knie, und sie sah, dass ihre Hose nicht nur vom Regen, sondern auch von Blut durchnässt war. Auf den Ellenbogen und dem linken Knie – das rechte Bein ließ sich nicht beugen – robbte sie zu ihrer Tasche und sammelte die Sachen zusammen.

»*Be careful with that axe, Eugene!*«, hörte Amelie jemanden laut rufen.

Eine Frau in dunkler Regenkleidung kam auf sie zu.

»Ist Ihnen etwas passiert?«, fragte sie und half Amelie beim Aufsammeln. »Was für ein blöder Kerl! Kann ich Ihnen helfen?«

»Danke, es geht schon«, antwortete Amelie knapp.

»Da war bestimmt der Mars im Spiel, das war eine eindeutige Mars-Situation«, sagte die Frau.

»Was für eine Situation?«

»Man müsste es sich genauer anschauen. Unfälle sind oft eine Warnung. Der Mars-Einfluss. Machete, Mauser, Massaker, martialisch, Messer, Metzelei. Marsch-Marsch, Mephisto, Mine, Mörder, Munition, Metall. Attentat, Auslöschung, Axt. Anschlag, Attacke, Arglist, Acheron, Amok, Angst, Aggression. Ares, Asche!«

Amelie starrte die Frau an.

»Wissen Sie, ich bin Astrologin, und wenn ich so etwas sehe, interessiert mich immer, was dahintersteckt.«

»Aha«, erwiderte Amelie befremdet, während die Frau ihr das Rad aufstellte. »Danke für Ihre Hilfe.«

Als sie dann ihr aufhelfen wollte, lehnte Amelie ab. Sie beachtete die Frau nicht mehr und mühte sich wieder auf die Beine. Mit dem linken Fuß schob sie den Fahrradständer hoch, humpelte zwei Schritte vorwärts. Beinahe wäre sie erneut gestürzt, als der zerstörte Reifen blockierte. Das Rad ließ sich nicht schieben. Also schloss sie es an einem Baum fest und winkte an der nahen Straße ein Taxi herbei.

Zu Hause leerte sie ihre Tasche aus und verteilte den Inhalt zum Trocknen auf der Heizung. Der Umschlag ihres Kündigungsschreibens war verdreckt, die Adresse verlaufen. Unter Schmerzen zog sie sich aus und ließ die Badewanne mit warmem Wasser volllaufen. Sie stieg vorsichtig hinein, streckte Arme und Beine von sich. Eine Wunde am Schienbein färbte das Wasser rosa. Sie schloss die Augen. Was für ein Tag: Alles zunichte wegen eines fanatischen Rennfahrers – und dann noch diese seltsame Frau; sie war wohl verrückt gewesen.

Am nächsten Morgen um sieben klingelte der Wecker. Amelie stieg aus dem Bett, ging in die Küche und setzte Wasser auf. Unter der Dusche ließ sie sich mit geschlossenen Augen das Wasser über den Körper laufen. Dieses Mal war sie schnell wach, denn der Strahl brannte auf der Wunde. Sie desinfizierte sie und verband ihr Schienbein und Knie. Mit umgeschlungenem Handtuch setzte sie sich an den Küchentisch, trank Tee und frühstückte. Anschließend stand sie ratlos vor ihrem Kleiderschrank, bis im Radio die Zeit durchgesagt wurde. Eilig zog sie eine Hose, eine Bluse und einen Blazer heraus, schlüpfte hinein und verließ das Haus. Sie ging zum Auto und fuhr los. An der ersten Ampel legte sie den Gang ein, hielt die Kupplung gedrückt. Sie holte Wimperntusche hervor und färbte die untere Wimpernreihe des rechten Auges. Da schaltete die Ampel auf Grün. An der nächsten Ampel schminkte sie die untere Wimpernreihe des linken Auges und begann mit der oberen des rechten, bevor sie wieder anfahren musste. Bis sie ankam, war sie fertig, hatte Lippenstift aufgetragen und mit einem Wattestäbchen die ungewollten Sprenkel der Wimperntusche entfernt. Sie nahm den Aufzug.

»Guten Morgen, Frau Frank«, wurde sie von der Sekretärin begrüßt.

»Guten Morgen, Frau Kamp«, antwortete Amelie, »wie geht es Ihnen? Hatten Sie ein schönes Wochenende?«

»Ja, sehr schön. Meine Tochter war mit den Kleinen zu Besuch. Möchten Sie einen Kaffee? Ich mache Ihnen gerne einen.«

Sie tranken ihren Kaffee, und Amelie erzählte Frau Kamp von ihrem Fahrradunfall. Sie erwähnte auch die merkwürdige Frau, die ihr nach dem Sturz geholfen hatte.

»Meine Tochter hat sich auch mal mit Astrologie beschäftigt«, erwiderte Frau Kamp, »aber ich halte nicht viel davon. Manchmal fragte sie nach Dingen, die unsere Familie betrafen. Das waren gespenstische Fragen. Gott sei Dank hat sie es wieder sein gelassen, als die Kinder zur Welt kamen.«

Kugler betrat die Kanzlei und ging zügigen Schrittes in sein Büro. Im Vorbeigehen war ein ›Guten Morgen‹ zu erahnen, dann wurde aus seinem Büro ein leises Quietschen hörbar. Amelie begab sich ebenfalls an ihren Schreibtisch. Der Anblick der Akten rief ihr die missglückte Kündigung ins Gedächtnis zurück. Sie hätte sie ausdrucken und Kugler persönlich überreichen sollen, dachte sie kurz. Aber der Postweg war ihr lieber, weil es für sie nichts weiter zu sagen gab. Bis Ende der Woche musste sie das erledigt haben, sagte sie sich und schaltete den Computer an.

Als sie spät abends nach Hause kam, öffnete sie eine Flasche Rotwein, schenkte sich ein Glas ein und setzte sich an den Küchentisch. Durch das Fenster schaute sie in eine klare Nacht. Sie ging auf den Balkon und blickte zu den Sternen hinauf. Da fiel ihr wieder die verrückte Frau aus dem Park ein. Vielleicht könnte sie auch einmal etwas Verrücktes tun, etwas, dessen Sinn ihr bisher verborgen war, wenn es überhaupt einen hatte, etwas wie Astrologie; vielleicht würde sie dadurch Erklärungen für den Schwebezustand finden, in den sie vor einer ganzen Weile geraten war. Ihr Verstand tat ja offensichtlich nur noch willkürlich seinen Dienst. Kurz entschlossen ging sie in den Flur, öffnete die Schublade der kleinen Kommode und nahm ihren Laptop heraus. Am Esszimmertisch klappte sie ihn auf und gab in den Gelben Seiten »Astrologie« ein. Dann setzte sie den Entfernungsradius der Suche auf die maximal möglichen fünfzig Kilometer und begann die am weitesten entfernten Orte zu durchstöbern. Eine »Schule für Astrologie« fand sie dort und notierte Telefonnummer und Adresse.

Als sie den Zettel in ihren Geldbeutel steckte, spürte sie auf einmal, dass ihr die gerade getroffene Entscheidung Kraft gab. Sie ging zum Regal, holte die CD mit der Musik des Films *Frida* hervor und legte sie auf. Dann streckte sie sich mit ihrem Glas in der Hand auf dem Sofa aus.

Im Juni vergangenen Jahres war sie mit Luna für vier Tage nach London gereist, zum Tanzen, Einkaufen und Schlemmen, und um es sich einfach gut gehen zu lassen. Zufällig waren sie dort in der Michael Hoppen Gallery auf die Ausstellung einer japanischen Fotografin gestoßen, die in Frida Kahlos Geburtshaus in Mexiko deren Gebrauchsgegenstände abgelichtet hatte. Luna, die vor einigen Jahren selbst einmal dort gewesen war, verehrte Frida Kahlo seither. Amelie kannte sie nicht. In der Ausstellung erfuhr sie, dass die mexikanische Malerin als Schülerin einen schweren Busunfall erlitten hatte und dabei fast zerteilt worden war. Fortan führte sie ein Leben unter unerträglichen Schmerzen. Zunächst vollends ans Bett gefesselt, begann sie mit der Malerei. Sie malte und unterrichtete unermüdlich, bis sie mit nur siebenundvierzig Jahren starb. Amelie und Luna bewunderten Kahlos Katzenaugen-Sonnenbrille mit gelbem Gestell, Nagellackfläschchen, Kleidungsstücke und Schuhe – Gegenstände aus einer versunkenen Zeit in grellen Farben und schön anzuschauen. Trotzdem bedrückte der Anblick, weil mehr sichtbar wurde, als zu sehen war: Zwei unterschiedlich verformte Stiefel mit unterschiedlich abgenutzten Absätzen, die nur noch durch ihre grellrosa Farbe als Paar zu erkennen waren, verrieten, wie beschwerlich das Gehen gewesen sein musste; oder ein roter, um ein Gipskorsett geschwungener Rock oder eine Beinprothese in einem feuerroten Lederstiefel mit Stickereien und einem Glöckchen am Schnürriemen ließen in all den Accessoires Steinchen eines Schicksalsmosaiks erahnen. Doch ungeachtet ihres Leidens und ihrer Drogensucht lebte Frida Kahlo voll kräftiger Leidenschaft. Seichtigkeit hatte bei ihr keinen Platz gehabt. Sie gab sich hin dem Leid, der Freude, Liebe, Wut, Gewalt, Schmerz, Genuss und notierte einmal: *Ich habe niemals meine Träume gemalt. Ich habe meine eigene Wirklichkeit gemalt.*

Die raue Stimme der unvergleichlichen Chavela Vargas hob an, Stimme einer verletzten Seele, und erfüllte den Raum mit mexikanischen Rhythmen und Melodien, mit Freudenklängen, Sehnsuchtsfeuer, Mollschmerz. Seit dem Besuch der Ausstellung wollte Amelie den Film über diese faszinierende Frau anschauen, jedoch hatte sie in all den Monaten nie die Zeit dafür gefunden.

Gleich am nächsten Vormittag rief sie vom Büro aus in der Astrologieschule an. Es meldete sich eine freundliche weibliche Stimme.

»Guten Tag«, sagte Amelie, »ich bin an einem Astrologiekurs für Anfänger interessiert.«

»Dann kommen Sie am besten gleich heute Abend vorbei, denn der Kurs fängt gerade heute an! Er findet immer am Dienstag- und Donnerstagabend statt. Sie benötigen keinerlei Vorkenntnisse«, hörte Amelie die Dame sagen.

»Das geht jetzt ziemlich schnell. Wann wäre denn der nächste Kurs?«, fragte Amelie.

»Erst in sieben Monaten. Wenn Sie am Anfang kaum etwas verstehen, machen Sie sich nichts draus, sondern fragen Sie immer wieder nach. Nach ein paar Wochen wird sich alles gesetzt haben, und Ihr Blick wird klarer.«

Für einen Moment zögerte Amelie.

»Na gut, dann komme ich heute«, sagte sie schließlich.

Die Frau erklärte ihr noch den Weg, dann legten sie auf. Seufzend und fassungslos über sich selbst, ließ sich Amelie in ihren Stuhl zurücksinken und atmete durch. Dann machte sie sich wieder an die Arbeit. Gerade hatte sie eine Akte aufgeschlagen, als das Telefon klingelte.

»Das hatte ich noch vergessen«, erklang Kuglers Stimme. »Die Sache Pascal Matt wird jetzt heiß. Wenn wir das nicht hinbekommen, ist der Mann ruiniert. Und unser Ruf auch. Hier geht es um unseren Scharfsinn, Frau Frank. Vor allem um Ihren. Die Akte liegt auf meinem Schreibtisch.«

»Ich bin unterwegs.«

Amelie stand auf, ging über den Flur zu Kuglers Büro, klopfte kurz und trat ein. Mit ausgestreckter Hand hielt er ihr schon die Mappe entgegen, sein Blick starr aus dem Fenster gerichtet, während er ein Glas Cola in sich hineinschüttete. Amelie übernahm, schloss hinter sich die Tür und begann, zurück in ihrem Büro, mit der Lektüre der Notizen, Briefe, Protokolle. Pascal Matt war ein Anlageberater aus Zürich, der in Zusammenarbeit mit deutschen Banken Großanlegern dazu verholfen hatte, mehr Steuern erstattet zu bekommen, als der deutsche Staat von ihnen kassiert hatte. Den Gesprächsprotokollen zwischen ihm und Kugler entnahm sie, dass Matt gesagt hatte:

»Wenn es keinen Anspruch auf einen Geldbetrag gibt, gibt es auch keinen Schaden. Das ist geltendes Recht.«

Und Kugler hatte erwidert:

»Ich haue Sie da raus, Herr Matt. Steuern sind ein Kostenfaktor. Und wo steht, dass es illegal ist, Kosten zu minimieren?«

Amelie vertiefte sich in die Akte. Matt hatte mit Anlegergeldern in Milliardenhöhe Aktiengeschäfte betrieben. Erwarb ein Anleger über ihn Anteile eines deutschen Großkonzerns in Höhe von einer Million Euro, verkaufte Matt dieselben Aktien, ohne sie noch zu besitzen, kurz vor dem Dividendenstichtag abermals an einen zweiten Anleger.

Wenn am Tag der Ausschüttung eine Dividende von hunderttausend Euro fällig wurde, erhielt der erste Anleger fünfundsiebzigtausend Euro sowie eine Bescheinigung seiner Bank darüber, dass der Konzern fünfundzwanzig Prozent der Dividende, also fünfundzwanzigtausend Euro, als Kapitalertragssteuer einbehalten habe. Gleich nach der Dividendenausschüttung erstand Matt die Wertpapiere vom ersten Anleger abzüglich der Dividende für nun neunhunderttausend Euro und leitete sie an den zweiten Anleger weiter, dem er sie zuvor nur auf dem Papier als Leerkauf bereits veräußert hatte. Da der zweite Anleger den Preis der Aktien ohne Abzug der Dividende entrichtet hatte, glich Matt fünfundsiebzigtausend Euro aus. Über die fehlenden fünfundzwanzigtausend Euro stellte die Bank, bei der der zweite Anleger sein Aktiendepot unterhielt, diesem ganz selbstverständlich ebenfalls eine Steuerbescheinigung aus. So konnten beide Anleger die Kapitalertragssteuer geltend machen, obwohl sie in Wirklichkeit nur einmal vom ersten Anleger abgeführt worden war. Matt trug das Geschäft einen Gewinn von fünfundzwanzigtausend Euro ein, den er für sich behalten oder mit seinen beiden Komplizen brüderlich durch drei teilen konnte.

Einem unauffälligen Nebensatz entnahm Amelie, dass Matt dieses Geschäft zuletzt auf die Spitze getrieben hatte. Immer häufiger hatte er die von einem Anleger erworbenen Anteile kurz vor dem Stichtag an fünf bis acht weitere Kunden leer veräußert und dadurch bewirkt, dass jeder Anleger von seiner Bank eine Steuerbescheinigung erhielt. Somit erstatteten die deutschen Finanzämter fünf- bis achtfach eine einmalig entrichtete Steuerabgabe.

Ihre spontanen Gedanken zum Sachverhalt notierte sie auf einen Zettel, den sie in die Akte klebte. Anschließend nahm sie die Abgabenordnung aus dem Regal und blätterte darin, um sich zu vergewissern, dass es tatsächlich zwei Eigentümer eines Wirtschaftsguts, also auch einer Aktie, geben konnte: einen sachenrechtlichen und einen wirtschaftlichen. Damit hatte sie sich den ersten Überblick verschafft, um ihre Argumentation auszuarbeiten. Abgesehen von der Sache Matt warteten etliche Routinearbeiten darauf, erledigt zu werden, und sie musste pünktlich Feierabend machen, um es zum Astrologiekurs zu schaffen.

Wieder klingelte das Telefon, wieder Kugler:

»Noch etwas. Bitte gehen Sie doch in die Galerie meines Vaters und leisten eine Unterschrift. Ich habe für unser Foyer einen Gerhard Richter bestellt. Vielleicht können Sie in der Mittagspause kurz vorbeischauen?«

»Wie Sie meinen.«

»Bestens. Mein Vater weiß Bescheid.«

Ohne ein weiteres Wort legte Kugler auf.

Riegelkrachen, Scheppern im Schloss, dann geht die Tür auf. Im Türrahmen steht die Gefängniswärterin, die einzige, die Amelie freundlich erlebt, weil sie sanfter als ihre Kollegen erscheint.

»Ihr Vollzugshelfer wartet auf Sie. Wollen Sie kommen?«, fragt sie.

Amelie sitzt auf der Bettkante. Sie steht auf und folgt der Frau über nackte Flure bis in den Besucherraum. Sie reicht Herrn Blum die Hand. Die Wärterin setzt sich neben die Tür.

»Wie geht es Ihnen heute, Amelie?«

Sie nimmt Herrn Blum gegenüber Platz, blickt auf ihre Hände im Schoß.

»Luna und Kay haben heute Morgen wieder jede bei mir angerufen. Das ist zum Ritual geworden. Beide lassen ausrichten, dass sie an Sie denken.«

Amelie blickt Herrn Blum jetzt an.

»Mehr haben sie nicht gesagt«, fügt er hinzu.

»Danke. Das macht traurig und tut mir gut.«

»Sind Sie in der vergangenen Woche mit Ihrem Leben hier zurechtgekommen?«

»Ich habe kein Leben. Aber ich bin zurechtgekommen.«

Beide schweigen. Minutenlang.

»Machen Sie sich keine Gedanken, ich hatte auch vor der

Tat kein Leben. Wenn du nichts spürst, weißt du nicht, dass du nichts spürst.«

»Aber Wahrnehmungen hatten Sie.«

»Ich war meine eigene Zuschauerin geworden. Sonst hätte es keinen Grund für Kündigungsschreiben gegeben.«

Sie spürt Herrn Blums Blick, obgleich sie ihn nicht ansieht.

»Die Selbstverständlichkeit, mit der ich meine Arbeit bis dahin verrichtet hatte, war mir auf einmal verloren gegangen. Ich war wie ein Mensch mit mehreren Persönlichkeiten. Ein Ich befahl die Handgriffe, eines die Gedanken, ein anderes führte die Befehle aus, und ein weiteres saß kopfschüttelnd daneben und lächelte verächtlich.«

»Wollen Sie mir einmal erzählen, wie Sie überhaupt in die Kanzlei kamen? Darüber haben wir noch nie gesprochen.«

»Das kam, weil ich nichts hinterfragte. Ich habe getan, was von mir erwartet wurde: Etwas Anständiges studieren, einen ordentlichen Job finden und ihn dann wie vorgesehen ausüben. Aus damaliger Sicht habe ich auch Glück gehabt – es ist immerhin eine erfolgreiche Kanzlei, ich bekam sozusagen spannende Fälle. Das kann ich heute nicht mehr empfinden.«

»Es gibt keine Regel, die Ihnen vorschreibt, was Sie zu empfinden haben. Dass Sie empfinden, was Sie empfinden, reicht.«

»Wenn Sie meinen. Ich würde Ihnen gerne glauben.«

Sie blickt wieder auf ihre Hände, die Finger aufgefächert auf den Oberschenkeln, sieht die blau verzweigten Aderläufe.

»Nach dem Studium erst mal dieses Praktikum. In einer kleinen Kanzlei. Habe viel gelernt dort. Der Chef, Sachs hieß er, war ein weiser Rechtsanwalt. Und pfiffig war er.

Ich habe ihn bewundert. Er fühlte sich gleich als mein Mentor. Er sagte, ich müsse mich spezialisieren. Auf europäisches Wirtschaftsrecht.«

»Und Sie ließen sich überzeugen.«

»Immer wieder sagte er: ›Der juristische Spielraum bleibt noch lange unüberschaubar groß!‹ Also machte ich nach Referendariat und zweitem Staatsexamen diesen Master of Law in europäischem und internationalem Wirtschaftsrecht. Und dann kam ich in eine sogenannte renommierte Kanzlei. Das war's.«

»Mit Herrn Kugler kamen Sie dann anfangs noch gut zurecht?«

»Der erste Chef war sympathisch. Erst später kam Pirmin Kugler. Er war von Anfang an unzugänglich. Etwas jünger als ich. Über die schlagende Studentenverbindung meines ersten Chefs war er in die Kanzlei gekommen. Dementsprechend konnte er sich protegiert fühlen. Und von Anfang an war er faul und ehrgeizig zugleich. Dass ich ihn und seine Strategien durchschaute, ließ er sich äußerlich nicht anmerken. Mich ließ er es spüren. Mir gelang es trotzdem ganz gut, seine Allüren hinzunehmen. Darauf war ich sogar ein wenig stolz. Doch irgendwann wurde ich eben auf einmal meine eigene Beobachterin. Jeden Morgen um sieben Uhr klingelte der Wecker. Ich sah mich aus dem Bett steigen und in der Küche Wasser aufsetzen. Ich ging unter die Dusche, ließ mir mit geschlossenen Augen das Wasser über den Körper laufen, bis der Schlaf wich. Mit umgeschlungenem Handtuch an den Küchentisch, trank Tee, frühstückte, stand jeden Morgen ratlos vor dem Kleiderschrank, dann aus dem Radio die Zeitansage, ich zog mich eilig an, verließ das Haus, an jeder der sieben meist roten Ampeln auf dem Weg zur Arbeit trug ich nach und nach das Make-up auf – die reine Maskerade, in der Kanzlei jeden Morgen mein dynamisch auftretender Vorgesetzter, mit frisch gewienerten Schuhen hastete er in sein Büro, im Vorbeigehen konnte man ein ›Guten Morgen‹ höchstens erahnen, dann hörte man ihn in seinem Zimmer mit den Schuhen quietschen, weil er die Schuhcreme Tag für Tag zu dick auftrug und die Spuren mit den Sohlen vom glänzenden Boden zu beseitigen versuchte.«

Amelies Blick bleibt am grauen Gummiboden haften, reglos.

»Irgendwann befremdete es mich, nichts als ein gut funktionierendes Rädchen in diesem verrückten Getriebe zu sein. Am schlimmsten, wenn ich selbst in Aktion trat. Wenn ich um Einlass in Kuglers Büro bat, um mit ihm Fälle und Fristen zu besprechen. Erst ließ er mich warten, dann fertigte er mich ab. Meine Bedeutungslosigkeit sollte demonstriert werden und seine Geltung.«

»Ich kann mir nichts anderes vorstellen, Amelie, als dass ihn Neid zu diesem Verhalten trieb. Es muss Neid gewesen sein.«

»Das macht es nicht angenehmer.«

»Hatten Sie denn unter den anderen Kollegen vielleicht Vertraute?«

»Die Zusammenarbeit funktionierte. Eine Art persönlichen Kontakt hatte ich nur mit Frau Kamp. Die arbeitet seit fünfundzwanzig Jahren in der Kanzlei. Die gute Seele des Hauses. Für mich manchmal so etwas wie eine Mutter. Frau Kamp wusste Bescheid. Das wusste ich. Trotzdem half es mir plötzlich nicht mehr, in meinen im Laufe der Jahre gesammelten Erfahrungen ein System zu entdecken; es half mir nicht, dass ich die Spielregeln unseres Gesellschaftsbetriebs kannte und sie selber – wenn man so will – einigermaßen erfolgreich mitgespielt habe. Für meine Mutter natürlich nicht erfolgreich genug. Aber was soll's.

Es half mir nicht, manche Erlebnisse, die sich dieser Ordnung widersetzten, als Ausnahmen zu betrachten, wie Ausnahmen eben üblich sind, und über sie hinwegzusehen. Irgendetwas stimmte nicht mehr.«

»Deshalb haben Sie begonnen, sich mit Astrologie zu beschäftigen?«

»Wahrscheinlich war es so. Vorher wäre ich dafür nicht empfänglich gewesen. In der Kanzlei durfte natürlich niemand mitbekommen, dass ich abends solche Kurse besuchte. Zweimal in der Woche bin ich nach der Arbeit zu der Astrologieschule geeilt und danach sofort nach Hause gefahren. Weil ich nichts riskieren wollte, mied ich den Kontakt zu Mitschülern, so gut es ging – anfangs jedenfalls. Ich bemühte mich nur um ein Verständnis für den Stoff. Beim Bemühen ist es eigentlich geblieben. Darüber waren Gespräche mit den anderen ohnehin nicht möglich. Viele erschienen mir ebenso orientierungslos wie ich. Und schon bald war ich vom Geräusch der Unterwürfigkeit abgestoßen, mit dem die Teilnehmer jeden zaghaften Scherz des Astrologen würdigten. Umgekehrt schien das Interesse an mir ebenso gering. Bis auf abtastende Blicke blieb Kontakt aus.«

Amelie schweigt. Herrn Blum hat sie nicht ein einziges Mal angeschaut. Es kommt ihr vor, als hätte sie zu sich selbst gesprochen. Und viel zu viel, von Dingen, über die sie nicht sprechen will.

»Mit der Astrologie haben Sie ein Gegengewicht zu Ihrem Berufsalltag gefunden.«

»Das ist wahr. Diese Denkansätze und Folgerungen, die sich aus der Sternenlehre ergaben, waren mir fremd. Die Tierkreiszeichen, die Häuser, Planeten und die ganzen Gradzahlen brachten mich um den Verstand. Aufhören wollte ich aber nicht. Erst als ich begann, die Sterne zu beobachten, und mich mit den mythologischen Entsprechungen der Planeten und Sternbilder beschäftigte, entstanden Geschichten. Jetzt habe ich viel zu viel geredet.«

Die Wärterin erhebt sich lautlos. Es ist spürbar, dass es ihr leidtut, das Gespräch unterbrechen zu müssen.

»Danke, Amelie. Ich hoffe, dass wir uns am nächsten Mittwoch wiedersehen.«

»Auf Wiedersehen, Herr Blum.«

Er geht voran. Die Wärterin schließt die Tür auf und tritt hinter Amelie auf den Flur. Herr Blum geht nach rechts, schaut sich nicht mehr um, Amelie neben der Wärterin nach links. Schweigend bis zur Zelle.

Amelie drückte die Tür der Galerie auf. Es bimmelte. Von einer Empore, zu der fünf Stufen hinaufführten, schaute Kugler senior um die Ecke.

»Frau Frank, bitte setzen Sie sich für ein paar Minuten. Ich bin, so schnell ich kann, bei Ihnen.«

»Guten Tag, Herr Kugler. Natürlich. Ich warte.«

»Sie sehen bezaubernd aus!«, rief er noch.

In dem Moment flog eines der Fenster auf. Eine heftige Windböe stob durch den Raum, einige Blätter auf dem tiefen Tisch vor dem Sofa wirbelten durcheinander und glitten zu Boden. In einem Satz sprang Pius Kugler die Stufen hinab. Als hätte auch ihn ein Sturm erfasst, jagte er auf das Fenster zu und schloss es wieder.

»Das hätten Sie mir vermutlich nicht zugetraut, habe ich recht?«, fragte er mit einem Zwinkern. »Also, bis gleich.«

Dieses Mal nahm er die Stufen zu seinem Büro in zwei großen Schritten. Von dort vernahm sie seine Stimme, er musste die Bürotür offen gelassen haben. Amelie hörte, was auch sie bereits von ihm erzählt bekommen hatte:

»Das, was Sie hier in der Galerie sehen, ist im Vergleich zu meinem Lager im Keller nicht mehr als ein Taubenschiss.«

»Ehrlich?«, hörte sie eine ruhige Frauenstimme staunend fragen.

»Natürlich! Was glauben Sie? Das passt hier bei Weitem nicht hinein. Und einladen will man doch auch niemanden.«

Der Senior lachte.

»Das ist imposant«, sagte die Frau. »Und alles Bilder von solchen Malern wie diesen hier?«

»Aber selbstverständlich, meine Liebe. Im Keller habe ich Kandinsky, Corinth, Klimt, Klee, Schmidt-Rottluff, Baselitz, Beuys, um nur ein paar Beispiele zu nennen.«

»Unglaublich!«

»Vielleicht zeige ich Ihnen einmal meine Katakomben.«

»Sehr gerne. Das wäre toll! Woher bekommen Sie diese Werke?«

»Viele aus Holland. Aber auch aus anderen Gegenden. Uns kennt man in der Branche. Da wird mir manches angeboten, häufig, wenn ein Sammler in Geldnot gerät. Den größten Teil hat jedoch mein Vater zusammengetragen. Der ist heute vierundneunzig. Und immer noch rüstig.«

»Beeindruckend.«

»Ja, das ist es. Meine Mutter ist schon mit siebenundsechzig gestorben. Aber mit einundsiebzig hat mein Vater wieder geheiratet, die Marina …«

Das Telefon klingelte.

»Entschuldigen Sie. Aber bitte, bleiben Sie ruhig sitzen«, sagte er.

»Kugler. – Willi, mein Lieber! Wie geht es dir? – Ja, auch ganz fabelhaft! Wie immer! – Die Idee ist spitze, könnte von mir sein. Lass mich im Kalender nachsehen. Die Woche vor Ostern passt. Palmsonntag hin und Ostermontag zurück. – Das wär's, wenn wir dort wieder unterkommen. Und mit demselben Personal! Ich verlasse mich wie immer voll und ganz auf dich. – Ein paar Mädels, die kommen mit. – Selbstredend. – Ja, unbedingt! – Fraglos!«

Jetzt lachte Kugler aus voller Kehle.

»Ein absolutes Muss! Mach die Länge von der Anzahl der Mädels abhängig. Die müssen sich auf und unter Deck ausbreiten können. – Großartig. – Die schicke ich dann Ostern zu ihrer Schwester. Mach dir keine Gedanken. Das schaukeln wir schon.«

Wieder Gelächter.

»Willi, ich mache Schluss, ich habe hier Leute sitzen. Sag Alex und Mike, dass ich dabei bin. Ahoi!«

Amelie hörte ihn lachend auflegen und sich sogleich wieder an die Frau in seinem Büro wenden:

»Also, verstehen Sie mich bitte nicht falsch. Sie sehen toll aus, aber für die Arbeit hier sind Sie zu alt.«

»Wenn Sie meinen«, antwortete die Frau enttäuscht. »Aber nur damit Sie Bescheid wissen: Ich suche einen zusätzlichen Job neben meiner Tätigkeit als Literaturübersetzerin. Ich könnte Sie organisatorisch unterstützen – ohne Kundenkontakt«, hörte Amelie die Stimme sagen.

Wieder klingelte das Telefon.

»Kugler. – Frau Biedenstock! Wie geht es Ihnen? – Wunderbar, das freut mich. – Kein Problem. – Ach, Frau Biedenstock, nicht der Rede wert, bei Ihnen doch nicht. Hundertfünfzigtausend. – Ich bitte Sie, wo kämen wir da hin? – Oder übernächste Woche. Wann immer Sie die Gelegenheit haben. – Machen Sie es gut, Frau Biedenstock.«

Er legte auf.

»Diese Kundin ist vierundachtzig. Eine feine Dame. Ihr verstorbener Mann und sie waren schon Kunden meines Vaters. Hundertfünfzigtausend sind für sie ein Taschengeld.«

»Nicht schlecht«, sagte die Frau.

Vermutlich hatte sie während dieses Telefonats zum zweiten Mal mit großen Augen vor Pius Kugler gesessen.

»Dann noch mal zu Ihnen: Sie wollen den anderen Mädels doch erzählen, wo es langgeht. Das ist völlig normal.«

»Herr Kugler, ich will niemandem etwas erzählen, ich möchte nur einen Nebenjob, um mit meinem zwölfjährigen Sohn besser über die Runden zu kommen. Das können Sie mir glauben. Anerkennung und Herausforderung bekomme ich durch meine Übersetzungen.«

»Es tut mir leid. Aber vielleicht kommen Sie trotzdem wieder vorbei. Ich lade Sie immer gerne zu einem Kaffee ein. Und beim nächsten Mal zeige ich Ihnen die Katakomben. Abgemacht?«

Geräusche wurden vernehmbar. Offensichtlich hatte sich Kugler erhoben.

»Wie Sie meinen. Wenn auch schade, muss ich sagen. Ich hätte hier gerne als Sekretärin gearbeitet.«

Kugler erschien am Treppenabsatz und ließ einer apart aussehenden Frau den Vortritt. Ihren Kopf zierte ein dezentes Haarband mit verstreuten weißen Blümchen. Sie grüßte Amelie lächelnd und verließ die Galerie. Amelie schaute ihr nach. Eine Frau von Mitte dreißig, das hatte sie nicht erwartet.

Der Senior lief mit ausgebreiteten Armen auf Amelie zu, nahm ihre Hand und führte sie bis kurz vor seine Lippen.

»Schön, dass Sie da sind! Kommen Sie. Darf ich Ihnen einen Kaffee anbieten?«

»Lieber nicht. Ich muss zurück an die Arbeit«, erwiderte Amelie.

»Sehr bedauerlich. Es scheint unser Schicksal zu sein, dass wir uns jedes Mal verpassen. Das muss ich einmal durchbrechen.«

Sie gingen in sein Büro.

»Hier der Vertrag und die Versicherung. Bei den Kreuzen bitte.«

Amelie setzte zwei Unterschriften.

»Und hier ist das Wunderwerk!«

Er wies auf ein enormes gerahmtes Gemälde, das an der Wand lehnte. Amelie schaute gefesselt auf das Bild. Ein Wirbelsturm jagte über die Leinwand und schien dem Maler seine Farben entrissen zu haben. Über die linke Hälfte schon hinweg, herbstlich braune Röte, dazwischen der Sonne letzte Strahlen hinterlassend, wälzt er sich gewaltig hinter seinem eigenen Schatten her. Blätter und Blüten und Blutstropfen stieben hinauf, hinab, hinfort.

»Stellen Sie sich das in Ihrem Foyer vor, eine Pracht, die reine Begierde.«

Er zwinkerte ihr zu.

»Meine Leihgabe, für den Junior.«

»Herr Kugler, ich muss mich auf den Weg machen.«

»Ich bringe Sie zur Tür. Sagen Sie Pirmin, Montagvormittag hängt der Richter in eurem Foyer. Ich hoffe, ich sehe Sie bald wieder, Frau Frank. Ade.«

Sie besuchte den Astrologiekurs schon seit mehreren Wochen, als sie eines Abends jemanden schräg hinter sich unaufhörlich mit den Schuhen scharren und quietschen hörte. Amelie zuckte zusammen. Sie bemühte sich, das Geräusch zu ignorieren. Das gelang nicht. Langsam und leicht geduckt drehte sie sich zum Verursacher. Es war Mario, ein junger Mann von höchstens Ende zwanzig, der ihr geradewegs in die Augen blickte und den Anschein erweckte, ihn strengte der direkte Blick an. Sie drehte sich wieder nach vorne. Konzentrieren konnte sie sich nicht mehr. Dieses Geräusch traf sie wie ein Schnitt in die Eingeweide. Mit einem verächtlichen Blick drehte sie sich abermals zu Mario in der Hoffnung, ihm jeden Mut an der Fortsetzung des Quietschens zu nehmen. Der schaute sie unverfroren an.

»Entschuldigung«, sagte er in sich überschlagendem Flüsterton.

Sie wandte sich wieder nach vorne. Sie reagierte über, dessen war sie sich bewusst. Aber sie hätte den Kerl am liebsten in der Luft zerrissen und dafür bestraft, dass er sie gedanklich in die Welt zurücktrug, der sie mithilfe der Astrologie zu entfliehen versuchte. Das Geräusch hielt an. Wieder drehte sie sich um, und wieder kam dieser unverfrorene Blick zurück.

»Hör verdammt noch mal damit auf!«, brach es aus Amelie hervor, so unbeherrscht, wie sie es nicht von sich kannte.

Alle blickten erstaunt zu ihr. Mario sagte nichts, grinste nur verstohlen.

»Was ist los?«, fragte der Lehrer neugierig und amüsiert.

»Nichts«, antwortete Amelie, »entschuldigen Sie bitte die Störung.«

Der Unterricht ging weiter, als wäre nichts geschehen. Amelie war erleichtert. Mario tat ihr jetzt leid. Er hatte ihr ganzes Unbehagen darüber zu spüren bekommen, dass sie es nicht fertigbrachte, eine Entscheidung zu fällen und ihr Leben zu ordnen. Sie hätte es höflicher, vielleicht als Bitte formulieren sollen.

Während der kommenden Wochen beobachtete sie ihn heimlich. Sobald er sie ansah, lenkte sie ihren Blick in eine andere Richtung. Er war ein hübscher Kerl und wirkte unabhängiger als die anderen. Hin und wieder machte er einen Scherz. Sein Blick war ständig in Bewegung, flackerte, als müsste er in alle Richtungen gleichzeitig schweifen. Er war eine Erfrischung in dem verstaubten Kurssaal.

»Grüß Sie, Frau Frank«, sagte Frau Kamp, als Amelie an einem regnerischen Tag von ihrem Gerichtstermin zurück in die Kanzlei kam. »Ist alles gut gegangen?«

»Ja, danke, keine besonderen Vorkommnisse.«

»Ihre Mutter hat heute Morgen angerufen. Sie bittet um einen Rückruf. Und der Chef auch.«

»Danke, Frau Kamp.«

Amelie machte sich in der Küche einen Espresso, trank ihn im Stehen und stellte die Tasse in die Spülmaschine. Dann nahm sie eine Flasche Wasser und ein Glas mit in ihr Büro, bevor sie die Tür hinter sich schloss und Kugler anrief.

»Wie weit sind Sie mit Matt?«, kam es sogleich aus dem Hörer.

»Ich habe mir einiges notiert, bin aber noch nicht fertig. Gibt es einen Termin?«

»Zwei Wochen nach Ostern fliege ich nach Zürich und besuche Matt, um ihm unsere Verteidigungsstrategie zu schildern.«

Amelie schluckte geräuschlos.

»Gut, dann weiß ich Bescheid.«

»Eventuell nehme ich Sie mit. Also dann.«

Er legte auf.

Amelie wählte die Nummer ihrer Mutter.

»Zahnarztpraxis Dr. Frank, guten Tag.«

»Hallo Sabina, hier ist Amelie. Bitte sagen Sie meiner Mutter, dass ich jetzt im Büro erreichbar bin, falls sie nicht zufällig gerade frei ist.«

»Tut mir leid, sie ist im Behandlungszimmer. Ich richte es ihr aus.«

»Vielen Dank, Sabina. Also, dann bis bald.«

»Bis bald.«

Sie öffnete ihre Tasche, holte die Akte vom Gerichtstermin heraus, schlug sie auf und diktierte einen kurzen Brief an die Mandantschaft, in dem sie darauf hinwies, dass das Urteil erst nach Zustellung rechtskräftig werde. Dann legte sie die Akte zur Seite. Sie schaltete den Computer ein, las die eingegangenen E-Mails, beantwortete eilige, wichtige druckte sie aus und sammelte sie in einer Mappe. Anschließend durchblätterte sie die Postmappe, die Frau Kamp ihr auf den Schreibtisch gelegt hatte, setzte Unterschriften, entnahm wichtige Schreiben und legte sie zu den ausgedruckten E-Mails. Danach legte sie die Postmappe in einen Metallkorb auf ihrem Schreibtisch, aus dem Frau Kamp sie wieder mitnehmen konnte. Dort hinein legte sie auch die Speicherkarte ihres diktierten Briefes. Gerade nahm sie sich wieder die Matt-Akte vor, da klingelte das Telefon.

»Amelie, geht es dir gut?«, fragte ihre Mutter.

»Ja, danke, und dir?«

»Ach, ich bin erledigt. Dein Vater.«

Sie seufzte.

»Er ist wieder mit dieser Frau unterwegs. Ich habe eine solche Wut, die ich nicht unter Kontrolle bekomme. Sprich du doch bitte mal mit ihm!«

»Mama, was soll ich dazu sagen? Klärt das untereinander.«

»Bitte, ich bin am Ende.«

»Ich kann das nicht.«

»Dann komm wenigstens heute Abend zum Essen. Ich habe Philine eingeladen. Ich koche. Das ist mein einziger Lichtblick.«

»Ich bin heute Abend mit Luna verabredet. Bei dir ist doch Philine.«

»Bitte. Bitte lass deine Mutter nicht im Stich. Wenn ich das Kochen nicht hätte … Ich brauche dich.«

Amelie überlegte. Ihre Lungenflügel, Magen und Darm schienen sich kleinmachen zu wollen und sich zu einem harten Knäuel zusammenzuziehen.

»Also gut, ich komme. Um sieben kann ich bei dir sein.«

»Lieber um acht.«

»Also dann um acht.«

»Das freut mich. Ich muss zum nächsten Patienten. Bis später.«

»Bis später.«

Amelie legte auf, nahm ihr Handy aus der Handtasche und schrieb eine SMS an Luna:

Sei nicht böse, aber meine Mutter braucht mich. Ich muss heute Abend zu ihr. Bitte lass uns auf Freitag schieben. Dann bin ich nur für dich da. Deine Amelie

Kaum hatte sie das Telefon zur Seite gelegt und sich dem ersten Satz ihrer Unterlagen zugewandt, kam die Antwort:

Sich dem Willen der Mutter zu widersetzen, kann schmerzhaft werden. Bin traurig und fühle mit. Bis Freitag. Deine Luna

Um sieben Uhr verließ Amelie das Büro und fuhr zum Haus ihrer Eltern. Für die Sache Matt hatte sie an dem Nachmittag keine Ruhe gefunden, zu oft war sie vom Tagesgeschäft unterbrochen worden. Eine Viertelstunde später parkte sie in der breiten Einfahrt und läutete am Gartentor.

»Du bist schon da?«, hörte sie die Stimme ihrer Mutter durch die Sprechanlage. »Wir hatten doch acht Uhr gesagt.«

»Ich war fertig mit einer Sache, und etwas Neues anzufangen, hat sich nicht mehr gelohnt.«

»Also komm herein.«

Der Öffner surrte. Amelie drückte das Tor auf, das hinter ihr von selbst wieder ins Schloss fiel, ging den Weg durch den Vorgarten auf die angelehnte Haustür zu und trat ein. Ihre Mutter sah sie nicht, hörte sie nur aus der Küche rufen:

»Ich bin unter Druck, kam zu spät in der Praxis los. Jetzt muss ich mich sputen. Setz dich einfach.«

Amelie hängte ihren Mantel in den Garderobenschrank und ging in die Küche. Dort nahm sie auf der Eckbank Platz.

»Den meisten Aufwand betreibe ich heute für dieses Amuse-Gueule. Und ich bete, dass es gelingt«, erklärte die Mutter, hin und her laufend und ohne Amelie anzublicken.

»Lass dich nicht stören. Was hast du dir dafür ausgedacht?«

»Ich habe Austern bekommen, wundervolle Tsarskayas, fleischige Schätze. Philine soll es vor Genuss den Atem verschlagen! Ob das gelingt, weiß ich natürlich nicht. Ich weiß nicht einmal, ob sie jemals Zarenaustern gegessen hat. Ich hoffe nicht. An dieses Geschmackswunder reicht nichts heran – zart und mit Biss, und das Aroma, das sich in der Mundhöhle entfaltet, sie bestäubt, als hätten Mandelblüten ihre Essenz verströmt.«

Die Mutter war mitten in der Küche stehen geblieben, während sie von den Austern schwärmte, wirkte geistesabwesend, fast besessen. Jetzt regte sie sich wieder und begann, Schalotten in dünne Scheiben zu schneiden.

»Dir brauche ich das nicht zu erzählen, Kind. Ich bin gespannt, ob Philine die Nerven hat, sich ganz und gar hinzugeben.«

Sie legte das blitzende Messer zur Seite, hängte ein Sieb über einen Messbecher und goss eine dezent duftende Brühe hindurch. Zurück blieb ein Dutzend aufgequollene Shiitake-Pilze, deren Anblick an kleine porige Schwämme erinnerte.

»Und wie machst du die Austern?«, fragte Amelie.

»Oh ja. Es gibt Zweierlei von der Auster, roh und frittiert, mit etwas Kaviar, und dazu – und davor zittere ich noch – ein Kügelchen Béarnaise-Parfait.«

»Du bist unübertrefflich, Mama.«

»Bitte, koste das Parfait. Ich hoffe, es ist geglückt und zergeht auf der Zunge.«

Sie ging zum Kühlschrank, holte eine Schale mit gelbem Inhalt aus dem Eisfach, dann einen Dessertteller aus dem Schrank, schöpfte einen Klecks Halbgefrorenes auf das Tellerchen und reichte es Amelie. Amelie schob sich einen kleinen Löffel voll in den Mund. Ein für diese Konsistenz ungewöhnlicher Geschmack breitete sich aus. Sie ließ ihm Zeit. Dem cremig gefrorenen Schaum entströmte eine leichte Säure, erfüllt von bittersüßer Frische. Amelie nahm einen zweiten Löffel, ließ das Eis auf der Zunge schmelzen, spürte winzige Bläschen mit einem kaum wahrnehmbaren Kribbeln platzen und die herbe Süße von Kerbel und Estragon aus der Säure entweichen.

»Das ist unwiderstehlich.«

»Das freut mich, Liebes«, sagte die Mutter, während sie sich den Taubenkarkassen zuwandte.

Sie packte die Gerippe, wusch sie und tupfte sie trocken, dann zerhackte sie sie mit einem Küchenbeil, bevor sie die Splitter auf einem Blech verteilte und zum Rösten in den bereits erleuchteten Ofen schob. Amelie schaute ihrer Mutter nur noch schweigend dabei zu, wie sie etwas Butter und Öl in einen Topf gab und unter zunehmendem Zischen erhitzte, einen Teil der Schalottenscheibchen hineinstreute, dann die auf einem Teller geschält und grob zerkleinert bereitstehenden Topinamburknollen und Kartoffeln dazugab und unter Rühren andünstete. In einer Pfanne röstete sie Kreuzkümmel, Koriandersamen und eine Chilischote, ließ alles in einen Mörser rieseln und zerstampfte die Gewürze. Ihr ganzer Körper bebte wie eine Marionette, der durch eine Fadenbewegung die Kontrolle über sämtliche Glieder entgleitet. Sie halbierte zwei Auberginen, schnitt ein Rautenmuster ins Fruchtfleisch, legte die Hälften auf ein Blech, beträufelte sie mit Olivenöl und verteilte darauf die Gewürzmischung. Nun rührte sie die dampfenden Knollen noch einmal durch, löschte sie mit Gemüsefond ab und ließ alles gurgelnd köcheln. Sie zog das Blech mit den zerhackten Taubenknochen aus dem Ofen, goss das Fett ab und schob die Auberginen hinein. In einem Topf karamellisierte sie Zucker und dünstete darin die restlichen Schalotten. Sie goss die Brühe der Shiitake-Pilze hinein, gab die Karkassen, gehackten Ingwer und Sojasoße dazu und ließ den Fond bei leicht geöffnetem Deckel ziehen. Die Mutter war nicht ansprechbar, sie verlor sich in ihren routinierten Handgriffen. Von der Bank aus beobachtete Amelie schweigend ihre geschickten Bewegungen. Die Vorbereitungen schienen fast abgeschlossen zu sein, denn jetzt ordnete die Mutter ein Dutzend Schälchen mit verschiedenen Zutaten akkurat an, goss einen Becher Sahne in die Suppe und sagte:

»Ich mache mich frisch und ziehe mich um.«

Daraufhin verschwand sie. Die Suppe gurgelte ein heiseres Lied. Amelie stand auf und begann, den Tisch im Esszimmer zu decken. Dann setzte sie sich wieder auf die Küchenbank.

Kaum zehn Minuten später kam die Mutter zurückgerannt, riss das Fenster weit auf, zog sich die Schürze über ihr graues, knielanges Kleid, das an der Taille drapiert war und dadurch Oberteil und Rock in fließende Falten legte. Ohne ein weiteres Wort griff sie nach dem Pürierstab, hielt ihn surrend in die Topinambursuppe, strich die sämige

Flüssigkeit durch ein Sieb in einen sauberen Topf und schmeckte sie mit Salz, Pfeffer und Muskatnuss ab. Sie zog das Blech mit den Auberginen aus dem Ofen und senkte die Temperatur. Aus den Auberginenhälften schabte sie das breiige Fruchtfleisch in eine Schüssel, träufelte Olivenöl und Zitronensaft darüber und schmeckte es ebenfalls mit Salz und Pfeffer ab, bevor sie die Schüssel warm stellte.

Es läutete. Sie riss sich die Schürze über den Kopf, warf sie neben Amelie auf die Bank und verließ die Küche.

»Pia! Meine Liebe! Das duftet ja wunderbar!«

»Philine! Lass dich umarmen. Großartig siehst du aus.«

»Das gebe ich zurück! Ich habe uns ein Schlückchen mitgebracht. Es ist schon gekühlt. Lass uns anstoßen.«

Als Amelie dazukam, reckte Philine gerade eine Flasche Veuve Clicquot wie eine Siegesfackel in die Höhe.

»Amelie, mein Kind!«

»Hallo Philine.«

Amelie reichte Philine die Hand.

»Amelie konnte Gott sei Dank kommen. Sie ist unglaublich beschäftigt.«

»Wunderbar, dass wir uns einmal wiedersehen. Das letzte Mal dürfte … Wann war es noch?«

»Mamas Geburtstag«, sagte Amelie.

»Ja richtig, ihr sechzigster! So viel Zeit lassen wir nicht mehr verstreichen. Dafür sorge ich.«

Pia schwieg betreten.

»Das sieht man dir mitnichten an. Komm, ich hole Gläser.«

»Nimm Platz, Philine. Ich kümmere mich darum. Amelie leistet dir Gesellschaft.«

Die Mutter ging in die Küche. Philine stellte die Champagnerflasche auf den niedrigen Couchtisch und ließ sich auf das breite, weiße Sofa fallen, Amelie setzte sich auf einen Sessel.

»Wie ich höre, steigst du in der Kanzlei bald auf, Amelie. Glückwunsch! Das wurde auch Zeit.«

»Da weißt du mehr als ich«, gab Amelie erstaunt zurück.

»Ach, ich freue mich für dich!«

In dem Moment trat Pia ein und balancierte ein rundes Tablett mit drei Champagnerkelchen. Um es auf dem Couchtisch abzustellen, ging sie in die Knie.

»Lass mich das machen«, sagte Philine und griff nach der Flasche.

Sie löste die goldene Manschette, entzwirbelte das Drahtgeflecht und legte beides auf den Tisch. Sofort griff Pia danach, drückte es in ihrer Faust zusammen, während Philine die Flasche schräg von sich streckte und mit beiden Daumen und aller Kraft versuchte, den Korken hinauszuschieben. Auf einmal knallte es, früher, als angesichts der Anstrengung zu erwarten gewesen war. Der Korken schnellte davon, geradewegs auf den monströsen, an der Wand angebrachten Flachbildschirm zu. Von dort aus prallte er im selben Winkel ab und fiel neben dem Esszimmertisch zu Boden. Allen drei Frauen entfuhr ein unterdrückter Schrei. Als dieser erstickte, verharrten sie für wenige Sekunden starr.

»Nichts passiert!«, rief Philine.

»Gott sei Dank. Dann lasst uns anstoßen.«

Pia nahm Philine die Flasche aus der Hand und schenkte ein. Sie reichte Philine ein Glas, Amelie das andere.

»Willkommen, meine Lieben. Auf einen schönen Abend.«

»Prosit!«, sagte Philine.

Sie nahm einen kräftigen Schluck, griff nach der Flasche und schenkte sich nach.

»Dann erzählt mal.«

»Amelie hat einen ganz dicken Fisch an der Angel.«

»Mama, bitte lass das.«

»Warum? Du brauchst keine Details zu erzählen, aber verstecken musst du dich auch nicht. Immerhin bist du die Kompetenteste dort.«

»Daran habe ich keinen Zweifel«, pflichtete Philine bei. »Einen hübschen Rock trägst du da, Amelie.«

»Den habe ich ihr kürzlich mitgebracht. Entzückend, nicht wahr? Ich konnte nicht daran vorbeigehen.«

»Ja, elegant und frisch zugleich. Ach Pia, es war absolut richtig, dass du kurz vor Sechzig reduziert und jetzt mehr Zeit für dich hast. Wer die Ehre hat, sich von jemandem wie dir die Ruinen im Maul instand setzen zu lassen, soll ruhig den dreieinhalbfachen Satz zahlen. Davon profitiert doch jeder.«

Die Mutter wirkte unruhig, wie ein in Gefangenschaft geratenes Tier kurz vor dem Ausbruch.

»Lasst uns essen«, sagte sie und stand auf.

»Vorher schenke ich uns nach.«

Philine machte alle drei Kelche randvoll, behielt die Flasche in der Hand, während sie sich vornüber zu ihrem Glas beugte und den Champagner, soweit in dieser Haltung möglich, abtrank. Schnell schenkte sie sich abermals nach und hob das Glas. Dabei blickte sie Pia und Amelie nacheinander tief in die Augen.

»Bitte setzt euch an den Tisch. Ich bringe uns ein Häppchen«, sagte Pia.

»Ich hole den Wein«, sagte Amelie und folgte ihr in die Küche, wo die Mutter eilig die Herdplatte, auf der ein Topf mit Öl stand, auf höchste Stufe stellte und sich Plastikhandschuhe und Schürze überzog. Sie holte eine Flasche Weißwein aus dem Kühlschrank, drückte sie Amelie in die

Hand und entnahm einem Körbchen sechs Austern. Amelie öffnete den Wein, die Mutter die Austern. Sie löste das Fleisch, bestäubte drei der Muscheln mit Mehl, wendete sie zuerst in Eigelb, anschließend in Semmelbröseln. Die drei Austernschalen legte sie auf drei Teller, streute Pumpernickelbrösel hinein, schöpfte eine teelöffelgroße Kugel des Béarnaise-Parfaits darauf und ließ die panierten Austern ins heiße Öl gleiten. Neben das Parfait legte sie zusammen mit einem Klecks schwarzem Kaviar je eine rohe Auster. Mit dem Schaumlöffel fischte sie die drei frittierten Bällchen aus dem Öl, tupfte sie vorsichtig ab und legte sie ebenfalls in die angerichteten Schalen. Dann riss sie sich wieder Handschuhe und Schürze herunter und warf sie auf die Bank. Die Mutter trug das Tablett mit drei Tellerchen ins Wohnzimmer, Amelie die entkorkte Flasche Weißwein im Kühler hinter ihr her.

»Ein Gruß aus der Küche«, sagte Pia, während sie die Teller auf den Tisch stellte. »Zweierlei von der Zarenauster. Gestern noch in der Bretagne, heute auf unserem Teller. Dazu passt dein guter Tropfen natürlich hervorragend, Philine, falls noch etwas davon übrig ist. Aber wir haben Nachschub. Einen hoffentlich tadellosen Puligny-Montrachet von 2009.«

Sie nahm die Flasche aus dem Kühler.

»Wer möchte?«

Philine hob ihr Weinglas, Pia schenkte ihr ein. Dann löffelten sie die Muscheln aus der Austernschale.

»Köstlich! Pia, du bist phänomenal. Du hast Talent. Nach diesem Niveau suche ich.«

»Schon gut, Philine.«

Amelie war Philine dankbar, weil sie die Mutter für ihre Kochkunst mehr lobte, als sie es selbst an dem Tag fertigbrachte.

Pia stand auf, ging zum Fernseher und schaltete ihn ein. Auf der Konsole darunter steckte sie ihr Handy in einen Halter. Innig luzide Klänge eines Klaviers setzten ein, Bachs Goldberg-Variationen, und auf dem Bildschirm wurde ein Stadtplan sichtbar. Amelie schaute ihrer Mutter nach, während sie zurück zum Tisch kam, die Teller stapelte und wieder in die Küche ging. Dann wanderte ihr Blick erneut zum Fernseher mit dem Stadtplan. In der Küche begann es zu knistern, als die Mutter wohl das Brust- und Keulenfleisch kurz anbriet, dann zischte es heftig. Sie musste den Bratensatz abgelöscht haben. Im selben Moment zog ein Winterduft nach Nelken, Anis und Zimt ins Zimmer, obgleich es gegen Ostern ging. Amelie hörte die Mutter noch einen Rost in den Ofen schieben, bis Philine die Küchengeräusche übertönte.

»Schenk uns nach, Amelie. Deine Mutter hat einen erstklassigen Wein ausgewählt.«

Amelie nahm die Flasche und füllte das Glas, das ihr entgegengestreckt wurde.

»Weißt du schon von meiner neuen Geschäftsidee?«, fragte Philine. »Ich sage dir, darauf ist noch niemand gekommen.«

»Nein, ich weiß von nichts.«

»Die Flüchtlinge. Sie sind ein Geschenk.«

Amelie schaute Philine fragend an.

»Sind wir nicht in der ganzen Welt für unseren Innovationsgeist bekannt, Amelie?«

Pia kam mit zwei Tellern weißer Suppe herein und stellte sie vor Philine und Amelie. Dann holte sie den dritten Teller und eine Schale mit dünnen, in Butter geschwenkten Trüffelstiften.

»Ein Topinambursüppchen mit Perigord-Trüffel.«

Sie ging der Reihe nach zu Philine, Amelie, dann an

ihren eigenen Teller und streute den ein herbes Aroma verströmenden schwarzen Trüffel über die weiße Suppe. Bevor sie sich hinsetzte, warf sie einen Blick auf den Fernseher, wirkte für ein paar Sekunden wie gebannt.

»Guten Appetit, meine Lieben«, sagte Philine und hob ihr Glas.

Sie stießen an und begannen zu löffeln.

»Du hast Amelie nichts von meiner Talent-Idee erzählt«, sagte Philine und tupfte sich mit der Serviette die Mundwinkel.

»Wie weit ist sie denn gediehen?«

»Brunos Sekretärin hat in meinem Auftrag fünf freie Mitarbeiter akquiriert. Sie erhalten eine symbolische Basisvergütung. Geld bekommen sie, wenn sie brillante Talente aufgespürt haben. Mir kann niemand erzählen, dass es die unter Millionen von Flüchtlingen nicht geben soll.«

»Was willst du mit ihnen machen?«, fragte Amelie.

»Ich verkaufe ihr Talent! Uns steht doch alles offen. So viele Menschen. Das ist eine Goldgrube. Ich verstehe diese Meckerei nicht. Davon profitiert doch jeder.«

Sie hob ihr Glas, ließ sich nachschenken und stieß abermals mit Pia und Amelie an.

»Prosit, meine Lieben.«

»Und wie unterhältst du dich mit ihnen?«, erkundigte sich Amelie.

»No problem, mein Kind. Du suchst natürlich das Haar in der Suppe, nicht wahr? Typisch Juristin. Die Scouts sprechen perfekt Englisch plus eine der anderen Sprachen, Arabisch oder Farsi.«

Von Pia waren hauptsächlich Laute zu hören, kaum Worte, ihren Blick zwang sie zu interessierter Zuwendung. In Wirklichkeit wanderte er immer wieder auf den großen Bildschirm mit dem Stadtplan und blieb daran hängen.

»Pia, deine Suppe ist ein Traum. Ich sage ja, Träume sind Schäume.« Philine lachte mit einem kurzen Bellen auf. »Und dieser wunderbare Trüffel! Was du machst, machst du perfekt. Die beste Zahnärztin der Stadt kann es spielend mit den besten Köchen aufnehmen.«

»Zu helfen scheint mir das nicht.«

»Ach Pia, wart's ab!«

»Früher konnte ich doch wohl nicht mit dem Kinderkriegen anfangen. Ich bin sechzig, Amelie achtunddreißig.«

»Das sieht dir kein Mensch an, Pia.«

»Mein Mann offenbar schon.«

»Ja, wo ist der Halunke eigentlich? Der weiß nicht, was er hier verpasst.«

»Offiziell ist er mit Johnny und Karl beim Segeln. In Wirklichkeit dort.«

Sie zeigte mit einer Stoßbewegung auf den Bildschirm an der Wand. Philine blickte sich um. Auch Amelie schaute zum Bildschirm.

»Was ist das denn?«, fragte Philine.

»Das ist Köln, der blaue Punkt das Handy meines Mannes.«

»Pia!«, rief Philine. »Du bist sagenhaft! Was macht er? Treibt er sich mit dieser kleinen Holländerin herum?«

»Du überwachst ihn, Mama?«

»Ich hole den Hauptgang«, sagte Pia.

Sie richtete sich ruckartig auf, stellte die Suppenteller scheppernd ineinander und ging in die Küche. Philine schenkte sich Wein nach, sie schob ihren Stuhl zurück, erhob sich mit dem Glas in der Hand. Sie musste sich leicht vornüberbeugen und mit der linken Hand an der Lehne abstützen, geriet ins Wanken und fing sich wieder durch eine entschlossene Aufwärtsbewegung. Aus ihrer Handtasche, die am Stuhl hing, nahm sie eine Brille, setzte sie auf, ging zum Fernseher und starrte aus wenigen Zentimetern Entfernung auf den Bildschirm.

»Huhnsgasse!«, rief sie schallend aus. »Das geschieht ihm recht.«

Amelie ging in die Küche. Aus dem Wohnzimmer hörte sie Philine rufen:

»Wie hieß sie gleich?«

»Soll ich Rotwein öffnen?«, fragte Amelie ihre Mutter, die gerade Selleriestücke in einen Topf mit dampfender Brühe streute.

»Nimm die Karaffe, ich habe den Wein schon dekantiert. Sobald ich ruhig sitzen soll, beginnt es jedes Mal in mir zu brodeln. Ich komme nicht dagegen an.«

»Versuch, dich zu beruhigen. Und schalte am besten diesen Fernseher aus. Das kann nicht hilfreich sein.«

»Das schaffe ich nicht. Tut mir leid.«

Amelie holte Rotweingläser aus dem Küchenschrank, die Mutter tat Butter und die schwammigen Pilze zum Sellerie. Sie erhitzte in der Pfanne noch etwas Butter zusammen mit Feigenscheiben, zog einen Rost mit Fleisch und einen mit gegrilltem Mangold klappernd aus dem Ofen. Als sie gerade die Teller anrichtete, war Philines sich überschlagende Stimme zu hören:

»Große Telegraphenstraße! Das passt ja! Wenn der wüsste.«

Konzentriert schöpfte die Mutter drei kleine Kellen des Taubenfonds in tiefe Teller, gab je drei Esslöffel Auberginenpüree dazu, drapierte die Mangoldstengel. Dann trennte sie drei Eier. Jedes Eigelb kam in ein flaches Glas, bevor sie einen Topf vom Herd nahm und das kochende Wasser durchrührte, bis ein kräftiger Strudel entstand. Erstaunlich bedächtig schüttete sie nacheinander die Eidotter hinein, deren Oberfläche sich, während sie durch das Wasser sausten, weißlich färbte und fest wurde.

»Kleiner Griechenmarkt!«

Vorsichtig schöpfte Pia jeden einzelnen Dotter mit einem Schaumlöffel heraus und bettete ihn auf das Püree. Über das Fleisch neben den Feigen und den grünen Selleriestücken mit den Pilzen verteilte sie noch zwei, drei Löffel der winterlich duftenden Soße.

»Alte Mauer am Bach! Phänomenal, Pia. Du bist einmalig!«

Die Mutter nahm zwei Teller, Amelie die Gläser und die Karaffe.

»Philine, lass uns essen«, sagte sie.

Amelie und die Mutter trugen die restlichen Teller auf, während sich Philine an ihren Platz zurücktastete.

»Prosit, meine Damen!«

Philine streckte Amelie ihr Rotweinglas entgegen.

»So schöne kleine Eier!«, rief Philine mit Blick auf das Auberginenpüree und kicherte.

Amelie schenkte ein.

»Zum Wohl«, sagte Pia und nahm mehrere kräftige Schlucke hintereinander.

»Ein Bordeaux, Château Pontet-Canet von 2010«, fügte sie hinzu und nahm einen weiteren Schluck. »Zu zweierlei von der Taube mit Auberginenpüree und Mangold. Guten Appetit«, sagte Pia ebenso hastig, wie sie die Schlucke Wein zu sich genommen hatte, sodass ihre Worte an Kommandosalven denken ließen.

»Guten Appetit«, erwiderte Amelie.

»Guten Appetit. Du bist die Beste, Pia.«

Philine nahm ihr Besteck.

»Stich ins Ei«, rief Pia jäh.

Philine umfasste ihre Gabel mit der Faust und rammte sie in den Eidotter. Der Dotter sprang auf und ergoss sich in gelben Schlieren über das Püree hinweg in die Soße. Pia tat es ihr gleich. Philine krümmte sich vor Lachen, auch Pia lachte, zum ersten Mal. Amelie aß schweigend.

»Wie hieß die Kleine noch?«, fragte Philine.

»Kay«, erwiderte Pia. »Eine Kay sticht mich aus. Zum Wohl.«

Sie hob ihr Glas.

»Prosit, Kinder«, fiel Philine ein.

»Zum Wohl«, erwiderte Amelie.

»Floristin.«

»Pia, die Täubchen sind famos. So zarte rosa Brüstchen.«

»Hobby: Poesie.«

»Ach Pia, das erschöpft sich doch im Poesiealbum.«

»Vierunddreißig. Jünger als meine eigene Tochter. Komm, schenk nach, Amelie. Prost.«

»Prosit, meine Lieben.«

»Und Hubert blüht auf. Er ist zehn Jahre älter als ich! Das spielt offenbar keine Rolle. Ich bin auf dem Abstellgleis. Jetzt geht es auf einmal um Poesie.

*Freudvoll*
*Und leidvoll,*
*Gedankenvoll sein,*
*Langen*
*Und bangen*
*In schwebender Pein,*
*Himmelhoch jauchzend,*
*Zum Tode betrübt –*
*Glücklich allein*
*Ist die Seele, die liebt.*

So sieht es aus!«

Jetzt schrie sie beinahe. Sie legte Messer und Gabel scheppernd zur Seite und trank ihr Glas in einem Zug leer.

»Mama, du warst immer unverwüstlich. Du bist stark und eigenständig.«

»Aber ich wurde nie sitzen gelassen!«, brüllte Pia und schlug mit der Faust auf den Tisch.

»Pia, interessier dich doch genauso wenig dafür wie immer. Du bist toll! Toll! Toll! Gibt es keinen Wein mehr?«

»Ich hole neuen«, sagte Amelie und ging in die Küche.

Als sie gerade den Korken aus der Flasche zog, schrie Pia:

»Kaygasse!«

»Die kenne ich!«, sagte Philine. »Da gibt es ein exquisites Hotel. Wasserturm heißt es.«

In diesem Moment erscholl in markerschütternder Lautstärke das Schicksalsmotiv aus Beethovens fünfter Sinfonie. Amelie rannte ins Wohnzimmer, stellte die Flasche auf den Tisch und lief zur Konsole unterm Bildschirm, vor dem sich Pia und Philine kaum eine Nasenlänge entfernt aufgestellt hatten und hineinstarrten. Amelie nahm das Handy ihrer Mutter und schaltete die Musik ab.

»Bitte setzt euch hin. Es hat doch keinen Sinn, jetzt durchzudrehen. Er kommt wieder. Das weiß ich.«

Sie geleitete die Mutter zum Platz, Philine folgte ihnen. Dann goss sie den Wein in die Karaffe und schenkte beiden Frauen nach.

»Deine Tochter hat recht. Dir ist immer alles geglückt. Denk doch nur, welche Karriere du gemacht hast. Und nimm dir ein Beispiel an mir: Profitier, so gut du kannst. Nach so vielen Jahren. Ich habe nicht die leiseste Ahnung, was Bruno tut, wenn er nicht bei mir auf dem Sofa sitzt.«

»Eben«, sagte Pia jetzt leiser mit hörbarer Mutlosigkeit. »Mit zweiundzwanzig wurde ich von diesem Mann schwanger, mitten im Studium. Ich habe Amelie nicht abgetrieben, obwohl alles dafür sprach, sondern habe es durchgehalten, mit meiner Tochter gelernt, ihre Hausaufgaben gemacht und alles getan, damit aus ihr etwas wird. Mit dem Ergebnis kann er doch zufrieden sein, wenngleich sie seit Jahren auf der Stelle tritt. All das habe ich getan – auch für ihn! Und jetzt? Nichts als Lieblosigkeit.«

»Siehst du, Pia, was du alles geschafft hast! Du bist die zweite Hillary.«

Amelie begann mechanisch den Tisch abzuräumen. Sie stellte Teller, Besteck, Gläser, Töpfe und Kochutensilien in die Spülmaschine, tat Spülmittel in die dafür vorgesehene Klappe, drückte sie fest, schloss die Maschine und schaltete sie ein. Aus dem Esszimmer hörte sie Philine skandieren:

»Hillary! Hillary! Hillary for President!«

Inzwischen erklang wieder die leise Klaviermusik, die sie zu Beginn des Essens gehört hatten. Amelie spürte Erleichterung. Einen Moment lang stiftete die heiter gelassene Polyphonie der Klänge eine beinahe meditative Stille. Ein Gefühl des Friedens umfing sie.

»So, ich hole den Nachtisch. Coffee-Toffee, Philine! Köstlich!«, rief Pia.

Während Amelie einen Lappen unter dem Wasserhahn auswusch, danach auswrang, zusammenfaltete und hinter der Spüle ablegte, schnitt ihre Mutter aus einer festen, braunen Platte auf einem mit Backpapier ausgelegten Blech klebrig cremige Carrés, lehnte sie wie Dominosteine auf Desserttellern aneinander und legte eine Kuchengabel dazu.

»Möchtest du einen Espresso, Philine?«, rief sie.

»Unbedingt!«, schallte es zurück.

»Du auch, Amelie?«

»Nein danke. Ich muss bald gehen. Es ist schon nach elf.«

»Aber die Coffee-Toffees kannst du nicht verschmähen. Nimm eins.«

Pia schaltete die Kaffeemaschine ein und stellte zwei Espressotassen bereit.

»In Ordnung. Danach verabschiede ich mich.«

»Ja, ich verstehe das. Entschuldige bitte meine Verfassung. Ich hätte dich nicht herbitten dürfen.«

Die Mutter drückte sie kurz an sich. Dann nahm sie die Teller und ging zurück ins Esszimmer, auch Amelie setzte sich wieder auf ihren Platz.

»Philine!«, rief Pia überraschend grell. »Ich hab's!«

Sie sprang auf und entschwand durch die Wohnzimmertür. Zurück kam sie mit einer dunklen, verstaubten Flasche. Philine sah sie mit benebelt-interessiertem Blick an.

»Hier!«, rief Pia und streckte Philine die Flasche vors Gesicht. »Damit lassen wir den Abend ausklingen. Ich habe morgen frei.«

»Was ist das?«, fragte Philine, das vergilbte Etikett fokussierend.

»Clos du Griffier. Huberts zweiter Schatz. Ein Cognac von 1788. Kostenpunkt: achtundfünfzigtausend Euro!«

»Du bist herrlich, Pia. Siehst du! Davon profitiert jeder.«

Philine lallte inzwischen vernehmbar. Pia ging in die Küche und kehrte mit zwei Espresso, einem Küchenmesser und einem Korkenzieher zurück. Eine Tasse stellte sie vor Philine, die andere auf ihren eigenen Platz. Sie nahm die Cognacflasche, schnitt in den Siegellack, nach und nach bröckelte er herab, dann stach sie den Korkenzieher in den Flaschenhals und drehte ihn hinein. Mit dem Herausziehen hatte sie Mühe. Sie ging zum Wohnzimmerschrank, entnahm ihm zwei Cognacgläser, stellte sie auf den Tisch und schenkte sie halbvoll.

»Prost, Philine! Prost, Amelie, auch wenn du verzichtest! Schön, dass ihr da seid!«

»Prosit!«

Philine stach ihre Gabel in eines der klebrigen Carrés auf ihrem Teller und schob sich eine Ecke in den Mund.

»Pia, ein Gedicht dein Coffee-Toffee. Reine Poesie!«

»Luna und Kay haben heute morgen wieder angerufen und lassen Sie grüßen.«

»Das bedeutet mir viel. Danke.«

»Es ist kalt. Auch draußen.«

»Ich danke Ihnen, dass Sie mich trotzdem immer noch besuchen, Herr Blum.«

»Momentan besuche ich nur Sie. Es gab Zeiten, da habe ich mit vier Häftlingen gesprochen. Aber das schaffe ich jetzt mit Mitte siebzig nicht mehr.«

»Vielleicht kann mich Luna irgendwann einmal besuchen.«

»Gewiss. Ganz gewiss. Sie müssen nur Ihre monatliche Besuchserlaubnis für sie freihalten. Luna würde ganz bestimmt sofort kommen.«

»Ich schäme mich vor Luna. Ich habe sie benutzt. Ich habe ihr Wohlwollen als Rechtfertigung für die Tat missbraucht. Ich schäme mich.«

»Ich glaube nicht, dass Sie dazu Anlass haben. Ich besuche seit meiner Pensionierung Gefangene, inzwischen seit bald zehn Jahren. Aber Anrufe wie die von Luna und Kay für Sie habe ich nie erlebt. Sie stellen niemals Fragen. Diese beiden Menschen nehmen bedingungslos an Ihrem Schicksal teil. Solche Menschen in seiner Nähe, glauben Sie mir, hat kaum jemand, ob im Gefängnis oder in Freiheit. Solche Menschen gibt es doch kaum, die einen anderen nicht verurteilen, dessen Handeln ihnen fremd ist. Das dürfen Sie als Seligkeit empfinden.«

»Ich wünschte, mir gelänge das.«

»Das wünsche ich Ihnen.«

»Kay ist eine Überraschung, tatsächlich eine Unerwartbarkeit. Ich kenne sie kaum. Luna sollte ich es zutrauen. Und doch traue ich es niemandem zu.«

»Denken Sie nicht darüber nach, vergleichen Sie es nicht mit XYZ. Nehmen Sie es, wie es ist.«

Herr Blum unterbrach sich selbst.

»Entschuldigen Sie, Amelie. Das sind nur Gedanken von mir. Ich bin nicht hier, um Ihnen Ratschläge zu geben. Entschuldigung.«

»Luna fand immer, man sehe es einem Dornengestrüpp im Winter nicht an, ob es dir im Frühling womöglich nur die Kleidung zerreißt oder ob es dann rot oder gelb oder weiß zu blühen beginnt.«

»Das ist schön gesagt, Amelie, und passt zu Luna, scheint mir.«

»Luna ist eine Künstlerin.«

Beim Gedanken an Luna hellt sich Amelies Gesicht auf.

»Auf der ganzen Welt fahndet sie nach geheimen Ecken, die sie zu einzigartigen Erlebnisreisen zusammenstellt und ihren Kunden verkauft. Ihre Firma heißt Traumfänger. Und die mit dem Namen verknüpften Erwartungen ihrer Kunden erfüllt sie. Ganz und gar. Mit spielerischer Leichtigkeit. Das trug ihr bei ihren Stammkunden den Kosenamen Tyche ein. Aber davon will sie nichts wissen. Wenn schon eine von diesen Griechinnen, dann Metis, aber am liebsten gar keine, sagt sie.«

Sie sieht Herrn Blum jetzt geradewegs in die Augen.

»Entschuldigen Sie meine Dummheit, aber wer sind Tyche und Metis?«

»Tyche ist bei den Griechen die, die bei den Römern Fortuna heißt.«

»Ja, Fortuna kennt man natürlich.«

»Und Metis ist die erste Geliebte des Zeus. Die Göttin des auf praktisches Handeln gerichteten Scharf- und Spürsinns. Sie versteht es, aus dem, was schon da ist, Nutzen zu ziehen und aufzuspüren, wie sich eine Situation entwickelt.«

»Eine listige Gottheit, kann man sagen.«

»Und genau das gefällt Luna an Metis nicht.«

»Natürlich im besten Sinne listig!«, fügt Herr Blum hinzu. »Denn wenn sie aufspürt, wie sich eine Situation entwickelt, muss sie gegen nichts ankämpfen, sich nicht verausgaben. So wie wir das tun. Und genau so erscheint mir Luna am Telefon.«

»Sie selbst führt ihr Gelingen darauf zurück, dass sie sich keine Ziele setzt. Sie sagt, sie nehme das Vorhandene und bringe, was darin schlummert, nur zur Entfaltung. Sie gieße und hege ihre Pflänzchen, solange sie Pflege bedürften. Sie stelle nichts an, um schneller zu ernten, als es die Natur erlaube. Aber sie lasse die Früchte auch nicht länger am Baum hängen in der Hoffnung, sie würden noch dicker und praller, um dann zu riskieren, dass sie abfallen und kaputtgehen. Sie verbünde sich einfach mit dem Augenblick und lasse sich von ihm tragen.«

»Das ist klug.«

»Sie sagt: ›Das kann jeder.‹ Und: ›Schicksalhaftes Glück, danke nein.‹ Klar, dass sie Tyche verachtet.«

»Luna ist großartig! Jetzt wundere ich mich tatsächlich nicht mehr.«

»Luna, Luna, Luna … Herr Blum, ich glaube, ich liebe Luna.«

»Und wie ich das verstehe, Amelie. Man möchte am liebsten sofort mit ihr mitreisen.«

»Wenn Sie Lust dazu haben! Sie bietet zum Beispiel eine Radtour entlang der Holländischen Wasserlinie an. Vielleicht ist das für Sie etwas. Sie hat mir erklärt, dass Kaiser Wilhelm II. nach seiner Abdankung im niederländischen Exil die letzten zwanzig Jahre seines Lebens mit Leidenschaft Holz gehackt habe.«

»Oh ja! Was für eine Kuriosität. Davon habe ich gelesen: Nicht weit von Utrecht, im Ort Doorn, erwarb er ein kleines Schloss, ließ es herrichten und die Familienreichtümer der Hohenzollern aus Deutschland dorthin verfrachten.«

Jetzt blickt Amelie Herrn Blum staunend an.

»Ganz genau. Also fahren Sie hin! Die Wasserlinie verläuft ganz in der Nähe dieses Ortes, in einer malerischen Landschaft durchsetzt von gigantischen Verteidigungsanlagen aus Festungen und Bunkern. In ihrem Katastrophenjahr – irgendwann im siebzehnten Jahrhundert, glaube ich – wurden die Niederlande von mehreren Ländern zugleich angegriffen. Dank der Wasserlinie hatten sie sich jedoch erfolgreich gegen die schlimmste Invasion zur Wehr setzen können, indem sie sämtliche Deiche und Schleusen öffneten und das gesamte Gebiet fluteten.«

Amelie macht eine Pause.

»Wenn ich Ihnen das erzähle, Herr Blum, dann imitiere ich Luna.«

»Und wie Sie das können, Amelie.«

»Luna lebte immer in einer anderen Sphäre als die anderen und hat mich mitgenommen. Sie hat mich auf ihren Schwingen getragen, auch wenn sie fort war, unterwegs auf der ganzen Welt.«

»Das tut sie bis heute, Amelie.«

»Wenn ich jetzt zurückblicke, sehe ich um mich herum

die Hölle. Ich, die Zuschauerin, saß nicht mit darin. Dann um mich herum auf einmal Erleichterung und Aufatmen, und ich, wieder die Zuschauerin, falle selbst tiefer und tiefer. Luna gehörte Gott sei Dank nie zu dem, was ich um mich herum beobachten musste. Zusammen mit meinem Vater. Sie konnte da sein und sich entziehen, beides im selben Augenblick. Und zum Schluss habe ich sie mutwillig hineingezogen, mir ihren Beistand unrechtmäßig zu eigen gemacht.«

Der Wärter klappert mit dem Schlüssel, bevor Herr Blum noch etwas sagen kann. Herr Blum steht auf. Er drückt Amelie die Hand.

»Vielen Dank für diese Geschichten. Jetzt weiß ich nächsten Mittwoch sogar, wer mich anruft. Bis nächste Woche, Amelie.«

Kuglers Bürotür war angelehnt. Amelie hörte, dass er über die Freisprechanlage mit jemandem telefonierte. Sie wartete vor der Tür auf das Ende des Gesprächs, das offenbar kurz bevorstand.

»Also mein Junge, buch dir für morgen einen Flug hierher«, ertönte es aus dem Lautsprecher. »Besser kann es uns nicht gehen: heiße Sonne, strahlender Himmel, türkisblaues Wasser und reizende Mädchen an Bord. Koch und Skipper sind angeheuert. Also, hier ist alles, was du brauchst, wenn du kein Feigling bist.«

»Gut, Vater, ich sehe zu, dass ich für morgen einen Flug bekomme«, erwiderte Kugler.

Er legte auf. Gerade wollte Amelie eintreten, als sie das Freizeichen aus dem Lautsprecher vernahm. Sie hielt inne.

»Ja, Herr Kugler?«, sagte Frau Kamps Stimme.

»Bitte buchen Sie mir einen Flug nach Ibiza, morgen um die Mittagszeit.«

Er legte auf. Amelie klopfte kurz und trat schnell ein. Kugler starrte sie an wie ein kleiner Junge, der sich ertappt fühlte. Sie ignorierte diese Regung.

»Wenn Sie Zeit haben, informiere ich Sie über die Sache Matt«, sagte Amelie.

»Gut. Bitte setzen Sie sich.«

»Sie wissen ja, dass er Cum-Ex-Transaktionen getätigt hat«, begann Amelie.

»Ja, ich bin informiert. Aber auf welcher Grundlage hat der Fiskus den Hahn abgedreht?«

»Eine rechtliche Grundlage kann ich nicht erkennen. Es wurde nur das Verfahren geändert, sodass die Steuer inzwischen von derselben Stelle, nämlich der Depotbank, einbehalten und bescheinigt werden muss.«

»Keine rechtliche Grundlage? Dann machen wir das mit links. Ich haue Matt da raus.«

»Mir liegen zwei Urteile des Bundesfinanzhofs vor, kraft derer bestimmte Konstellationen des sogenannten Dividendenstrippings grundsätzlich zulässig sind.«

»Zeigen Sie mal.«

Amelie reichte Kugler die Schriftstücke. Er überflog sie in wenigen Sekunden.

»Damit ist klar, dass unser Bundesministerium für Finanzen die Cum-Ex-Praxis durch seine eigenen Gesetze legalisiert hat«, sagte er und wischte mit dem Handrücken über das Blatt vor ihm.

»Bescheid wusste das Finanzministerium seit Langem über diese Gesetzeslücke, spätestens seit 2002«, sagte Amelie, während Kugler in den Unterlagen blätterte.

»Das interessiert uns nicht. Hier steht es doch schwarz auf weiß: Bundesdrucksache zum Jahressteuergesetz 2007! 2007, also noch mal fünf Jahre später!«

Kugler las in sich hineinnuschelnd, manchmal hob er ein wenig die Stimme: »*… Grundlage für die Zurechnung von Aktien, die bis zum Tag des Gewinnverteilungsbeschlusses …, entsprechend den nationalen und internationalen Börsenusancen … In Übereinstimmung mit den internationalen Regelungen … Aktien dem Erwerber mit allen zum Zeitpunkt des schuldrechtlichen Geschäftsabschlusses bestehenden Rech-*

*ten und Pflichten zustehen … der Erwerber der Aktien als wirtschaftlicher Eigentümer im Sinne des § 39 AO zu behandeln ist mit der Folge, dass ihm die Wertpapiere steuerrechtlich zuzuordnen sind.*«

Jetzt hob Kugler die Stimme deutlich und den rechten Zeigefinger:

»So, und hier steht es: *Wenn für ihn das Kapitalertragsteuer-Erstattungsverfahren durchgeführt wird, erhält er eine Gutschrift in Höhe der Bruttodividende.* Von einem gesetzeswidrigen Betrug kann keine Rede sein.«

»Das sehe ich genauso. Wenigstens indirekt konnte Matt seine Geschäfte als legalisiert betrachten«, pflichtete Amelie bei.

»Matt ist nichts anzulasten. Er hat sich lupenrein auf der Seite deutscher Rechtsstaatlichkeit bewegt, auf dem Boden geltenden Rechts. Wir müssen prüfen, ob wir Matt empfehlen, gegen den deutschen Staat zu klagen. Der macht sich doch angreifbar, wenn er aus heiterem Himmel und ohne gesetzliche Grundlage die eingereichten Steuerbescheinigungen nicht mehr anerkennt, eine regelrechte Hetzjagd auf Investoren eröffnet und damit wahrscheinlich etliche Anleger in den Ruin treibt. Immerhin basierte das Modell darauf: je größer die Investition, desto größer der Profit.«

»Das prüfe ich bereits«, erwiderte Amelie. »Aber jetzt zu den beiden Kunden, die Matt verklagt haben, Christian Polder und Markus Erwin. Darauf müssen wir reagieren und mit Matt sprechen. Durch das geplatzte Modell ist Matt außerstande, seinen Verpflichtungen ihnen gegenüber nachzukommen.«

»Was sind denn das für Vögel?«

»Zwei seiner Großkunden, die sich für die Klage zusammengeschlossen haben. Polder klagt auf vierzig und Erwin auf fünfzig Millionen Euro. Matt soll ihnen Renditen von acht bis zwölf Prozent versprochen haben mit einem maximalen Risiko von zwei Prozent. Erwin ist ein reicher Unternehmer und Polder ein kleiner Anlageberater, der nicht nur in Vertretung seiner Kunden bei Matt investiert hat, sondern auch mit erheblichen Summen privat eingestiegen ist. Mit Polder verband Matt darüber hinaus eine Freundschaft. In den Akten wird eine SMS zitiert, die sehr vertraut klingt: ›Lieber Pascal, Investment wie besprochen, 40 Mio. Herzlich, Dein Christian‹«, las Amelie von einem Notizzettel ab. »Nun berufen sich beide Kläger darauf, Matt habe sie unzureichend aufgeklärt. Weder Polder noch Erwin wollen gewusst haben, dass ihre Renditen auf der doppelten oder mehrfachen Ausstellung von Steuerbescheiden basierten. Sie seien arglistig getäuscht worden und verlangen die Rückabwicklung des Geschäfts.«

»Das kauft ihnen doch kein Richter ab.«

»Davon gehe ich wenigstens bei Polder aus. Trotzdem hat er an Eides statt versichert, Matt habe ihm ausdrücklich bestätigt, die gezeichneten Fonds gingen nicht zulasten des Steuerzahlers.«

»Liegt so eine Bestätigung vor?«

»Nein, ich habe nichts gefunden. Dazu muss Matt Auskunft geben.«

»Na ja, gerade Polder macht sich damit doch zum Gespött. Immerhin verkauft er sich als Anlageberater.«

»Ich habe einen früheren Kommilitonen angerufen, der bei Polders Depotbank arbeitet. Unter dem Siegel der Verschwiegenheit hat er mir ein Schriftstück zukommen lassen, in dem Polder bestätigt, ein professioneller Anleger zu sein.«

»Gut gemacht, Frau Frank. Wie dem auch sei, Matt ist als Schweizer ohnehin nicht an das deutsche Steuerrecht gebunden, somit tragen seine deutschen Partner das hundertprozentige Risiko für Steuerrückforderungen und Geldstrafen.«

»Trotzdem ist es fraglich, ob wir Matt empfehlen sollen, sich stur zu stellen.«

»Ach was. Vielmehr bezweifle ich, dass sich die beiden deutschen Kläger einen Gefallen damit tun, derartig aggressiv gegen Matt vorzugehen. Matts Geschäfte mögen moralisch anfechtbar sein; mit dem deutschen Gesetz – und das ist für uns entscheidend – standen sie im Einklang.«

»Auch der Ruf ist ein Kapital«, gab Amelie zu bedenken.

»Wie auch immer. Übernächsten Donnerstag ist der Termin mit Matt. Also kommen Sie mit. Sagen Sie Frau Kamp, sie soll uns Flüge buchen, zwölf Uhr beim Termin, Rückflug siebzehn Uhr. Und fangen Sie bei Matt nicht von seinem Ruf an. Das weiß er selbst.«

Amelie stand auf, nahm ihre Akte und verließ Kuglers Büro.

In der nächsten Astrologiestunde beschrieb der Lehrer das Tierkreiszeichen des Löwen.

»Der Löwe verschlingt alles unbändig«, erzählte Herr Grubmüller. »Er lässt nichts übrig und schert sich nicht um die Knochen. Mit derselben Leidenschaft spuckt er seine Beute auch wieder aus, wenn sie ihm nicht mehr schmeckt, und wendet sich einer neuen zu – stets vom Genuss betört, als würde er ihm zum ersten und zum letzten Mal zuteil. Der Moment ist es, der den Löwen in seinen Bann zieht!«, rief er aus.

Amelie gefiel dieses Bild. Denn immerhin war sie eine Löwin, und sie würde nur allzu gerne fressen und genießen. Nichts würde sie lieber tun als das und auf ihre Beißhemmung ihr Lebtag verzichten. Stattdessen schaute sie den anderen dabei zu. In den Worten des Lehrers schwang Bewunderung mit, aber auch Schmerz. Ganz sicher war er einst von einer Löwin ausgespuckt worden, dachte sie.

Plötzlich ereiferte sich Mario in der Bank hinter ihr. Amelie wandte sich um. Er griff Herrn Grubmüller an, als gälte es, die eigene Existenz zu verteidigen. Die Situation war unangenehm, die Diskussion unfruchtbar. Er warf dem Lehrer vor, er wolle den Löwen am liebsten aus dem Tierkreis verbannen, und Grubmüller reagierte ebenso harsch. Offensichtlich ging ihm der Löwe wirklich nahe. Mit einer kaum zu überbietenden Überheblichkeit putzte er Mario herunter, der daraufhin nichts mehr sagte und schwieg. Sein Blick wanderte noch aufgeregter als gewöhnlich in alle Himmelsrichtungen, bis er schließlich auf dem Heft vor ihm zur Ruhe kam. Eine Stimmung wie nach einem Stierkampf erfüllte den Raum: Wenn die Spannung in der Arena, wer den Kampf überleben würde, abgeflaut ist, bleibt trotz des Jubels ein schales Gefühl zurück. Ein Hormonvergleich hat stattgefunden, der Stier ist tot. Einen Fuß heroisch auf den Körper des am Boden liegenden Tieres gestellt, winkt der Torero in die Ränge. Weil die Ordnung nicht in Unordnung geraten ist, ertönt euphorischer Applaus, dann leert sich der Schauplatz. Unvermittelt war auch im Astrologieraum das Bedürfnis nach Kräftemessen entstanden. Amelie schob Gedanken und Gefühle zu diesem Zwischenspiel beiseite. Kein Lehrer mit geschwellter Brust, kein Mario mit gesenktem Blick.

Als hätte sich ihre Solidarität schweigend mitgeteilt, kam Mario nach dem Unterricht auf sie zu und sprach sie zum ersten Mal an.

»Hast du vielleicht Lust, ein Bier trinken zu gehen? Wir könnten uns in den Biergarten unten am See setzen?«

»Gerne«, antwortete Amelie.

Sie freute sich über die Einladung. Plötzlich fühlte es sich an, als hätte sie all die Wochen nur darauf gewartet, zu erfahren, wer er war. Er sah nicht aus, als wäre er verheiratet und hätte für eine Familie zu sorgen. Vielleicht war er Student und führte ein lustiges Leben, dachte sie.

Sie liefen eine stockfinstere Straße entlang.

»Was ist mit deinen Schuhen?«, fragte er unvermittelt.

Amelie sah zu ihm hinüber, nur seine Silhouette war erkennbar.

»Was?«

»Du quietschst.«

Tatsächlich, ihre Schuhe quietschten bei jedem Schritt. Sie lachte.

»Das stört dich doch nicht.«

»Nein, keineswegs, wenn es dir nichts ausmacht«, erwiderte er lachend.

Sie gingen schweigend nebeneinander her. Es war still, kein Motor, keine Stimme, kein Laut waren zu hören. Nur das Geräusch ihrer Schritte begleitete sie.

Schließlich räusperte Mario sich.

»Wie kommst du eigentlich zur Astrologie?«

»Das war sozusagen ein Unfall«, antwortete Amelie ausweichend.

Sie wollte keine Details erklären. Hätte sie von dem Fahrradunfall angefangen, hätte sie die verrückte Frau erwähnen müssen, dann das bis heute nicht abgeschickte Kündigungsschreiben und schließlich ihren Büroalltag. Sie genoss es, ohne Berührung mit ihrem wirklichen Leben neben ihm durch die Nacht zu laufen.

»Ein Unfall«, wiederholte Mario. »Das ist wohl bei den meisten so.«

Amelie fragte nicht, was er meine. Sie betraten den Biergarten und suchten sich einen freien Tisch.

»Setz dich«, sagte er, »ich hole Bier. Du nimmst doch eins, oder?«

»Ja, gerne.«

Amelie blickte auf den dunklen See, der ihr vorzuführen schien, alles in seiner Schwärze untergehen lassen zu können. Als Mario mit den Gläsern zurückkam, folgten ihm zwei Mitschüler aus dem Kurs – Peter, ein wohlgenährter Mittzwanziger, und Conny. Sie war höchstens zwanzig, hatte kurzgeschorenes Haar und trug bunte, flatternde Kleidung.

»Dürfen wir uns zu euch setzen?«, fragte Peter.

Er hielt einen Teller mit einem gebratenen Fisch und einer enormen Portion Pommes Frites in der Hand. Conny trug ihr Bierglas. Amelie machte eine einladende Handbewegung.

»Hier sitze ich«, sagte Mario, rückte neben Amelie und zwinkerte ihr verstohlen zu.

»Das war heute ja richtig lebhaft«, begann Peter kauend, nachdem jeder seinen ersten Schluck genommen hatte.

Amelie und Conny nahmen sofort einen zweiten und schauten ins Bierglas. Peter sah herausfordernd in die Runde, während er sich ein Kartoffelstäbchen nach dem anderen in den Mund schob. Seinem gefälligen Grinsen nach zu urteilen, fühlte er sich gemeinsam mit dem Lehrer obenauf. Das bemerkte anscheinend auch Mario. Sein Blick begann wieder zu flackern. Dann erwiderte er:

»Herr Grubmüller hatte schon recht mit seiner Reaktion.«

Amelie nahm ihr Glas ruckartig vom Mund und sah zu Mario, der mit Blicken um Bestätigung rang. Sie verstand nicht, was vor sich ging, und hielt den Mund. Mario fuhr fort, in vernichtender Weise Selbstkritik zu üben.

»Ich habe ihn provoziert, und er hat mich zu Recht abgekanzelt. Ich bin's gewohnt. Ich gerate immer wieder in solche Situationen. Das ist normal, wenn man so eine niederträchtige Anlage wie einen Löwe-Aszendenten in seinem Horoskop hat.«

Amelie war immer noch außerstande, dem Dialog zu folgen. Sie versuchte, Marios Gesichtsausdruck und den seines nach wie vor grinsenden Gegenübers zu deuten, konnte jedoch nichts erkennen, das auf einen Scherz hinwies. Vielmehr war hier in Windeseile abermals eine Hierarchie geklärt worden. Ihr wäre lieber gewesen, Mario hätte seine selbstzerstörerischen Gedanken nicht so unumwunden offenbart und das Spiel wäre zu seinen Gunsten ausgegangen.

»Ich bin übrigens auch Löwe«, sagte sie, um Mario aufzuheitern. »Und weißt du was? Ich habe Herrn Grubmüllers Charakterisierung als Kompliment empfunden.«

Peter überhörte Amelies Einwurf und grinste weiter in Marios Richtung. Sein Teller glich inzwischen einem Schlachtfeld. Ein zerstörter Fischkopf, Gräten und Hautfetzen schwammen in Soßenresten. Amelie musste an ein gefräßiges Untier denken, wild bellend und mit scharfen Tatzen.

»Hört auf«, sagte sie. »Herr Grubmüller hat aus irgendeinem Grund überreagiert. Es ging doch nicht um eine Sache.«

»Nein, er hatte recht«, wiederholte Mario.

Auf einmal legte sie, ohne es zu steuern, ihren linken Arm um seine Schultern.

»Sei froh, dass du ein Löwe bist, dass du aufbrausen und devorieren kannst.«

Eine Bedrückung erfüllte sie. Etwas war über sie gekommen, das ihr die Überzeugung verlieh, sie könne Mario durch ihre Umarmung Schutz bieten und ihn aus diesem

Höllenschlund befreien. Hätte er angefangen zu weinen, sie hätte ihn an sich gedrückt wie ein Kind. Sie zog ihren Arm zurück. Sie war durcheinander. Alle schwiegen. Am dunklen Seeufer legte ein Ruderboot an. Eine Schattengestalt zog es am Bug an Land, nahm die beiden Riemen aus den Dollen und legte sie ins Boot. Amelie tippte Mario ans Bein und wies mit dem Blick zum Ufer. Er berührte beiläufig ihre Hand. Die Gestalt entschwand in die sternenlose Schwärze.

»Müsst ihr auch in die Stadt?«, fragte Amelie in die Runde.

»Wir schon«, antwortete Conny und zeigte auf sich und Mario. »Peter wohnt in der anderen Richtung.«

Peter nickte und erschlug eine Mücke, die sich auf seinem Arm niedergelassen hatte.

»Wenn ihr wollt, nehme ich euch mit. Ich würde nur gerne jetzt aufbrechen«, sagte Amelie.

Sie standen auf, verabschiedeten sich und gingen zum Auto. Auf der Fahrt sprach niemand. Aus dem Augenwinkel sah Amelie Marios flackernden, in den Fußraum gerichteten Blick. An einer Straßenbahnhaltestelle ließ sie die beiden aussteigen. Mit einem Fuß schon auf der Straße, wandte sich Mario noch mal zu ihr um.

»Ohne deine Telefonnummer steige ich nicht aus.«

Amelie musste lachen und riss eine Ecke aus ihrem Astrologieheft, notierte die Nummer und reichte Mario den Zettel. Er schlug die Beifahrertür zu und entfernte sich zusammen mit Conny.

Sie schloss die Wohnungstür auf, machte in allen Zimmern Licht. In der Garderobe hängte sie ihren Mantel auf, ging in die Küche, füllte ein Glas mit Wasser, trank es aus, öffnete die Balkontür. Der Mond bot sich ihr dar wie eine pralle Pomelo, die schwer an einem von der Schwärze verschluckten Dornenast eines ausladenden Baumes herabhing. Sie holte ihre Schablone für den Himmel der nördlichen Hemisphäre und verglich. Jupiter loderte grell gegen den stolzen Mond an. Als König des Himmels zog er den Blick auf sich. So deutlich herrschte er nur selten, das hatte sie in der Zeitung gelesen. Mit ihrem kleinen Teleskop erspähte sie zu seiner Rechten und Linken vier Sternchen, die Jupitermonde, die im siebzehnten Jahrhundert Galilei in ihren Bann gezogen und ihm einigen Unbill eingehandelt hatten. Die Pünktchen neben dem Riesen brachten das damalige Weltbild mit der Erde als Zentrum, um die sich alles dreht, aus den Fugen. Denn diese Himmelskörper folgten eigenen Bahnen: Sie hatten Jupiter zu ihrem Zentrum erkoren und machten Galilei zum Ketzer, vom rechten Weg verschlagen. Und nun prangte gleich rechts von Jupiter der noch stärker leuchtende – dreihundertmal heller als die Sonne –, bläulich funkelnde kleine Herrscher Regulus im Sternbild des Löwen. Die erhabene Mähne und das stolze Haupt des Königs der Tiere ragten als sichelförmige Sternengruppe über Regulus empor. Beim Gedanken an den Löwen durchfuhr sie ein Schaudern. Wie eine übergeworfene Kutte aus Blei überfiel sie plötzlich die Müdigkeit. Sie schloss die Tür, löschte das Licht, ging ins Schlafzimmer, zog sich aus und überließ sich dem Schlaf.

Die nächtliche Stille wurde jäh vom Telefonklingeln durchbrochen. Sie zögerte. Dann nahm sie ab.

»Du bist mir eine Erklärung schuldig geblieben«, vernahm sie eine Stimme.

»Mario, bist du das?«

»Die Schattengestalt am See. Was wolltest du mir zeigen?«

»Sie fiel mir einfach auf. Warum, weiß ich nicht. Vielleicht ist es ungewöhnlich, mitten in der Nacht auf einem See zu rudern.«

»Ich habe mich erschrocken. Aber nur, weil mir dieses Bild vertraut erschien. Ich weiß auch nicht, warum.«

Amelie schwieg.

»Dann gute Nacht, Amelie«, sagte Mario leise.

»Gute Nacht.«

Am Karfreitag holte Luna sie abends ab. Mit dem Taxi fuhren sie zu einem italienischen Restaurant, das kaum diesen Namen verdiente, aber Lunas Neuentdeckung war. Kleine Leckereien, von denen Luna üppig auftischte, musste man sich am Tresen holen, und verzehrte sie auf klapprigen Stühlen an klapprigen Tischen. Die Bierauswahl im Selbstbedienungskühlschrank war zugegebenermaßen beeindruckend. Für Luna jedoch zählte, dass das Personal der deutschen Sprache allenfalls rudimentär mächtig war und sie sich wie in Rom fühlen durfte.

In den vergangenen Wochen hatte sie eine neue Reise zusammengestellt und sprudelte über vor Begeisterung.

»Der Westen Chinas! Im Juni fahren meine ersten Gäste dorthin. Eine außergewöhnliche Reise ist das! Ein Professor der Religionswissenschaften, dem ich vor ein paar Monaten begegnet bin, hat mich darauf gebracht. Als er von einem magischen tibetischen Ort namens Xiahe in einer entlegenen Region erzählte, in dem es mehr Mönche als Bürger gebe, bekam er einen Lachanfall. Denn in den Straßen von Xiahe sieht man die telefonierenden Mönche in roten Kutten immer wieder ihren ruhigen Gang unterbrechen und in die Hocke gehen, bevor sich auf dem Pflaster unter ihnen ein Bächlein seinen Weg bahnt.«

Amelie lachte.

»Ganz in der Nähe dieses Ortes gibt es an einem Nebenarm des Gelben Flusses eindrucksvolle Felsformationen, die wie Tempel in den Himmel ragen«, schwärmte Luna.

»Dort bin ich hingereist und habe tatsächlich einen Traum eingefangen! In Lanzhou habe ich ein Boot bestiegen und glitt nach wenigen Minuten in eine andere Welt: Rötlich gelbes Wasser. Yaks weiden auf saftigen Uferwiesen. Gewaltige Berge ragen aus dem Fluss empor, umschließen ihn schluchtengleich. Es herrscht Stille. Sogar das Motorengeräusch des Bootes scheint von der Natur verschlungen zu werden.«

Amelie lauschte gebannt Lunas Reiseabenteuern. Luna nahm einen großen Schluck von ihrem Bier, bevor sie fortfuhr.

»Nach einer Stunde legte das Boot vor einem langen, überhängenden Felsen an. In der Ferne ein riesenhafter, sitzender Buddha. An die hundertachtzig Skulpturen jeder Größe sind dort in Felsnischen eingelassen, mit unterschiedlichen Gesichtszügen, unterschiedlicher Kleidung, umgeben von Wandmalereien unterschiedlicher Stilrichtungen. Der kleinste Buddha misst zwanzig Zentimeter, der größte siebenundzwanzig Meter. Kannst du dir das vorstellen, Amelie? Ich konnte kaum die Oberfläche seines kleinen Zehs erreichen«, sagte sie und reckte dabei ihren rechten Arm in die Höhe.

Bei der Vorstellung, wie Luna staunend zwischen den Buddhas umherlief, lächelte Amelie.

»Neben der riesenhaften Buddhagestalt führen Holzstellagen mit steilen Treppen und einigen Falltüren in die oberen Grotten auf sechzehn Metern Höhe, das sind die ältesten und prächtigsten. Ab dem vierten Jahrhundert haben dort Mönche Schutz gesucht. Eine der Gebetsnischen birgt sogar die älteste buddhistische Inschrift Chinas aus dem Jahr 420! Und dann gibt es in Lanzhou noch etwas zu bewundern: Nämlich wie dort an jeder Ecke Nudeln mit der Hand hergestellt werden. Die Imbissbesitzer ziehen den

Teig mit einem Schwung in die Länge, schlagen ihn einmal heftig auf ein Küchenbrett, nehmen den Teigschlauch dann doppelt, ziehen ihn wieder und wieder in die Länge und schlagen ihn wieder und wieder aufs Brett, bis er sich zu einem Bündel dünner Fäden geteilt hat, die sie dann in kochendes Wasser werfen. Ich habe mich dort ausschließlich von Nudelsuppe ernährt! Einer der vielen Höhepunkte meiner neuen Reise ist, dass die Gäste die Kunst der Nudelherstellung erlernen können.«

»Du bist einmalig«, sagte Amelie lachend. »Das klingt großartig. Aber vergiss dein Essen nicht, bevor es kalt wird!«

Nachdem sich Luna ein paar Gabeln Rigatoni in den Mund geschoben hatte, berichtete sie von einer weiteren Idee, an deren Realisierung sie gerade arbeite: mit der Transsibirischen Eisenbahn von Moskau nach Wladiwostok und weiter mit dem Schiff nach Kalifornien, weil Bertolt Brecht diesen Weg zurückgelegt hatte, nachdem er mit seiner Familie und mindestens zwei Geliebten 1941 nach Moskau gegangen war. Sie fand es amüsant, dass der Marxist und Kommunist Brecht damals nichts Besseres zu tun hatte, als Moskau so rasch wie möglich den Rücken zu kehren, um über Wladiwostok in die USA zu gelangen. Doch am bemerkenswertesten sei wohl, erzählte sie weiter, dass Brecht seine Geliebte und engste Mitarbeiterin Margarethe Steffin sterbend in Moskau zurückgelassen habe.

»Und damit nicht genug: Nach Brechts Tod wurde der Welt verschwiegen, wie wichtig Margarethe für sein Schaffen war und wie bedeutend ihr Anteil an etlichen seiner Werke! Der *Dreigroschenroman*, *Furcht und Elend des Dritten Reiches*, *Die Rundköpfe und die Spitzköpfe*, *Herr Puntila und sein Knecht Matti*, *Der gute Mensch von Sezuan*, *Arturo Ui*, *Mutter Courage* und *Leben des Galilei*«, zählte Luna auf, als wollte sie die Liste niemals beenden. »Brecht selbst notierte einmal: *Grete züchtigt mich mit Skorpionen, der Jamben des ›Ui‹ wegen.*«

»Was du alles herausfindest!«, sagte Amelie voller Bewunderung. »Und dann wird jedes Mal eine Reise daraus.«

»Steffin war eine außergewöhnliche Frau! Deshalb hat es mich erschüttert, dass sie gegen vernichtende Selbstzweifel offenbar machtlos war. Denn sie schrieb über sich …«

Luna machte eine Pause, dann rezitierte sie auswendig:

*»Ich selbst möchte so furchtbar gern auch produktiv sein, aber […] immer wenn ich etwas beginne, habe ich Angst, dass die Leute sagen werden, ich hätte es nicht selbst gemacht. Und deshalb höre ich wieder auf. Oder ich glaube, dass es nichts taugt.«*

Damit sei Lunas Idee geboren gewesen: »Bühne auf den Gleisen – von Moskau nach Hollywood«. Neben Steffins eigener Lyrik werde sie von zwei Schauspielern die Brecht'schen Stücke vortragen lassen, an denen Steffin mitgewirkt hat. Für die zwölftägige Zugreise mit mehreren ganzen Tagen auf den Schienen komme da genug zusammen.

Nach dem Essen bei dem kleinen Italiener wollte Luna tanzen gehen. Amelie hatte nichts dagegen. Der Club war nicht weit, sodass sie zu Fuß in zehn Minuten dort waren. Am Eingang wirkte alles noch normal, und der Türsteher gewährte ihnen anstandslos Zutritt. Doch gleich an der Garderobe wurde eine seltsame Atmosphäre spürbar. Als sie in den schummrigen Saal traten, herrschte Totenstille. Einige Leute saßen am Tresen vor ihrem Glas. Auf der Tanzfläche wanden sich zumeist dunkel gekleidete Gestalten mit Kopfhörern wie sich aufbäumende Schlangen, aus deren Wangen gewaltige Ohrmuscheln ragten. Für einen Moment hielten sie beide inne und betrachteten, was sich ihnen darbot. Leute drängten an ihnen vorbei und belebten allmählich den Raum. Wie angelockte schwarze Vögel füllten sie die Tanzfläche, flatterten ohne Unterlass mit federlosen Flügeln an den sich windenden Leibern, dann und wann zu Knäueln verschlungen, als müssten sie sich gegenseitig fesseln.

Luna nahm Amelies Hand und zog sie in Richtung Tresen. Dort winkte sie den Barkeeper herbei.

»Was ist denn hier los?«

»Karfreitag! Kreuzigung Jesu. Tanzverbot.«

Gut, sie würden dann nicht tanzen, erwiderte Luna und bestellte zwei Gläser Weißwein.

Amelie schreckte auf. Sie wandte den Blick ruckartig zum Wecker auf dem Nachttisch. Ein Uhr sieben las sie auf der Anzeige. Das Telefon läutete zum dritten Mal. Sie ging in den Flur und nahm den Hörer ab.

»Hier ist Mario. Habe ich dich geweckt?«

»Das kann man sagen. Ist etwas passiert?«

Sie ging zurück ins Schlafzimmer, setzte sich auf die Bettkante und stützte ihre Unterarme auf den Oberschenkeln ab.

»Amelie, es ist Ostersonntag, Auferstehung! Bitte zieh dir etwas über. Wir treffen uns in zehn Minuten am Kleinen Königsplatz, ich muss dich sehen. Sag nicht Nein. Bitte komm.«

Ihr schläfriger Blick haftete an einem violetten Unterhemd, das mitten im Zimmer auf dem Boden lag.

»Amelie, ich warte dort auf dich.«

Sie blieb mit dem Telefonhörer am Ohr sitzen, nachdem Mario aufgelegt hatte. Dann stand sie auf, zog sich an, nahm eine Jacke, einen dünnen Schal und den Schlüsselbund. Im Hof schloss sie ihr Fahrrad auf und fuhr zum

Kleinen Königsplatz. Eine Schattengestalt lehnte an der Backsteinmauer des monumentalen Bauwerks, das den Platz auf der östlichen Seite rahmte. Das matte Licht, das aus den Tor- und Fensterbögen des Palastes im Norden drang, erleuchtete den Platz. Die Gestalt stand in ihre Richtung gewandt und hob das Kinn, als sich Amelie näherte. Zwei, drei Schritte machte die Gestalt auf sie zu und wurde als Mario erkennbar. Amelie stieg vom Fahrrad. Sein Gesicht wirkte hell, er freute sich offenbar, dass sie tatsächlich gekommen war. Ruhig legte er seine Hand auf ihre Schulter, verweilte einen Moment lang. Ein Augenblick voller Eindringlichkeit, in dem er sich ihrer Züge zu vergewissern schien und ihre Schulter unter eine Wärmehaube hüllte, bevor er wieder in alle Richtungen zugleich blickte.

»Komm, setz dich.«

Er bot ihr seinen Arm an und geleitete sie zur breiten, sich schräg nach oben verjüngenden Steintreppe, die in den erleuchteten Torbogen des Palastes führte. Seiner Tasche entnahm er ein dünnes Sitzkissen, platzierte es in der Mitte der vierten Stufe. Dann holte er einen Schal hervor und bat mit Blicken darum, Amelie die Augen verbinden zu dürfen. Er trat hinter sie, band den Schal um ihren Kopf und half ihr, sich zu setzen.

»Warte kurz.«

Amelie saß, ihre Handflächen auf den Knien, im Windschatten der hohen Bauwerke, die den kleinen Platz von drei Seiten umschlossen. Auf einmal – sie erschauderte und umklammerte sich mit ihren eigenen Armen, als drohte sie auseinanderzufallen – hoben zwei ruhige, reine, ihr wohlbekannte Klaviertöne an, erfüllten den Platz, dann ein Triller, so bedächtig geführt, dass er ihren Körper innerlich sachte mithüpfen ließ. Rettend hatte sie, was sie jetzt hörte, oftmals erlebt, Friedlichkeit stiftend. Die Goldberg-Variationen, eines der zahlreichen Bach-Wunder. Klingende Perlen sich von allen Mauern ergießend umspülten sie. Amelie sackte zusammen, legte den Oberkörper auf die Beine. Als müssten sie einstimmen in das Perlenspiel, entrannen Tränen irgendeiner Tiefe, Marios Schal nahm sie auf. Ein Wechselspiel, tragender Trost, dann und wann hellste Heiterkeit, eindringliche Rast, leichtigkeitstanzende Entschlossenheit, himmlisches Jubilieren, frohlockende Vergänglichkeit, die Grenzenlosigkeit huldvoll von der Musik umschlossen. Amelie rührte sich nicht, als der letzte Ton verklang. Kurz pausierte die Musik. Vielleicht erwartete Mario eine Reaktion von ihr. Doch er befreite sie rasch aus der herannahenden Kälte und ließ ein anderes Bachstück erklingen. Als es wieder still wurde und sie sich immer noch nicht regte, hörte sie ihn sagen:

»Also dann, meine Liebe.«

Ein Rhythmus, der nach Kuba klang, hob an, dann eine Begleitmusik. Amelie wurde hellhörig. Und tatsächlich, schmerzhaft fröhliche kubanische Son-Elegien von einem Klavier gespielt zogen über den Platz. Sie lauschte, die Musik spielte und spielte. Im dritten Lied löste sie den Schal. Mario saß etwa vier Meter entfernt vor ihr in der Mitte des Platzes und bewegte Oberkörper und Beine hinter einem schmalen elektrischen Klavier zur Musik, zu beiden Seiten je ein Lautsprecher. Er hob die Augenbrauen, als sie ihn anblickte, und lachte sie Erleichterung mimend an, ohne seine Bewegung und sein Spiel zu unterbrechen. Eine blonde Frau und ein älterer Mann in langen Mänteln schlenderten Hand in Hand von Süden heran, sonst war es menschenleer. Sie gingen an Mario vorüber, nickten ihm zu, umarmten sich und fingen an zu tanzen. Nach weiteren drei Liedern hörte Mario auf zu spielen. Die beiden Tänzer lösten ihre Umarmung, schüttelten Mario die Hand und schlenderten miteinander davon. Amelie stand auf, griff Kissen und Schal und ging auf Mario zu.

»Sag nichts«, bat Mario. »Nur ich darf Danke sagen.«

Er klappte sein Klavier zusammen, rollte die Lautsprecherkabel ein und packte die Sachen. Dann holte er ihr Fahrrad und klemmte einen der Lautsprecher auf den Gepäckträger.

»Ich bringe dich nach Hause.«

Sie schob ihr Rad, er lief, mit Klavierkoffer und dem anderen Lautsprecher beladen, neben ihr her. Vor ihrer Haustür stellte er beides ab und nahm den Lautsprecher vom Gepäckträger.

»Kannst du einen mitnehmen? Ich hole ihn in den nächsten Tagen ab.«

»Natürlich«, erwiderte Amelie.

Sie standen einander gegenüber. Amelie schaute auf seine rechte Schulter, aus dem Augenwinkel sah sie ihn überall hinblicken. Manchmal auch zu ihr.

»Danke für den schönen Abend«, sagte sie.

Er machte einen halben Schritt auf sie zu. Dann drückte er sie an sich. Amelie schloss einen Moment lang die Augen, bis er sie wieder losließ, sein Gepäck in beide Hände nahm und sich verabschiedete. Einmal drehte er sich noch um und lachte ihr zu.

Am nächsten Vormittag zog Amelie Laufhose, Jacke und Sportschuhe an, band sich das Haar zu einem Pferdeschwanz, nahm den Hausschlüssel und wollte gerade zur Tür hinaus, als das Telefon klingelte. Ihr Vater meldete sich. Seine Stimme klang leise, warm.

»Amelie, beileibe will ich dich nicht belasten oder in meine Angelegenheiten hineinziehen. Aber auch den Anschein stoischen Schweigens möchte ich nicht erwecken. Ich erwarte nichts von dir, du bist frei, in allem«, sagte er.

Dann bat er sie, ihr kurz sagen zu dürfen, dass ihm alles, was passiere, leidtue und er doch nicht umhingekommen sei, sich schuldig zu machen.

Amelie ließ sich auf einen Stuhl fallen.

»Was ist genau passiert?«, fragte sie.

»Es mag in deinen Ohren lächerlich klingen, aber ich liebe diese Frau. Sie heißt Kay und ist ein paar Jahre jünger du.«

»Davon hörte ich«, erwiderte sie knapp.

»Wie du dir denken kannst, tobt deine Mutter. Und wäre ich bei Kay nicht jenseits des Altersunterschieds auf meinen Gefühls-, Gedanken- und Ausdruckszwilling gestoßen, könnte es nichts wert sein, den Zorn deiner Mutter über mich ergehen zu lassen.«

Amelie schwieg, sodass der Vater nachfragen musste, ob sie noch am Apparat sei.

»Ich habe das nicht gewollt, schon gar nicht geplant und auch nicht gekannt. Ich habe begonnen zu akzeptieren, dass diese Begegnung unverständlich bleiben muss, zu einem gewissen Grad auch mir selbst. Und ich akzeptiere, dass mir keine Worte zur Verfügung stehen, die mir auf der Suche nach einer Verständigungssprache beistehen. Zum ersten Mal erlebe ich die Untauglichkeit von Begriffen, die ich in meinem Leben bereits verwendet habe. Abgenutzt sind sie, belegt.«

»Ein paar Begriffe sind zur Verständigung wohl oder übel notwendig«, unterbrach Amelie ihn. »Wenn du mit mir Chinesisch sprichst, klingt das in meinen Ohren zwar jungfräulich, hilft uns aber womöglich weniger weiter als ein bereits verwendetes Wort.«

»Genau das fehlt mir!«, erwiderte er. »Eine Metaphernjungfräulichkeit!«

Er bedankte sich bei Amelie dafür, dass sie ihm auf die Sprünge geholfen habe. Dann fragte er:

»Ist dir eigentlich je bewusst geworden, in welchem Moment du welchen Begriff aus welchem Grund für geeignet hältst?«

Bevor Amelie antworten konnte, erklärte er:

»Wir erachten einen Begriff als treffend, weil er bestimmte Wahrnehmungen widerspiegelt. Und Begriffe, die eine übereinstimmende Wahrnehmung vieler Menschen ausdrücken, demnach ganz besonders abgenutzt sein müssen, gelten als besonders präzise.«

Amelie gab ihm zögernd recht, weil sie nicht verstehen wollte, was er sagte.

»Diese Erfahrung habe ich während der vergangenen Monate bei verschiedenen Gelegenheiten überprüft«, fuhr er fort. »Gerade du musst das begreifen. Als Juristin hast du die Macht, das Gesetz – und damit seine Begrifflichkeit – im Sinne deines Mandanten auszulegen. Wie kommt es denn sonst zu unterschiedlicher Rechtsprechung vor unterschiedlichen Gerichten oder Instanzen? Es geht aber auch weitaus gegenständlicher. Stell dir zwei Menschen vor, die auf je einer Seite eines Perserteppichs stehen und ihn beschreiben. Es ist ein und derselbe Teppich, auch wenn sein Farbton und Muster je nach Knüpfrichtung unterschiedlich erscheinen und das dazu führt, dass die Beschreibungen der beiden Menschen bei den Zuhörern den Eindruck erwecken, es handele sich um zwei verschiedene Teppiche. Kein Tisch, kein Baum, kein Haus weist aus der Vogel- und Froschperspektive identische Merkmale auf, und doch ist es ein und derselbe Tisch, ein und derselbe Baum, ein und dasselbe Haus. Da muss man sich fragen, ob die Begriffe Tisch, Baum und Haus unter allen Umständen passend sind.«

»Also soll alles Makulatur sein?«, fragte Amelie. »Ist es das, was du mir mitteilen willst?«

»Nein, Makulatur gefällt mir nicht. Aber vielleicht ist Sprache ein Illusionsstifter, weil sie leichtfertig die Wahrheit vereinnahmt. Was siehst du gerade vor dir, Amelie?«, fragte er.

Sie blickte auf den Strauß Tulpen.

»Tulpen«, sagte sie.

»Dann nimm eine aus der Vase, betrachte den Stängel aufwärts und sag, ob dieser Anblick einer Tulpe gleicht. Du musst wohl zugeben, dass er ihr kein bisschen gleicht. Und dennoch ist es eine Tulpe, für die die Bezeichnung Tulpe untauglich ist, weil du dir unter ihr nicht das vorstellen kannst, was du gerade siehst.«

Die Worte des Vaters begleiteten Amelies Blick über ein helles, von Feuchtigkeitsglanz benetztes Kreisrund hinweg und einen dünnen, sich ausladend auffächernden, von Blüten beraubt erscheinenden Stiel empor. Die Farbpracht des Glockenkelchs ließ sich als von saftig gewaltigem Grün beherrschtes Schimmern nicht einmal erahnen.

»Das bedeutet«, hörte sie ihren Vater sagen, »dass Begriffe an sich zur Darstellung dessen, was ist, in Wahrheit unbrauchbar sind. Je nachdem, wie man die Dinge wahrnimmt, erwecken sie den Anschein, man hätte sie nie zuvor gesehen. Nur das meine ich, nur gegen diese Selbstverständlichkeit muss ich mich wenden und bin deshalb vorerst zur Sprachlosigkeit verurteilt.«

Er schwieg. Dann wurde seine Stimme fest.

»Ich werde deine Mutter verlassen.«

Auf einen Schlag war es, als höben ihre Eingeweide zu einem dumpfen Peitschen an, dessen Schwingungen ihr bis in die Brust dröhnten und ihr die Kehle erstarren ließen. Sie blieb auf ihrem Stuhl sitzen, aufrecht.

»Amelie«, hörte sie die Stimme ihres Vaters sagen.

Und abermals:

»Amelie.«

Sie vernahm ein Zärtlichkeits-Amelie. Das donnernde Knäuel löste sich nach und nach. Sein Zärtlichkeits-Amelie.

»Amelie, schweig mit mir, wenn uns nichts als Schweigen hilft.«

Einen Moment lang sprach niemand. Dann sagte jeder leise Leb wohl.

Sie schluckte schwer, steckte die Tulpe in die Vase zurück und verließ die Wohnung. Sie entschied sich für den Bagatellen-Lauf, der – ohne *Für Elise* – dreiundfünfzig Minuten dauerte. Beethovens Stückchen regulierten ihr Tempo. Sich allmählich warmlaufend, durchquerte sie von den sechs Bagatellen begleitet den Park, in dem ihr im Winter die verrückte Frau begegnet war, am Waldrand ließ sie sich von den elf Bagatellen tragen, und zum Schluss trieben sie die sieben schönsten, wohlklingendsten auf einem Trampelpfad entlang der Gleise heimwärts. Als sie den Schlüssel im Schloss herumdrehte, hörte sie das Telefon erneut klingeln. Sie lief ins Wohnzimmer und nahm ab.

»Amelie, sitzt du?«, drang die aufgebrachte Stimme ihrer Mutter durch die Hörmuschel.

»Ich komme gerade zur Tür herein. Ich bin eine Stunde gelaufen.«

»Dein Vater ist seit gestern zurück. Aber glaubst du, ich hätte ihn auch nur einmal zu Gesicht bekommen? Er ist in die Einliegerwohnung gezogen.«

Amelie blieb stumm.

»Komm bitte heute. Dann wird es besser.«

»Das geht nicht, Mama. Ich kann mich nicht einmischen, außerdem habe ich hier zu tun.«

»Hast du mit ihm gesprochen?«

»Ja, er hat mich angerufen.«

»Wusste ich es doch!« Jetzt schrie sie. »Und was habt ihr geredet? Sag schon!«

»Nichts Konkretes. Mama, ich erkälte mich. Ich muss auflegen.«

»Ich wusste es! Du bist wie dein Vater. Gegen mich. Wahrscheinlich unterstützt du ihn sogar hinter meinem Rücken und verhinderst, dass er zu mir zurückkommt. Das habe ich jetzt verstanden. Adieu.«

Die Mutter legte auf.

Ob ihr die Knie vom Laufen oder wegen des Telefonats zitterten, Amelie wusste es nicht. Sie legte sich in die Badewanne und schloss die Augen. Von Wärme umspült, in Feuchtigkeit zerfließend, in Dämpfen erstarrend, wie von klapprigem Geäst ein Blatt zum anderen hinabfällt auf modrigen Grund.

Wieder läutete das Telefon. Amelie stieg eilig aus dem Wasser, band sich ein Handtuch um, lief ins Wohnzimmer und nahm ab. Es war Luna, die sich nach ihr erkundigte. Nachdem Amelie ihr von ihren Eltern und ihrer Ohnmacht berichtet hatte, schwieg Luna einen Augenblick.

»Amelie«, sagte sie dann ruhig. »Begib dich auf die Suche nach deinem verloren gegangenen Instinkt. Hülle ihn in deinen Geist, um die unzumutbaren Schmerzen zu erleben und zu brüllen wie ein wildes Tier. Zerreiß den Strick, lass das Gefühl der Vernunft Gefährte sein. Ich denke an dich und bin immer für dich da, wenn du mich brauchst.«

Für ein paar Minuten blieb Amelie sitzen, nachdem sie aufgelegt hatten. Dann ging sie ins Bad und trocknete sich ab.

Wieder drang ihr das Telefonklingeln ins Ohr. Die Stimme ihrer Mutter überschlug sich:

»Jetzt ist es raus! Jetzt hat er es ausgesprochen! Dieses Schwein! Ich habe einen Schwächeanfall erlitten und bin vor ihm zusammengesackt. Das hat ihn kein bisschen berührt, einfach völlig kaltgelassen. Und kurzerhand verließ er das Zimmer. Ich werde dieser Frau den Schädel spalten! Sie auf meinen Stuhl binden und ihr mit meiner Lindemannfräse den Kiefer zerfleischen.«

Als Amelie schwieg, legte sie bald auf.

Amelie schaltete Musik an, holte den überbordenden Wäschekorb aus der Abstellkammer, setzte sich aufs Sofa und begann, ihre Wäsche zu falten. Eine um die andere Bach-Invention schwang sich durch den Raum bis in jeden Winkel. Die Klänge bedeckten sie mit einer Zutrauensglocke, manchmal stachen sie ihr sacht ins Herz, erlösten sie, umfingen sie, trugen sie, es war, als trennte sie nichts von den Klängen, es war, als füllte sie selbst den Raum, alles, was sie war, flocht sich in den Klängen auf, sie war Klang, ließ sich klingen.

Amelie sitzt auf der Bettkante. Es ist Mittwoch. Sie steht auf, geht zwei Schritte zum Fenster und steigt auf den Stuhl. Durch die Gitterstäbe sieht sie hinüber zu dem Baum. Eine Handvoll Raben hat sich in seinen Ästen niedergelassen. Er erträgt die Trostlosigkeit seiner einzeln verbliebenen braunen Blätter. An diesem Tag fällt keins zu Boden. Es hat geregnet, sie sind schwer und klebrig, in Feuchtigkeit getränkt. Der Himmel drückt sich wuchtig nieder, grau, zäh, wie eine gewaltige Glocke bereit, jedes Geräusch zu ersticken.

Sie geht zurück zum Bett, setzt sich wieder. Schaut zur Tür. Sie bleibt verschlossen. Ein Stich, als drückte sich ein dünner Speer aus ihrem Magen hinaus. Sie beugt sich vornüber, schlingt die Arme um den Leib, presst den schmerzenden Keil zurück. Da scheint er sich zu entladen. Erst Funken schlagend, die sich nach und nach zu Flammen entzünden und lodernd in ihr brennen. Sie drückt fester, krümmt sich, bis sie unterliegt. Ein Schrei aus der Tiefe ihrer Seele stößt sie in die Höhe, Tränen strömen. Sie stürzt zur Tür, hämmert, ihre Fingerknöchel und Fäuste blau wie Pflaumen, Marterschreie wie aus der Hölle ihres Herzens, ohne Unterlass, bis sie plötzlich zu Boden sinkt, sich windet unter Schmerzen. Der Riegel kracht, dann harsches Scheppern im Schloss. Die Tür fliegt auf, ein Uniformierter erscheint.

»Was ist hier los?!«, brüllt er, seine Stiefel neben ihren Schläfen.

Amelie liegt auf dem Boden, starr, es winselt fort und fort.

»Was ist hier los?!«, brüllt er abermals und packt sie am Oberarm.

Jetzt ist Amelie still. Sie starrt ins Nichts vor ihr. Der Wärter hält sie am Arm fest.

»Ich warte auf Herrn Blum«, sagt sie leise, kaum hörbar.

»Der kommt nicht. Hat abgesagt.«

Der Wärter löst den Griff. Amelie bleibt reglos wie ihr Blick. Der Wärter steht eine Weile neben ihr, wartet, was passiert. Es passiert nichts. Dann geht er. Sperrt die Tür ab, lässt den Riegel krachen. Es dämmert heftig in die Zelle. Wird dunkel. Finster. Auf den Knien kommt sie bis zum Bett, zieht sich hoch. Die Wand starrt sie an, als forderte sie sie heraus zu einem Erstarrungsvergleich.

Im Kanzleiflur lief ihr Kugler senior über den Weg.

»Frau Frank, ich freue mich, Sie zu sehen. Wusste ich es doch, dass ich hier zwei Fliegen mit einer Klappe würde schlagen können. Ich musste mir unbedingt Ihr neues Foyer ansehen. Hatten Sie denn schöne Ostertage?«

»Ja, danke, Herr Kugler. Sie auch?«

»Oh ja, das kann man sagen. Besser hätten wir es nicht treffen können. Ibiza. Die zauberhafte Dame, die Sie in meiner Galerie kennengelernt haben, war mit ihrem Sohn für ein paar Tage dabei. Das war ich ihr als kleine Entschädigung schuldig.«

Kugler lachte tief.

»Sie hat es in vollen Zügen genossen. Und für ihren Sohn war es ein Ausflug ins Paradies. Nur mein Sohn war mal wieder ein echter Spielverderber. Nächstes Mal kommen Sie auch mit. Ich lade Sie ein.«

Kugler junior erwarte sie, sagte Frau Kamp, während sie den Telefonhörer auflegte.

»Herr Kugler, ich muss an die Arbeit. Genießen Sie das wunderbare Bild.«

»Wir sind verabredet, Frau Frank!« rief er ihr noch nach. »Sagen Sie schnell, dass wir verabredet sind!«

Amelie bemühte sich um ein kurzes Lächeln, dann klopfte sie an Kuglers halb geöffnete Bürotür und trat ein.

Er verlangte von ihr, die Unterlagen zur Sache Matt für den übernächsten Tag vorzubereiten und ihn schriftlich über alles zu informieren, was in der kommenden Woche in Zürich zur Sprache gebracht werden müsse.

»Wir sind durch, danke«, sagte er, bevor sie etwas erwidern konnte.

Obgleich die Leidtragende, dieses Mal verstand sie ihn.

In den nächsten Tagen war Kugler für sie kaum ansprechbar. Auch als sie eine Woche später gemeinsam im Taxi Richtung Flughafen fuhren, wechselte er nur mit dem Fahrer ein paar Worte, bevor sich am Flughafen herausstellte, dass er schon eingecheckt und nur für sich einen Platz reserviert hatte. Erst in Zürich auf dem Weg zu Matts Büro bemühte er sich um den ihm eigenen Grad an Normalität. Matt empfing sie im gewölbe- und säulenreichen Souterrain eines modernen Bürogebäudes mit Blick durch Lichtschächte auf das Züricher Trottoir. Er war ein wohlgenährter Glatzkopf mit sonderbaren Resthaarflecken, der sie per Handschlag begrüßte, auf die Entstehung einer angenehmen Atmosphäre keinen Einfluss nahm, ihnen weder Platz noch die bereitstehenden Getränke und Häppchen anbot und gleich zur Sache kam.

»Also, was bringen Sie mit? Ich meine, außer ihrer Mitarbeiterin«, begann er an Kugler gewandt.

»Herr Matt, Sie können beruhigt sein, das vorweg. Ihre Aktivitäten standen im Einklang mit dem geltenden Recht der Bundesrepublik Deutschland. Ich habe die gesamte Entwicklung studiert. Frau Frank, bitte geben Sie mir die Akte.«

Amelie holte die Mappe aus ihrer Tasche und reichte sie Kugler. Er schlug sie auf und setzte seine Erklärungen fort.

»Dass diese Geschäfte heute nicht mehr möglich sind«, fiel Matt ihm ins Wort, »wissen wir. Die Frage ist, ob ich rückwirkend belangt werden und wie ich dagegen vorgehen kann.«

»Ich sehe nicht, dass man Sie belangen kann. Es liegen wesentliche Grundsatzaussagen des Bundesgerichtshofs und des Hamburger Finanzgerichts zum Dividendenstripping vor, in denen auch ungedeckte Leerverkäufe als rechtlich zulässig beurteilt werden.«

»Muss die Behörden das kümmern?«

»Aber natürlich. Der Gesetzgeber wird nicht mir nichts, dir nichts das Vertrauen der Bürger in die Rechtsstaatlichkeit aufs Spiel setzen. Wenn die Gesetze moralisch fragwürdiges Handeln ermöglichen, kann das nicht kriminalisiert werden. Wo kämen wir da bitte hin?«, erwiderte Kugler.

»Jetzt kommen Sie mir auch schon mit Moral. Bitte, Herr Kugler, die Behörden haben vom Markt keine Ahnung. Was da im Sekundentakt bewegt wird, sind für die zentnerschwere Lasten. So viel Energie wendet einer Ihrer Beamten in einem Jahr nicht auf. Das sind zwei Welten. Und ich vermute, weil ich alles genau verfolgt habe, dass es in der anderen Welt für möglich gehalten wird, unsaubere Gesetze zu machen und von seinen Bürgern vorauseilendes, moralisches und tugendhaftes Verhalten zu verlangen. Was es bedeutet, Moral über das Gesetz zu stellen, will ich mir nicht ausmalen. Staaten, die sich auf jeweils geltende moralische Grundsätze berufen, hatten und haben wir genug.«

»Wenn ich etwas sagen darf«, meldete sich Amelie zu Wort.

Matt drehte sich ihr ruckartig zu, als hätte er ihre Anwesenheit vergessen gehabt. Auch Kugler wandte sich in ihre Richtung, offensichtlich überrascht, sie sprechen zu hören.

»Herr Matt, Sie haben recht, dass es zum jetzigen Zeitpunkt schwer einzuschätzen ist, wie die Behörden rückwirkend mit ihren Versäumnissen umgehen. Aber ich stimme Herrn Kugler zu, dass sie sich nicht über Rechtsstaatlichkeit hinwegsetzen können. Und es ist dokumentiert, dass mehrere Finanzminister seit Jahren über alles Bescheid wussten, ohne Nennenswertes zu unternehmen. 2007 hat der Bundesfinanzminister gar eine schriftliche Empfehlung des Bankenverbandes, wie mit Cum-Ex-Geschäften verfahren werden könne, wortwörtlich in sein neues Steuerreformgesetz kopiert und dieses Modell, das vorher eher vor sich hin plätscherte, dadurch erst richtig in Fahrt gebracht. Schon früher hatte ein Insider plaudern wollen und eine E-Mail ans Ministerium geschickt, wahrscheinlich mit der Absicht, sich durch den Verkauf von vertraulichen Daten zu sanieren. So etwas ist bekannt. In dieser E-Mail beschrieb er die Transaktionen im Detail. Das Ministerium interessierte sich nicht dafür und antwortete ihm, man habe die E-Mail weitergeleitet. Und hinzu kommt: 2012, als das Gesetz dann tatsächlich geändert wurde, bestätigte ein Beamter des Ministeriums auf Nachfrage, dass der Gesetzgeber seit Langem Kenntnis davon gehabt und mehrere Jahre habe nachdenken müssen, ob eine solch gewaltige Umstellung angezeigt sei. Das alles muss doch Gründe haben, die einen Gedanken wert sein könnten. Vollkommene Dummheit darf man der höchsten Riege der Finanzbehörde nicht unterstellen. Die wissen, was sie tun. Es ist denkbar, dass die jeweilige Bundesregierung diese Geschäfte im Sinne einer Förderung des Wirtschaftswachstums bewusst toleriert hat.«

»Dann wäre sie ja nahezu vernünftig«, erwiderte Matt.

»Des Weiteren«, fuhr Amelie fort, »ließ die Bundesregierung im Vorfeld eines beantragten Untersuchungsausschusses zum Sachverhalt verlauten, dass keine geeigneten Erkenntnisquellen vorlägen, die eine verlässliche Bezifferung der Steuerausfälle oder des betroffenen Kapitalertragssteueraufkommens erlaubten. Herr Matt, das alles spricht wahrlich für einen schwachen Willen, diese Ära aufzuklären. Und sollte der Ausschuss einmal zustande kommen, werden die Politiker alles nach Kräften herunterspielen, niemand wird's gewesen sein oder halt die anderen. Schließlich war doch jede Partei irgendwann einmal am Zug im Laufe dieser Ära. Skandalisieren würde das keine Seite. Gott behüte! Damit tun sie dann nicht nur sich selbst, sondern auch Ihnen einen Gefallen.«

»So ist es«, pflichtete Kugler bei.

»Also gut«, sagte Matt. »Ihr Wort in Gottes Namen, wenn ich Ihren einstigen Tennishelden Boris Becker zitieren darf.«

Er zog einen Mundwinkel erahnbar nach oben.

»Dann kommen wir zur Klage von Polder und Erwin«, begann Kugler nach Matts Versuch, einen Erheiterungsaugenblick zu stiften. »Es heißt, Sie hätten Polder versichert, die von ihm gezeichneten Fonds basierten nicht auf einer Anlage, die zulasten des Steuerzahlers getätigt werde.«

»Dummes Geschwätz.«

»Das hat er an Eides statt versichert.«

»Hören Sie, Christian und ich waren Freunde. Wir haben uns gegenseitig vertraut. Und wir waren Partner. Mir wäre neu, wenn er sich je für so etwas interessiert hätte. Ich höre ihn noch sagen, und das nicht nur einmal: ›Eine wunderbare Strategie, Pascal. Wohlgemerkt aus finanzieller Sicht.‹ Jedes Mal fand er seinen Nachsatz einen genauso gelungenen Scherz wie das Mal davor und davor. Und bedankt hat er sich bei mir für diesen ›attraktiven rechtmäßigen Weg, Steuerbescheide zu reduzieren‹. Halten Sie da eine solch moralschwangere Unterhaltung wirklich für möglich? Jetzt will er mir etwas anhängen.«

»Geschenkt«, fiel ihm Kugler ins Wort. »Zumal er im

selben Atemzug beeidigte, ihm sei eine Rendite von acht bis zwölf Prozent in Aussicht gestellt worden, und er müsse im schlechtesten Fall einen Verlust von zwei Prozent verkraften. Das alles sagt wohlgemerkt jemand, der sich als professioneller Anleger bezeichnet. Diesen Beruf hat er bei seiner Depotbank angegeben.«

»Also bitte. Wenigstens dieses Verfahren sollte für mich günstig ausgehen. Trotzdem verklage ich diesen Burschen mit seiner missratenen Schuljungenfrisur für solch perfide Unterstellungen«, spottete Matt und streckte seine geballte rechte Faust in die Höhe.

»Sie sind kein deutscher Staatsbürger, Polder schon. Wenn er groß Aufhebens macht, schadet er sich in erster Linie selbst. Sie könnten ihn dafür in der Tat verklagen. Auch da haue ich Sie natürlich raus.«

»Das mache ich. Ich muss mir sowieso etwas überlegen, um wieder richtig auf die Beine zu kommen. Wir wären dann so weit, oder? Wir warten die Gerichtstermine ab und können uns kurz vorher noch einmal besprechen. Alles andere per Telefon.«

Er stand auf. Kugler und Amelie ebenfalls.

»Cum-Ex ist passé, und Cum-Cum das neue Cum-Ex«, sagte Amelie, während sie Matt, der bereits den Fußboden an der Türschwelle ins Visier genommen hatte, zum Abschied die Hand schüttelte. »Nicht ganz so lukrativ, aber es läppert sich.«

Matt sank zurück in seinen Sessel. Beinahe hätte er Amelie mit hinabgezogen, weil er vergessen hatte, ihre Hand loszulassen.

»Bitte setzen Sie sich«, sagte er. »Und erzählen Sie.«

Kugler starrte Amelie an.

»Ich bin ausgewiesen keine Anlageberaterin, kann also nur sagen, was ich weiß.«

»Bitte, bitte. Ich möchte es trotzdem hören.«

»Cum-Cum-Geschäfte beginnen, anders als Cum-Ex, nämlich im Ausland, zum Beispiel in England oder in großem Umfang an der Wall Street. Dort erwerben internationale Großinvestoren Anteile deutscher Konzerne und holen sich einmal im Jahr kurz vor der Dividendenausschüttung Hilfe aus Deutschland, zum Beispiel von einer deutschen Bank.«

»Eigentlich ein logischer Vorgang«, sagte Matt nachdenklich. »Aber machen die Banken da noch mit? Immerhin mussten einige nach Cum-Ex ziemlich bluten, weil sie den Verfahren und Durchsuchungen zuvorkommen wollten.«

»Es scheint zu funktionieren. Eine der rührigsten Banken auf diesem Markt ist die inzwischen teilverstaatlichte Commerzbank.«

»Das klingt märchenhaft«, lachte Matt. »Wenn ich recht erinnere, waren es über achtzehn Milliarden, die der deutsche Steuerzahler vor ein paar Jahren berappen musste, um ihre Pleite abzuwenden. Damit ist die Bundesregierung doch ihr größter Aktionär geworden. Und im Aufsichtsrat sitzen Mitglieder des Bundestages. Ja, ja, wir sitzen alle im selben Boot!«

»So ist es«, bestätigte Amelie. »Dass sie Cum-Cum-Geschäfte mache, ließ die Bank öffentlich und freimütig verlautbaren. Aber – Zitat: ›im Einklang mit dem Recht‹. Also, wenn die Bundesregierung Bescheid weiß und nicht einschreitet, heißt das, der Finanzminister kann diese Geschäfte nicht missbilligen.«

Amelie zwinkerte Matt zu.

»Die Aktien der ausländischen Investoren werden dann kurz vor dem Stichtag an eine deutsche Bank verliehen, und die kann sich die angefallene Steuer vom Finanzamt zurückholen«, sagte Matt kopfschüttelnd, als würfe er sich vor, nicht selbst darauf gekommen zu sein.

»Um diese Geschäfte ganz zu unterbinden, müssen umfangreiche Steuerrechtsreformen beschlossen werden, die das Problem der Ungleichbehandlung grenzüberschreitender Aktienerträge lösen. Das kann angesichts der nahezu undurchschaubaren Komplexität des Investmentsteuerrechts dauern. Immerhin hat der Europäische Gerichtshof die unterschiedliche Behandlung von in- und ausländischen Fonds schon mehrfach als rechtswidrig verworfen. Und eine Schlappe vor Gericht, die will die Bundesregierung doch bestimmt nicht riskieren.«

»Also sollte Cum-Cum vorerst eine sichere Sache sein.«

»Belangt werden Sie dafür jedenfalls ganz gewiss nicht.«

Matt strahlte Amelie an, soweit sein fleischiges Gesicht dies zuließ. Seine dennoch nüchternen Dankesworte vermochten nicht über die Überraschung und Bewunderung in seinem Blick hinwegzutäuschen. Kugler erhob sich und erzwang den Aufbruch. Zu dritt fuhren sie mit dem Fahrstuhl die eine Etage bis ins Erdgeschoss hinauf und bestiegen zwei bereitstehende Taxis. Durch die Windschutzscheibe sah Amelie Matt sich im Wagen vor ihnen rückwärts auf den hinteren Sitz hieven, dann in der Vorwärtsrotation wie einen gefällten Baum seitlich auf die Bank kippen und aus ihrem Blickfeld verschwinden.

Mario ist ein Panthertier, munter, geschmeidig und immer auf der Hut. Der flackernde Blick seiner grünen Augen verbarrikadiert den Zugang zu ihm, als wäre er sein eigener Gefangener, abgeschirmt von der Welt. Und doch fordert er sie spürbar auf zum Tanz in Seelennähe. Es war halb elf abends, das Telefon klingelte. Niemand meldete sich am anderen Ende. Durch den Hörer schollen lautstark von einem Staubsaugergeräusch überdeckt die ersten fünf Takte von Beethovens fünfter Sinfonie. Dann sagte Mario:

»Guten Abend, Gnädigste.« Er klang ungewohnt keck.

»Was ist los bei dir?«

»Nichts. Moment, ich mache den Staubsauger aus. – Besser so?«

»Viel besser.«

»Hör zu. Heute mal etwas ganz anderes.«

Wie Steinchen, die übers Wasser springen, warf ihr Mario vier helle Klaviertöne entgegen, dann gesellte sich ein zaghaft fragender, melancholischer Sprechgesang hinzu, der nach und nach an Mut gewann. Er bot abermals aus heiterem Himmel eine ihr allzu vertraute Weise dar, an die sie womöglich fünfzehn Jahre lang nicht mehr gedacht hatte, und rief ihr unerwartet Freude und Leid einer Amelie, die es seit Langem nicht mehr gab, in Erinnerung. Sie setzte sich auf die Bettkante, stützte ihre Stirn in der Hand ab und schloss die Augen.

*»Na Lotte, was machen wir nu? Wo gehn wir nu hin? Die Bilder von gestern, die gehn mir nicht aus dem Sinn. Weißt du noch … Lottchen, weißt du noch, als dein Kleid nach zu viel Parfüm roch …«*

Dann Stille. Amelie rührte sich nicht. Eine ganze Weile.

»Mario?«, sagte sie.

»Ja …?«

»Wie schaffst du es, mit deiner Musik jedes Mal meine Gefühle zu entstauben, die ich vor einer Ewigkeit in den Keller geräumt hatte? Dieses ganze Gerümpel. Ich hatte eine Katze, die ich wegen dieses Liedes vor zwanzig Jahren Lotte taufte. Sie zog mit mir überallhin, hat mich begleitet, sogar zum Studium nach Italien. Später wurde sie überfahren. Ich habe immer noch eine Kassette mit dem Lied, von der ich mich nicht trennen konnte, obwohl ich längst keinen Kassettenrekorder mehr besitze.«

»Erwischt! Du hattest Liebeskummer. Schmerzlicher kann er sich kaum ausdrücken als in diesem Lied. Glockenklänge perlen wie kullernde Tränen. Die Erinnerung an erloschenes Glück trocknet sie dir. Und zugleich gießt sie einen Kübel Öl ins Schmerzfeuer. Stimmt das, Amelie?«

»Was bezweckst du, wenn du mehr weißt als ich?«

»Es ist meine Sehnsuchtsillusion: Je mehr Wege zu dir führen, desto näher könnte ich dir sein. Davon lebe ich.«

»Du bist ein Unglücklichglücklichmacher. Du schürfst mit Wohlklang in meinen ausgehöhlten Kerben, die eigentlich nur zu knarren und knarzen vermögen. Der Rest ist dagegen umso besser geschmiert und funktioniert wie ein gut geöltes Uhrwerk.«

»Musik ist eben nicht für den Verstand.«

»Mario, ich gehe schlafen. Bitte, könntest du für mich noch etwas spielen? Bachs Contrapunctus XIV?«

»Jetzt forderst du mich. Ich probiere es. Du musst mir aber versprechen, dass du dir Mühe gibst, durch mein Spielen nicht dasselbe zu erleiden, was Bach nach Takt zweihundertneununddreißig ereilt haben soll. Ich muss noch meinen Lautsprecher bei dir abholen.«

Die ersten Töne hoben an. Er ließ die Fuge so langsam entstehen, wie sie Amelie nie zuvor jemanden hatte spielen hören, Reinheit ohne Hall. Ihr fiel auf, dass sie ahnungslos war, ob Mario auf seinem Kofferklavier spielte, oder ob er gar an einem Flügel saß. Die Langsamkeit und kristalline Klarheit seiner Musik huldigten wie im Zwiegespräch mit den Sternen jedem einzelnen Ton, die Melodien ergossen sich in totale Einsamkeit, bevor sie auf einen Schlag verstummten. Amelie spürte sie in sich nachklingen.

Sie liegt im Bett. Sie ringt mit sich, sich schlafend zu stellen. Als der Riegel kracht und es im Schloss scheppert, zuckt sie zusammen.

»Ihr Besuch ist da, Frau Frank«, sagt die Wärterin, die vor ihr Bett getreten ist. »Kommen Sie, das Gespräch wird Ihnen guttun.«

Amelie dreht sich langsam herum. Lässt ein Bein nach dem anderen vom Bettrand gleiten und richtet sich auf. Die Wärterin lächelt ihr zu, als wollte sie sie für ihre Mühe loben. Sie nimmt Amelie am Arm, geleitet sie hinaus auf den Flur, bis zum Besucherzimmer.

Amelie setzt sich, stumm.

»Wie geht es Ihnen?«

Sie blickt auf ihre Hände mit den deutlichen Adern. Schweigt. Auch Herr Blum schweigt. Lange. Unzählige Minuten. Von der Tür her wird die Wärterin hörbar, wie sie sich auf ihrem Stuhl bewegt. Amelie schaut weiter auf ihre Hände. Herr Blum ist nicht wahrnehmbar. Sie hört die Wärterin durchatmen. Dann hört sie nichts mehr.

Auf einmal erhebt sich die Wärterin. Amelie wendet den Blick in ihre Richtung.

»Die Zeit ist um.«

Amelie steht auf. Sie gibt Herrn Blum die Hand und geht als Erste hinaus.

»Gehen Sie vor, Frau Frank«, sagt die Wärterin. »Ich komme gleich.«

Amelie läuft den Flur entlang. Langsam vorbei an den Türen rechts und links. An der Stahltür am Ende des Gangs hat die Wärterin sie eingeholt, öffnet und bringt sie schweigend in die Zelle zurück. Amelie macht kein Licht, legt sich ins Bett, schläft ein.

Sie fuhr mit dem Fahrrad in die Innenstadt, um Einkäufe zu machen. Es war warm, die Maisonne stand hoch am Himmel. Ohne lange zu überlegen, rief sie Mario zum ersten Mal an und fragte, ob er mit ihr einen Kaffee trinken wolle. Sie verabredeten sich auf einer Terrasse. Da Amelie früher dort eintraf, bestellte sie einen Eistee und las. Als sie zwanzig Minuten später auf die Uhr sah, war Mario immer noch nicht erschienen. Hatte er es sich anders überlegt? Sie konnte nicht länger auf ihn warten. Sie rief den Kellner, bezahlte und ging zu ihrem Fahrrad. Da sah sie ihn in der Ferne, offensichtlich ebenfalls wartend. Ein Freudenschauer durchfuhr sie. Sie liefen aufeinander zu und gingen zurück auf die Terrasse. Er bestellte einen Kaffee, schwarz. Rauchte. Sein Blick wanderte. Nur selten zu ihr. Sie setzte ihre Sonnenbrille auf, denn so schaffte auch sie, was Mario ohne Sonnenbrille gelang, sich zu verbergen. Und sie konnte sich gelöst fühlen, Freiheit und Leichtigkeit darüber spüren, einen Tag außerhalb des klimatisierten Büros in der Sonne zu verbringen. Zukunft, Aufgaben, Wünsche und dass sie jederzeit mit Marios Aufbruch rechnete, konnte sie beiseiteschieben.

»Lass uns spazieren gehen«, sagte er und bestellte beim Kellner die Rechnung.

Er schob ihr Rad und schlug den Weg Richtung Flussufer ein, sie lief neben ihm.

»Spielst du Poker?«, fragte er.

»Nein, ebenso wenig wie Klavier.«

»Gott sei Dank. Ich würde an dir bankrottgehen. Du wärst mir auch dabei haushoch überlegen.«

»Bisher habe ich noch nichts gefunden, bei dem nicht du mir überlegen wärst.«

»Oh doch: Strategie, Disziplin, Gelassenheit. Das braucht es nämlich auch zum Pokerspielen. Strategie ist nicht mein Fach, Disziplin löst bei mir einen Fluchtimpuls aus, und Gelassenheit kann ich mir nicht leisten.«

»Aber spielen kannst du. Das reicht.«

»Mein Spielen kommt aus dem Schützengraben. Aber Spielen ist doch eigentlich etwas Heiteres.«

»Ist ein Pokerface immer heiter?«

»Vielleicht eine Charakterfrage. Oder eine Frage der Umstände. Denk dir, du spielst *Mensch ärgere dich nicht* und dein Mitspieler unbeirrt *Malefiz*.«

»Bist du solch ein Mitspieler?«

»Nicht mit Absicht. – Siehst du?«

»Was sehe ich?«

»Ich wollte einfach mit dir reden, und so etwas kommt dabei heraus. Aber schau! Dort wollte ich mit dir hin.«

Mario wies auf ein Stück Grün am sonst steinigen Flussufer.

»Jetzt sitzt ein einzelner Rabe dort. Ist dir schon einmal aufgefallen, dass Raben nie alleine zu sehen sind?«

»Das stimmt«, sagte Amelie, »auch wenn es mir noch nie aufgefallen ist.«

»Jetzt muss ich mich fragen, was das bedeutet. Für Herrn Grubmüller wäre ein einzelner Rabe eine Erscheinung dessen, was man nicht ans Licht bringen will.«

»Aha!« Amelie lachte. »Da kommen wir der Sache dank des Raben also auf die Spur.«

Sie näherten sich dem Vogel bis auf einen Meter, dann flog er davon.

»Du siehst, Amelie, mit mir hast du nichts zu befürchten. Den Beweis habe ich dir soeben geliefert. Ich hoffe, du erkennst ihn an.«

»Ich erkenne ihn natürlich an«, lachte Amelie.

»Außerdem heißt es vom Raben auch, er könne ins Jenseits und wieder zurückfliegen, sich sozusagen auf eine Seelenreise begeben. Das sagen die Schamanen.«

Er stellte ihr Fahrrad am unebenen Ufer ab, holte eine Decke aus seiner Tasche und breitete sie auf dem weichen Grünflecken aus. Dann nahm er Amelies Hand und zog sie auf die Decke.

»River Giver!«, sagte er und lachte. »Das gibt es beim Poker auch. Nämlich dann, wenn ein schlechtes Blatt auf einmal gewinnen kann. Aber nächstes Mal fahren wir zum See, also wenn du fährst. Ich habe nämlich keinen Führerschein.«

»Dafür steuerst du das Boot. Wir brauchen einen See mit Booten.«

»Unbedingt. Ich kenne einen und unterstelle jetzt, dass du mir als Nichtautofahrer vertraust. Allerdings muss ich gestehen, dass meine letzte Bootsfahrt circa fünf Jahre zurückliegt und beinahe in einer Katastrophe geendet wäre. Damals schipperte ich eine Stunde lang mit einigen koordinatorischen und technischen Problemen umher. Ich brauchte wirklich eine Zeit lang, bis ich ein Gefühl dafür entwickelt hatte, dass nach rechts lenken auch nach rechts fahren bedeutet. Trotzdem ging es irgendwann ganz gut, wenigstens so lange, bis mich die Lenkung des Kahns im Stich ließ. Ohne mein Verschulden, das schwöre ich! Dieses Elektroboot bewegte sich nicht mehr vom Fleck. Und ich war dem gegenüberliegenden Ufer schon ziemlich nahe gekommen. Das Boot brummte nur noch. Es waren tolle Klänge. Ich habe sie zu Hause versucht nachzumachen.«

Amelie lachte und rückte ein bisschen näher zu Mario.

»Ja, mit dem Geräusch wollte ich dem Wohltemperierten Klavier eine neue Atmosphäre beibringen. Na ja, ich habe es nur einmal probiert.«

»Und zurück musstest du schwimmen?«

»Das hatte ich befürchtet. Ich hoffe, du kündigst mir nicht die Freundschaft, wenn ich dir verrate, dass Schwimmen auch nicht zu meinen Stärken gehört. Mit Ach und Krach hätte ich es vielleicht gerade noch geschafft. Zum Glück rauschte aber ein Motorboot heran. Ein freundlicher Herr machte sich kurz am Hinterteil meines Bootes zu schaffen – er musste wohl ein paar Äste und Algen entfernen – und schleppte mich in die Mitte des Sees.«

Amelie hörte ihm belustigt zu und beobachtete seinen Blick, der dieses Mal schnell zwischen ihr und einem nicht zu lokalisierenden Punkt hin- und hersprang. Das betrachtete sie als Fortschritt. Hin und wieder berührte Mario sogar ihren Arm. Sie legte sich jetzt lang auf die Decke, wandte sich ihm zu und stützte den Kopf auf die Hand.

»Und noch etwas ist erlebenswert an dem See, den ich ins Auge fasse. Er grenzt an ein Waldstück und ist übervölkert mit Grillen. Hast du überhaupt schon einmal eine Grille zu Gesicht bekommen?«

»Soweit ich weiß, hört man Grillen nur, aber sieht sie nicht.«

»Genau. Dort singen sie zwar nicht mehr, wenn man sich ihnen nähert. Aber bei der Menge gelingt es ihnen nicht, sich zu tarnen und zu verstecken. Sie sind regelrecht hemmungslos. Einmal glaubte ich, eine entdeckt zu haben, die gerade im Begriff war, sich zu häuten. Ich blieb stehen und beobachtete sie so lange, bis sich auf einmal zwei Grillen entknäulten. Die hatten sich offenbar soeben im Neunundsechziger-Verfahren vergnügt.«

Während Mario erzählte, versuchte sie, sich ihm vorsichtig noch ein bisschen zu nähern. Doch er wich wie beiläufig zurück. Schließlich begann auch sie zu erzählen, von einer Reise, die sie im letzten Jahr mit Luna in den Dschungel von Puerto Rico unternommen hatte.

»Die Fahrt im Bus war lebensgefährlich! Häufig haben wir Stellen passiert, an denen ein Bus bereits den Abhang hinuntergestürzt und auf halber Höhe von einem Baum zum Stehen gebracht worden war.«

Redend und gestikulierend legte sie sich mit angewinkelten Beinen auf den Rücken und rückte dabei ein weiteres kleines Stück näher zu ihm hin. Nur minimal, kaum wahrnehmbar. Doch selbst die wenigen Zentimeter spürte er und zog sich zurück. Sie war irritiert. Noch ein-, zweimal veränderte sie ihre Position und nutzte die Gelegenheit, sich ihm zu nähern. Kein Versuch schien unauffällig genug, seine Reaktion unverändert: Zentimeter um Zentimeter rückte er das Ufer hinauf. Die Situation begann, peinlich zu werden. Sie begriff nicht, warum er ihr auswich, und ließ die Annäherung bleiben. Sie dachte an Luna und fand, dass es ein derart schöner Tag nicht wert war, Hindernisse zu produzieren. Trotzdem kam sie nicht gegen ein fernes Stechen an irgendwo im Brustkorb. Sie beschloss aufzubrechen. Davon schien nun Mario überrascht.

»Eins weiß auch ich vom Pokerspiel«, sagte sie, »nämlich, dass es manchmal angezeigt ist, die Kluft zwischen Gefühl und Notwendigkeit auszuhalten. Man muss Wahrscheinlichkeiten kennen und sie mit dem Verhalten der anderen Spieler abwägen. Nur dadurch weiß man, wann man ein schlechtes Blatt rechtzeitig verloren geben sollte. Eine Strategie, mit der man im Nachhinein immer noch einverstanden sein kann, empfiehlt sich doch nicht nur im Geschäftsleben, sondern auch beim Pokern, oder nicht?«

»Auch Zaghaftigkeit wird bestraft. Wenn du nichts wagst, bezahlst du«, entgegnete Mario.

Amelie nahm ihr Fahrrad, eine Weile liefen sie nebeneinander her. Dann verabschiedeten sie sich.

Am Dienstagabend fuhr sie zum ersten Mal mit dem Zug zur Schule, weil ihr Auto in der Werkstatt war. Nach dem Unterricht wurden sie, Mario und Conny von einem Mitschüler mitgenommen. Da er selbst noch einen ziemlich weiten Heimweg habe, wie er mitteilte, ließ er sie in einer unwirtlichen Gegend am Stadtrand aussteigen. Conny hatte es eilig, nach Hause zu kommen. Ihr Freund habe für sie gekocht und warte auf sie. Sie schlug ein rasantes Tempo an, sodass Mario und Amelie kaum mit ihr mithalten konnten.

»Conny, bitte lass uns normal gehen, dein Freund wird's überleben«, rief Mario.

»Nein, ich muss wirklich schnell heim. Ich habe ihn während der vergangenen Tage zu sehr vernachlässigt. Das Essen heute Abend ist sein letztes Angebot an mich«, rief sie aus zwanzig Metern Entfernung zurück, kurz bevor Amelie und Mario sie in der Dunkelheit verloren und nur noch rufen hörten:

»Ich renne voraus und nehme die U-Bahn!«

Conny strahlte spürbar frische Lebendigkeit aus, die beinahe ansteckend war. Trotzdem war Amelie froh, dass sie sich rasch verabschiedet hatte. Neugier und Kränkung forderten eine Klärung der letzten Begegnung mit Mario. Seitdem hatte sie das Telefon abends nicht mehr abgenommen, wenn er anrief. Meilenweit liefen sie durch einen stellenweise dicht bewaldeten Park am Stadtrand. Rasen und Laub wirkten, als gähnte vor ihnen ein weit geöffneter schwarzer Rachen, hätte sämtliche Pfade gefräßig verschlungen, als wären knorrige Gestalten in den wirren, knotigen Zweigen ihr Geleit. Trotz der bedrohlichen Atmosphäre, an eine Annäherung war nicht zu denken, und Amelie unternahm dieses Mal keinen Versuch. In gleichmäßigem Tempo schritt sie unbeirrt dort entlang, wo sie einen Weg erahnte. Mario lief wie getrieben mal einige Meter vor ihr, mal hinter ihr, bis sie zu einer Gaststätte kamen. Sie bestellten jeder ein Bier und ein Käsebrot für beide zusammen. Dieses Mal war er ernst und sachlich, nur sein Blick flackerte wie immer. Er erzählte, dass sein Klavierspiel zu nichts führe.

»Obwohl ich mir eine eigene Internetseite eingerichtet habe, kann ich mich nicht verkaufen. Im Grunde will ich mich damit auch gar nicht beschäftigen. Ich könnte mitgerissen werden, falls ich Erfolg hätte.«

Seine Worte erweckten den Anschein mutwilliger Unvernunft, denn er lebte am absoluten Existenzminimum. Amelie fragte ihn, ob er je einen ernsthaften Versuch unternommen habe, um seine finanzielle Misere zu beseitigen. Er wisse doch, dass er mit einem außergewöhnlichen Talent beschenkt sei. Auf dieses Thema ging er nicht ein.

»Meine Kunst, wenn man mein Spielen überhaupt so nennen will, hält keinem Zweck stand. Soll ich mich etwa dem Geschmack einer Masse beugen und das als Erfolg verbuchen? Das würde bedeuten, dem schmalen Zeitgeist Genüge zu tun. Ich aber kenne den Zeitgeist nicht, empfinde keine Verbindung. Was die Menschen bewegt, kommt aus ihrer Erfahrung. Ich beobachte zwar, dass nahezu jeden Menschen, dem ich beim Bäcker oder im Supermarkt begegne, irgendetwas treibt. Aber das ist mir jedes Mal von Neuem unverständlich. Ich kann einen Selbstbehauptungstrieb nur imitieren. Alle sind mit anderen zusammen«, schloss er leise, »und alle verstehen sich oder müssen sich nicht verstehen. Ich bin allein, verstehe niemanden und muss alle verstehen.«

So deutlich hatte er seine Gedanken noch nie mitgeteilt, und dabei blickte er ihr in die Augen, ihr, die sich den Notwendigkeiten der Realität wie selbstverständlich beugte. Das hatte er klargemacht, und auch, dass er das als trennend empfinde. Er musste also auf ein Wunder warten. Doch seine Radikalität hatte Reiz. Sie bewahrte ihn davor, sich wie Amelie in einer Mühle abzustrampeln, die zwar ihren Lebensunterhalt sicherte, dafür immer weniger mit ihr zu tun hatte. Wie kleingeistig, Marios Haltung mechanisch zu hinterfragen, dachte sie. Anstatt sich von seinen Geschichten wie von den feinen Spritzern eines Springbrunnens, die sich auf dem Boden nach und nach zu einer Pfütze sammeln, bestäuben zu lassen, machte sie einen Schritt nach rechts, einen nach links, um ja trockenen Fußes weiterzugehen. Und am liebsten hätte sie Mario mit nach rechts und nach links gezogen. Er ist ein Panthertier, verfangen im Stäbegeflecht, an Fluchtversuchen verzweifelt.

»Lass dich umarmen«, sagte sie.

Er ließ es zu.

Es war der Geburtstag ihrer Mutter, der einundsechzigste. Amelie hatte heimlich eine Geburtstagsfeier vorbereitet, um die Mutter von ihrem Schmerz abzulenken und ihr eine Freude zu machen. In den vergangenen zwei Wochen war sie von Geschäft zu Geschäft gelaufen oder hatte das Internet durchstöbert auf der Suche nach einem Geschenk. Inzwischen war sie fündig geworden und überzeugt, dass sie die Mutter, die schon alles hatte, damit begeistern würde – und diese ihrerseits künftig ihre Gäste. Inspiriert von Lunas Geschichte aus China, hatte Amelie eine elektrische Nudelmaschine besorgt. Die Maschine knetete Teig aus Mehl, dem frische Zutaten wie Kräuter, Spinat, Rote Bete, Karottensaft, Tomatenmark oder Sepiatinte nach Belieben Farbtöne verliehen, um daraus Spaghetti, Linguine, Fusilli, Pappardelle, Tagliatelle, Lasagne, Ravioli, Penne oder Fettuccine in bunter Vielfalt zu formen. Nach dem Gebrauch reinigte sich die Maschine auf Knopfdruck selbst. Einen kleinen, faltbaren Holzständer, über den die Teigfäden nach der Herstellung zum Trocknen gehängt wurden, hatte sie als Accessoire dazugekauft. Das musste ihrer Mutter gefallen! Sie hatte die Praxismitarbeiterinnen ihrer Mutter, ihren langjährigen Zahntechniker, einige ihrer Freundinnen als Überraschung und – zu ihrer eigenen Unterstützung – Luna eingeladen. Bei der Mutter hatte sie nur sich, Luna und Philine für Samstagnachmittag zu Kaffee und Kuchen angemeldet.

Als sie eintrafen, empfing Pia sie schick hergerichtet mit Leidensmiene zu Champagner und einer selbstgebackenen Schwarzwälder Kirschtorte, von der sie selbst kaum mehr als zwei Gäbelchen zu sich nahm.

»Ich habe seit Wochen keinen Appetit«, erklärte sie.

»Pia, ich bin mir sicher, dass wir dich heute aufmuntern werden«, sagte Philine zwinkernd.

Luna und Amelie erstarrten kurz und waren erleichtert, dass Philine es beim Zwinkern beließ.

»Wie geht es inzwischen mit deinem Flüchtlingsprojekt?«, erkundigte sich Amelie hastig.

»Ach Kind, lass mich mit denen bloß in Ruhe. Meine Idee war brillant. Und ich wollte helfen. Das weißt du. Alle hätten davon profitieren können. Die Scouts hatten schon einige wirklich patente Syrer ausfindig gemacht. Einen hervorragenden Portraitzeichner zum Beispiel. Du brauchtest ihm nur Blätter und einen Bleistift oder ein Stück Kohle in die Hand zu drücken, dann hockte er sich auf den Boden und war stundenlang nicht ansprechbar. Aber ihn davon abzubringen, ein einziges Mal etwas anderes als diese entsetzlichen Kriegskindergesichter zu Papier zu bringen, war vollkommen aussichtslos. Die machen doch nichts als depressiv. Wer will denn das? Oder eine Frau, die in Damaskus ein Spitzenrestaurant betrieben hat, das jetzt zerbombt in Schutt und Asche liegt. Ich gebe zu, die Fotos von ihrem Restaurant, die sie auf ihrem Handy präsentierte, waren beeindruckend. Sie zeigten einen lichtdurchfluteten Raum mit einer engelhaften Atmosphäre, edle hohe Tische in Weiß, an denen gemeinschaftlich getafelt wurde, und kleine Tische für das romantische Tête-à-Tête. Hinter der Bar funkelten Hunderte bunter Birnchen und ließen an ein Sternenzelt denken, rechts neben dem Tresen eine Weinmauer, in der jedes Loch in einem anderen Farbton leuchtete, von der Decke hingen weiße Zweige mit winzigen Lichtern herab. Offenbar dekorierte sie es immer wieder neu: mal alles in Grün, Vorhänge, Kissen und Zierrat, mal in Rotbraun, mal modern, mal orientalisch und so weiter. Auch die wenigen kleinen Speisen, die sie uns zur Präsentation zubereitet hat, waren ein kulinarischer Traum, betörten durch optische und geschmackliche Raffinesse. Aber, und jetzt kommt es: Warum nimmt solch ein Mensch nicht ein einziges Mal sein Kopftuch runter und tauscht diesen wallenden Sack in ein adrettes Kleid ein? Ich verstehe es nicht. Tut mir leid. Die kann man doch auf niemanden loslassen, geschweige denn an den Mann bringen. Noch unverständlicher wird das Ganze, wenn man sich vorstellt, dass sie einst die erste Punkerin Syriens gewesen sein will, in den neunziger Jahren. Das hat sie erzählt. Damals habe sie gegen ihre inzwischen fast vollständig ausgelöschte Familie rebelliert und angeblich einen Club mit täglicher Livemusik betrieben. Nach und nach sei ihr die äußere Abgrenzung immer weniger wichtig geworden. Sie habe sich die Haare wieder wachsen lassen und auch zu ihrer Familie zurückgefunden. Als sie den Club aufgab und später das Restaurant pachtete, habe sie sich zunächst in den Kopf gesetzt gehabt, dort italienische Küche anzubieten. Dafür sei sie zum Essen durch Italien gereist und fand, es schmecke alles nicht sonderlich. Man belehrte sie, dass sie keine Ahnung habe. Das sah sie ein und besann sich auf ihre Wurzeln. Zusammen mit einem syrischen Koch entwickelte sie die Speisen und das gesamte Konzept ihres neuen Restaurants. Besonderen Wert habe sie auf die Lebensmittel- und Raumgestaltung gelegt, sodass Rezepte und Umgebung eine Harmonie gebildet hätten. Das scheint ihr ja wirklich gelungen zu sein. Amelie, was soll man dazu anderes sagen als: traurig, traurig?«

Philine seufzte und nahm einen großen Schluck Champagner, bevor sie aufgebracht fortfuhr.

»Und dann gab es noch eine Handvoll Technik- und Mechaniknarren, die verrückte Erfindungen vorstellten. Aber glaubst du es, Amelie, dass sich gleich drei von ihnen durch einen Anwalt vertreten ließen, der eine ordnungsgemäße Patentanmeldung sicherstellen sollte? Also bitteschön. Weißt du, was so etwas kostet? Ja, da gibt es ganz schöne Korinthenkacker unter deinen Kollegen, muss ich sagen.«

Philine hatte sich in Rage geredet und war durch nichts als den Champagner zu unterbrechen gewesen. Luna hatte von Zeit zu Zeit belustigt Amelies Blick gesucht.

»Philine«, sagte Amelie, »da kann ich ja jetzt Gott danken, dass Patentrecht ein ganz anderes Fach ist als meins. Was würdest du sonst über mich denken müssen?«

Luna lachte. Philine hörte nicht mehr hin.

Ab achtzehn Uhr kamen die Gäste. Amelie hatte alle um unterschiedliche Ankunftszeiten im Zehnminutentakt gebeten, an die sie sich geflissentlich hielten, sodass sich die Überraschung für die Mutter zusehends steigerte. Eine Stunde später wurden Essen und Getränke geliefert. Es wurde ein heiterer Abend. Die Mutter wirkte gelöst, beinahe fröhlich, und Amelie konnte sich zusammen mit Luna um Mitternacht erleichtert verabschieden.

Erwartungsvoll nahm sie am darauffolgenden Vormittag den Anruf ihrer Mutter entgegen und erstarrte im nächsten Augenblick. Sie blieb aufrecht auf dem Stuhl sitzen, als anstatt eines Grußes ein tiefer Seufzer durch den Hörer drang.

»Ach Liebes, ich verstehe dich nicht. Warum musstest du allen mein Alter verraten? Es gab einige unter den Gästen, die es nicht kannten. Warum tust du mir so etwas an? Warum nur musstest du mich gerade jetzt mutwillig demütigen?«

Amelie blieb stumm und spürte, wie sich die Stimme der Mutter wie Speere in ihre Eingeweide klagte. Steif, wie unter einem Plattenharnisch gefangen, stapfte sie kraftlos zum CD-Spieler und legte Bach-Kantaten auf, nachdem die Mutter einfach eingehängt hatte. Beim ersten Streicherakkord vermochte sie wieder zu atmen, dann wie Himmelstöne die Klangreinheit von Edita Gruberovás Stimme: *Mein Herze schwimmt im Blut.* Amelie stand noch immer schwer atmend da, als sie den dunklen Kontrabass streichen hörte, über den sich die Unschuld verströmende Klage einer Oboe legte, bis der Sopran als dritte Klangfarbe des tieftraurigen und Glückseligkeit stiftenden Trios wieder einsetzte: *Stumme Seufzer, stille Klagen, ihr mögt meine Schmerzen sagen, weil der Mund geschlossen ist. Und ihr nassen Tränenquellen …*

Sie zog sich ihre Sportkleidung an, band sich das Haar zu einem Pferdeschwanz und entschied sich zum ersten Mal dafür, eine Stunde lang zu Kantaten von Bach zu laufen.

Matts Gerichtsverhandlung nahte und so auch die vorbereitende Besprechung mit ihm in der Kanzlei. Kugler brachte kein anderes Thema mehr zur Sprache: Es handele sich um einen weitreichenden Fall, den er deshalb selbst übernehmen werde, sie solle ihn mit einschlägigem Material versorgen. Das reiche ihm, um mehr brauche sie sich nicht zu kümmern. Gleichwohl er sie für nicht mehr zuständig erklärt hatte, erhöhte er von Tag zu Tag den Druck auf sie. Amelie erledigte die Arbeit und überreichte Kugler eine Mappe, aus der er einen Schriftsatz erstellen konnte. Überraschenderweise gab ihr Kugler Mitte der Vorwoche von Matts Besuch die Akte mit den Worten zurück:

»Frau Frank, bitte machen Sie bis übermorgen einen groben Themenentwurf fertig, den ich am Wochenende als Schriftsatz ausarbeiten kann. Für mehr habe ich momentan keine Kapazitäten.«

Amelie erkundigte sich zu Wochenbeginn, ob sie den Schriftsatz lesen dürfe.

»Ich bin nicht dazu gekommen«, sagte Kugler. »Bitte überarbeiten Sie die Themen noch einmal und legen Sie mir alles auf den Schreibtisch. Morgen verfasse ich den Text.«

Amelie hütete sich, einen fertigen Schriftsatz zu übergeben, und beließ es bei einer übersichtlich strukturierten

Darstellung in Stichwörtern mit Verweisen und Formulierungsansätzen. Als sich am übernächsten Tag um vierzehn Uhr Matt einfand und Frau Kamp sie ins Besprechungszimmer rief, hatten dort nicht nur Matt und Kugler, sondern zudem Thedel von Rauch, ein externer Kollege und Wirtschaftsrechtler, Platz genommen. Amelie kannte von Rauch flüchtig und schätzte ihn fachlich. Von ihm hier überrascht zu werden, irritierte sie einen Augenblick lang. Aber davon ließ sie bei der Begrüßung niemanden etwas merken. Da der Fall nun vor Gericht ging und Kugler ihr zu verstehen gegeben hatte, dass ihre Arbeit in der Sache abgeschlossen sei, brauchte sie der Grund für von Rauchs Erscheinen nicht zu beschäftigen, dachte sie.

»Bitte nehmen Sie Platz, Frau Frank«, sagte Kugler und wies auf einen Stuhl.

Vor ihr ebenso wie vor Matt lag eine Mappe auf dem Tisch bereit. Kugler hatte eine dicke Akte vor sich, und von Rauch entnahm seiner Tasche einige Unterlagen.

»Bitte bedienen Sie sich«, sagte Kugler. »Möchte vielleicht jemand Kaffee oder Tee?«

Matt und Kugler entschieden sich für eine Cola. Kugler entfernte die Kronkorken und schenkte ein, von Rauch und Amelie schraubten sich eine Flasche Wasser auf. Kugler wandte sich an Matt:

»Den Kollegen von Rauch habe ich Ihnen vorgestellt. Wir arbeiten gelegentlich zusammen und ergänzen uns wunderbar. Deshalb haben wir uns entschlossen, ihn zu Ihrem Fall hinzuzuziehen. Er ist ein ausgewiesener Experte und vertritt ebenfalls mehrere Mandanten, die in der Folge der veränderten Rechtslage zu Cum-Ex unter Beschuss geraten sind.«

»Sofern mich das nichts kostet, bin ich mit jedem Mitstreiter einverstanden«, sagte Matt.

»Gut, ich gehe einfach in medias res«, begann von Rauch mit Blick zu Kugler.

»Bitte.«

»Zur ersten Frage: Wir hatten vereinbart, morgen mit einem Schriftsatz bei Gericht zu erscheinen. Einen solchen habe ich nicht in meinen Unterlagen.«

Matt blätterte daraufhin in seinen Papieren.

»Herr Kugler, was fange ich mit den ganzen Verweisen an?«, fragte Matt. »Ich bin doch kein Jurist, oder?«

»Das meine ich«, fuhr von Rauch fort. »Dieser Entwurf sieht einigermaßen vielversprechend aus. Die Fülle an Verweisen lässt auf eine gute Vorbereitung schließen, aber wo fangen wir an?«

»Frau Frank«, sagte Kugler, »könnten Sie uns den Schriftsatz schnell nachreichen?«

Amelie stockte der Atem. Ein schneidender Schmerz schlich ihr vom Nacken hinter den Ohren entlang in den Kopf. Ihre Sehkraft ließ sie im Stich. Von Kuglers ovalem Gesicht nahm sie nur noch schemenhafte Konturen wahr, eine Fratze mit blinden Augenschlitzen schmal wie Nähte. Sein in ein beiges Sakko gekleideter Rumpf verschwamm mit der sandsteinfarbenen Wand hinter ihm. Von Rauch ignorierte Kuglers Bemerkung und fuhr mit einer Darstellung konkreter Vorschläge für den auszuarbeitenden Schriftsatz fort. Zwar schaute von Rauch stets Kugler an, doch Kugler nutzte seine Atempause. Er hob das Kinn in Amelies Richtung und sagte:

»Frau Frank, das machen Sie dann noch.«

Amelie spürte, dass sie gegen Tränen ankämpfen musste. Sie verließ das Zimmer, ging zur Toilette und sperrte die Tür hinter sich ab. Dort verlor sie mit einem Schlag die Fassung, ihr Körper bebte, Tränen rannen und benetzten Wangen und Kinn. Sie war außerstande, Laute geräuschvollen Jammers zu bezwingen, und drückte sich einen Handtuchballen aufs Gesicht. Aus dem Spiegel blickte ihr rotes, verformtes Antlitz sie an, das sie kaum als ihr eigenes erkannte. In dieser Verfassung konnte sie nicht in die Runde zurückkehren. Was sollte sie tun? Wie lange konnte sie sich hier einsperren? Nach und nach fand etwas Ruhe in ihren Körper und Kopf zurück, nur das Gesicht erholte sich nicht. So schmählich diese Niederlage war, sie war nicht zu ändern, ging es ihr durch den Kopf. Sie beschloss, nach Hause zu gehen und sich auszuruhen. Aber sollte sie das tatsächlich tun? Durfte sie das tun? Mit allen unabsehbaren Konsequenzen? Ein anderer Ausweg bot sich nicht. Einzig ein Gespräch mit Frau Kamp, an der sie auf dem Weg zur Tür vorbeikäme, könnte ihren Abgang hinauszögern. Sie musste erschrecken, ihr in solch einer Verfassung, beinahe hysterisch, zu begegnen. Amelie wusch sich das Gesicht mit kaltem Wasser, verzog es in alle Richtungen in der Hoffnung, sie könne es dadurch entknittern, dann schloss sie bedächtig die Tür auf. Um Beherrschung ringend, bat sie Frau Kamp um eine Minute ihrer Zeit und brach unverzüglich in erneutes Schluchzen aus. Frau Kamp wirkte bestürzt. Sie schien Amelie nicht wiederzuerkennen. Trotzdem legte sie ihr vorsichtig den Arm um die Schultern. Als Amelie ihre Sprache wiederfand, brach aus ihr hervor, was sie soeben, seit dem Besuch in Zürich und überhaupt in der Kanzlei erlebt hatte. Frau Kamp nickte ruhig. Womöglich verstand sie die Situation. Ob sie auch Amelies Reaktion verstand, blieb aber unklar. Sie hielt Amelie einige Sekunden fest, dann sagte sie:

»Es tut mir leid, ich verstehe Sie gut. Doch aufgrund der persönlichen Verstrickungen wird Ihnen hier niemand helfen können. Sie müssen entweder weitermachen oder gehen.«

Eine ungreifbare, in Amelie eben aufgekeimte Erleichterung zerfiel. Sie hatte sich von Frau Kamp eine Kraftspende gewünscht, wurde aber unumwunden auf das Wesentliche gestoßen, darauf, dass ihr nie etwas anderes möglich sein würde als das, was sie bisher widerspruchslos erfüllt hatte.

»Ich will Ihnen raten«, fuhr Frau Kamp fort, »wieder in die Besprechung zurückzukehren. Wer flieht, ist schwach. Was Sie später machen, können Sie sich noch überlegen.«

Die innere Leere half Amelie, zur Ruhe zu kommen. Sie holte ihr Schminketui hervor, überdeckte die Gesichtsröte mit Make-up, färbte sich Wimpern und Lippen und ging zurück in den Besprechungsraum. Sie setzte sich auf ihren Platz. Kugler blickte sie an, von Rauch wandte sich, ohne sein Reden zu unterbrechen, ihr zu, dann wieder Kugler, Matt zeigte keine Reaktion, sah mit gebeugtem Rücken auf die vor ihm ausgebreiteten Papiere.

Mario fragte, ob Amelie nach dem Unterricht mit ihm ein Bier trinken gehen wolle. Das taten sie, zusammen mit Conny. Wieder am Seeufer. Wieder gesellte sich Peter dazu. Dieses Mal aß er schweigend. Amelie erzählte, dass sie für zehn Tage krankgeschrieben sei und sich ausruhen müsse.

»Dann können wir uns endlich einmal unter der Woche in der Stadt treffen«, sagte Mario.

»Das wäre schön«, pflichtete Conny bei.

»Kommt doch nächsten Mittwoch zum Frühstück zu mir«, schlug Amelie vor.

In den darauffolgenden Tagen schlief sie morgens länger, frühstückte ausgiebig, versenkte sich tagsüber in die heiterhitzige Welt griechischer Götter und Helden, deren Fehden und Liebesabenteuer sie nachts wie berauscht durch den Sternenhimmel lotsten. Während sie nachmittags unter den erbarmungslosen Griffen der zierlichen, drahtigen Masseurin ihre Schmerzschreie zu unterdrücken suchte, spürte sie von Tag zu Tag mehr Ruhe in sich einkehren. Blitzte ihr letzter Arbeitstag dennoch einmal auf, schob sie den Gedanken schnell fort. Zu schnell. Dessen war sie sich bewusst, denn zur Kündigung hatte sie sich immer noch nicht durchgerungen. Doch ihr Kopf wurde leichter, die Verspannungen lösten sich allmählich.

Sie hatte auf dem Balkon gedeckt und den Sonnenschirm schattenspendend zwischen dem Tisch und der grellen Junisonne aufgespannt, als Conny und Mario an der Tür läuteten. Conny war niedergeschlagen, wirkte übernächtigt. Sie erzählte, dass es am Vorabend zu einem heftigen Streit mit ihrem Freund gekommen sei. Nach vielen Tränen und entsetzlichen Beleidigungen hätten sie sich getrennt, und er sei mitten in der Nacht gegangen. Amelie versuchte, so gut sie konnte, Conny zu trösten. Die Anwesenheit dieser jungen Frau und ihre Verzweiflung stülpten ihr eine Haube aus Erinnerungen über: sie als Neunzehnjährige. Beinahe unvorstellbar. Alles hatte sich verändert durch ein stoisches Zugpferd namens Zeit. Du schläfst, du wachst, es zieht, du läufst. Ihr Leben hatte nichts mit ihrer Jugend gemein. Ob ihre Vorstellungen unterwegs schlicht vom Karren gefallen oder ob sie als beständiger Erfahrungslauf unkenntlich geworden waren, vermochte sie nicht zu sagen. Conny war Briefträgerin, aber sie arbeitete nur noch sporadisch als Aushilfe, weil sie etwas anderes machen wollte. Was, das werde sich zu gegebener Zeit zeigen. Sie war auf der Suche, ohne es zu wissen. Sie sprang gedanklich umher und war mit beherztem Interesse bereit, Eindrücke genauso schnell als Wahrheit anzuerkennen wie sie wieder zu verwerfen. Mit offenen Sinnen saugte sie Informationen in sich auf und ordnete sie in Windeseile. Ihre astrologischen

Erklärungen, die den erlernten Stoff klar wiedergaben, während Amelie dem Durcheinander aus seinen Einzelteilen nicht Herr zu werden vermochte, waren beeindruckend. Eine Orientierung an Normen lehnte Conny trotzig ab. Sie verließ sich rigoros auf ihr Gefühl und schöpfte daraus Ruhe und Sicherheit. In diesem Vertrauen öffnete sie sich für sämtliche Lebensbereiche und Gedankenspiele. Dafür bewunderte Amelie sie ein bisschen. Conny und Mario waren gegen elf gekommen und blieben bis zum Nachmittag. Obgleich ohne Verpflichtungen, löste die Untätigkeit bei Amelie nach und nach Beklommenheit aus. Schließlich verabschiedete sich Conny. Mario blieb noch. Er machte sich an ihrem Computer zu schaffen, räumte ihn auf, laut seiner Aussage beschleunigte er ihn und richtete ihn komfortabler bedienbar ein. Amelie schaute zu. Dann erkundigte er sich nach ihren Plänen für den Abend.

»Wir können gerne zusammen ein Bier trinken gehen«, sagte sie. »Ich muss die Wohnung heute nämlich unbedingt einmal verlassen und frische Luft atmen.«

Sie konnte selbst nicht begreifen, dass sie sich außerstande fühlte, Mario ziehen zu lassen. Dennoch stand sie auf, und er merkte, dass er sich verabschieden sollte. Er stellte sich vor sie, nahm ihr Gesicht in seine Hände, dann legte er seine Stirn an ihre und schloss die Augen. Reglos spürte Amelie sich einen Wärmestrom in ihrem Kopf ergießen. Zeitloser Stillstand, bis er seinen Kopf hob und ihr die Stirn küsste. Dann zog er die Tür hinter sich ins Schloss.

Nachdem sie den Tisch abgeräumt hatte, setzte sie sich an den Computer und gab im Internet Marios Namen ein. Auf ihrem Bildschirm erschienen zunächst einige Einträge über einen gleichnamigen Tiefseeforscher. Dann die Überschrift: »Loses«. Sie öffnete die Seite und gelangte auf einen Blog – Marios Blog, stellte sie fest. Ihr Herz pochte. Der letzte Eintrag war etwa zwei Wochen alt.

Schlaflos
Ewig wachen heißt, doppelt so schnell zu leben. Oder doppelt so langsam. Ich habe die doppelte Zeit und tue Dinge, die ich nicht täte, wäre ich nicht schlaflos. Oder ich tue dennoch nichts, was ich nicht täte, wäre ich nicht schlaflos. Wäre ich tatenlos schlaflos, überließe ich das Tun der Zeit, die ich schlaflos nenne. Wäre ich schlaflos tatenlos, überließe ich das Tun in der Zeit, die ich schlaflos nenne, meinem Gram über tatenlose Schlaflosigkeit. Warum erweckt mir schlaflose Tatenlosigkeit den Anschein, als täte sich etwas? Meine schlaflose Tatenlosigkeit gehört der Zeit, in der ich tatenlos schlaflos bin. Ich könnte sagen, ich lebte doppelt so schnell, weil die Zeit dieselbe bleibt, ich ihr dennoch mehr Raum gewähre. Oder ich könnte sagen, ich lebte doppelt so langsam, weil ich der Zeit huldige. Meine tatenlose Schlaflosigkeit gehört meinem Gram; weil ich schlaflos tatenlos bin, gestatte ich ihm, die Zeit, die ich schlaflos nenne, zu rauben.

Amelie schloss die Seite wieder. Vielleicht hatte Mario recht, Zeit als eine Kraft zu empfinden. Sie unternahm den Versuch, diesem Gedanken nachzugehen. Doch jedes Mal, wenn sie glaubte, eine Vorstellung davon errungen zu haben, stieß sie an die Grenze der Banalität, und alles stürzte in sich zusammen. Zeit begreifen zu wollen … das schien vergebens. Es mochte sein, dass die Zeit in Wirklichkeit eine Kraft war, aber greifbar wurde sie erst im Verhältnis zu Erlebtem und Wahrgenommenem. Amelie spürte, dass für sie Erlebbares und Wahrnehmbares dieser Kraft nicht standhielt, dass es sie einschränkte, entstellte, vereinfachte, gar zum Kitsch verkommen ließ. Während dieses Gedanken-Hin-und-Hers fiel ihr weiter unten auf dem Bildschirm abermals Marios Name ins Auge, dieses Mal mit dem Zusatz »dreiunddreißig Jahre«. Er war also doch schon älter, als sie angenommen hatte. Interessiert rief sie die Seite auf. Im nächsten Moment erstarrte sie. Vor ihr öffneten sich Aktfotos und Texte, die eine verzweifelte Kontaktsuche offenbarten. Mit offenem Mund und zittrigen Händen ließ sie die Bilder hinablaufen. Unvermittelt stand sie auf und ging ein paar Schritte im Zimmer umher. Ihre Gedanken fuhren Karussell. Mit wem hatte sie es in Wirklichkeit zu tun? Was verbarg sich hinter dieser schüchternen Person, der sie sich verzweifelt zu nähern versuchte? Es gelang ihr nicht, die Details der Fotos und Texte in Augenschein zu nehmen, geschweige denn einen angepriesenen internen Bereich zu besuchen, der intimere Bilder versprach. Sie schaltete den Computer aus. Das hatte sie nicht sehen wollen, jedenfalls nicht in einer virtuellen Welt.

Sie nahm den Telefonhörer und rief Luna an, schilderte kurz, was sie in der letzten Zeit mit Mario erlebt hatte, wie undurchsichtig er sich verhielt, und bat sie, die Adresse im Internet einzugeben. Nach einer kurzen Pause hörte sie Luna schallend lachen. Amelie blieb stumm. Im Gegensatz zu ihr sah sich Luna unbefangen jedes Detail an und riet ihr, den Kerl zu vergessen. Allerdings räumte sie eine fotografische Ästhetik der Bilder ein, ein Spiel mit Licht und Finsternis, mit nuancierten Schattentönen. Hübsch sei er, das offenbare sich dem Betrachter. Abgesehen von einer solchen Internetseite an sich und den direkten Aufrufen in den Texten, mit ihm in Kontakt zu treten, wenn die Bilder Gefallen fänden, mache sie auch seine Körperhaltung stutzig, die auf nahezu jedem Foto an ein Fragezeichen erinnerte – oder an ein Baguette, nachdem es in die Badewanne gefallen war.

»Vielleicht ist er ja sogar schwul, ohne dass er es sich eingestehen will?«, überlegte sie weiter. »Immerhin streckt er einem auf vielen der Fotos sein zugegebenermaßen wohlgeformtes Hinterteil entgegen. Und überhaupt – ich weiß nicht, wie du das empfindest, Amelie, aber in meinen Augen entspricht diese Ästhetik nicht einer Erotik, die Frauen anzieht. Ich zumindest will kein Hinterteil entgegengestreckt bekommen oder mich an der freien Sicht auf einen Schwanz ohne Besitzer beglücken. Aber selbstverständlich lässt sich über Geschmack streiten«, sagte sie lachend.

»Mir ist diese Darbietung suspekt. Und die Vorstellung, mich auf einen Mann einzulassen, der sich im Internet nackt anderen Frauen anbietet, erschüttert mich. Eigentlich will ich mit so jemandem doch gar nichts zu tun haben.«

»Auf das ›nackt‹ kommt es dabei noch am wenigsten an«, erwiderte Luna und lachte wieder. »Nimm es mit Humor, dass du in so eine Geschichte geraten bist. Betrachte die Begegnung mit Mario als eine Episode deines Lebens, an die du dich in dreißig Jahren amüsiert zurückerinnerst.«

Nachdem sie aufgelegt hatten, setzte sich Amelie mit einer Tasse Tee kraftlos aufs Sofa. Für einen Moment spürte sie den Impuls, Musik aufzulegen. Doch sie schaffte es nicht. Trotzdem stand sie auf, lief durchs Wohnzimmer, dann ins Bad. Dort warf sie einen Blick in den Spiegel, als müsste sie überprüfen, ob sie sich noch wiedererkannte. Sie ging in die Küche, schenkte sich Tee nach, nahm einen Schluck, für einen Augenblick blieb sie stehen, bis es sie ziellos weitertrieb. Sie musste eine Entscheidung fällen. In einer Stunde würde Mario kommen, um sie abzuholen. In einer Stunde. Sollte sie die Tür einfach nicht öffnen und alles wortlos ausklingen lassen? Das würde nicht funktionieren – schon am nächsten Tag träfen sie in der Schule wieder aufeinander. Das brächte sie erst recht in Erklärungsnot. Wie sollte sie jetzt bloß mit ihm umgehen? Beunruhigt beobachtete sie ihre Gedankensplitter, ohne dass sie ihr Auskunft darüber gaben, was sie davon abhielt, mit Mario einfach Klartext zu reden, wenn er später wiederkam. Und sie ertappte sich bei der Vorstellung, wie sie ihn von seinem Nacktfotoprojekt abbrächte, um ihn nicht aufgeben zu müssen. Mehrmals atmete sie tief ein und aus, als das Telefon klingelte. Sie nahm ab. Als sie Kuglers Stimme vernahm, fuhr ihr ein gewaltsamer Hieb durchs Innere. Er wolle sich nach ihrem Wohlergehen erkundigen. Stockend und mit belegter Stimme antwortete sie:

»Danke, schon etwas besser.«

Dass seine Nachfrage freundlich klang, verwirrte sie nur noch mehr.

»Sie hören sich nicht gut an«, sagte Kugler, nun anscheinend tatsächlich besorgt. »Wenn wir etwas für sie tun können, lassen Sie es mich wissen.«

»Danke, danke. Es geht schon«, stammelte Amelie.

»Ruhen Sie sich aus und erholen sich gut. Meinen Sie wirklich, dass Sie bis Ende der Woche wieder genesen sein werden?«

»Ja, ich denke schon«, erwiderte sie kurz.

Sie versuchte herauszuhören, ob Kugler etwas im Schilde führte, konnte aber kein Anzeichen dafür entdecken.

»In Ordnung, alles Gute. Ich wünsche Ihnen eine gute Besserung.«

Mit diesen Worten beendete er das Gespräch, und Amelie ließ sich – nun noch verstörter als zuvor – auf dem Sofa zusammenfallen. Ein Hämmern im Kopf vernebelte ihr den Blick, sie schloss die Augen. Enge wand sich wie eine Schlange durch ihre Kehle bis in den Magen und nahm ihr die Luft, bahnte sich mit jäher Gewalt den Weg in die Tiefe.

Amelie machte mehrere Atemzüge, während sie mit geschlossenen Augen auf dem Sofa saß, Arme und Beine hingen schlaff herab. Grelle Blitze und feuerrote Streifen flackerten auf, erschienen wie rasend mal hier, mal dort, verglommen, um sich neuerlich zu entzünden. Das Hämmern wurde spitzer, füllte ihren Kopf und zerstob wie ein Scherbenregen. Dann trat plötzliche Ruhe ein. Es wurde still, und das Tosen wich langsam.

Ein durchdringender Ton riss ihren Kopf in die Höhe. Es klingelte an der Tür. Erschrocken blieb sie sitzen. Sie musste eingeschlafen sein. Sogleich begannen ihre Gedanken erneut zu rasen, erneut lief sie einige Schritte im Zimmer umher. Es läutete abermals. Sie blieb stehen, umfasste ihr Gesicht, stellte sich aufrecht vor den Spiegel in der Diele, blickte sich in die Augen und drückte die Tür auf. Mario erschien auf dem Treppenabsatz. Freundlich, freudig. Sie tat unbeschwert, so gut sie konnte.

Gemeinsam verließen sie das Haus und gingen in den Garten einer Gaststätte gleich gegenüber.

»Hättest du gestern in der Schule das Horoskop von dem autistischen Mädchen deuten können?«, fragte Mario unvermittelt.

»Ich?! Wo denkst du hin? Ich bin Rechtsanwältin! Mysterien sind dein Fach«, erwiderte Amelie schnippisch.

»Ich muss mich offenbar steigern«, sagte Mario. »Ich wäre nämlich auch nicht drauf gekommen.«

Amelie unterdrückte ein Lächeln und kämpfte dagegen an, dass er sie mit seinem scheuen Witz und seiner sanften Unaufdringlichkeit doch wieder berührte.

»Mir ist das jedenfalls ein Rätsel«, begann sie nüchtern. »Da zeigt er ein Geburtshoroskop, sagt dazu ›weiblich‹, und die Leute beschreiben nach und nach eine Autistin, ohne den Begriff in den Mund zu nehmen.«

»Und im Nachhinein, hat es dir da eingeleuchtet?«

»Wenn man es mir so erklärt, wird es nachvollziehbar. Aber alleine bin ich verloren in dem Irrgarten aus Bildern und Symbolen und deren Wechselwirkung. Ich finde da nicht durch. Besonders Peters Wortmeldung direkt zu Anfang ist mir in Erinnerung geblieben: ›eine blockierte Wahrnehmung nach außen‹. Und dann diese Auflösung. Das soll etwas mit Neptun zu tun gehabt haben, sagten sie, oder?«

»Ja, im sechsten Haus.«

»Aber wieso eigentlich Neptun? Er ist doch Wasser. Und Wasser ist alles andere als eine Blockade. Es fließt, ist weich, umfängt dich, aber trennt dich nicht.«

»Wer sagt denn, dass es unangenehm ist, von der Außenwelt getrennt zu sein und sie nicht so wahrnehmen zu müssen, wie sie ist? Überhaupt, wer nimmt sie denn so wahr? Du als Schwimmerin… Du bist doch eine Schwimmerin, oder? Das sehe ich dir doch an.«

»Im Sommer schon«, sagte Amelie und musste kurz lachen.

»Also noch mal: Du als Schwimmerin kannst dir bestimmt besser als ich vorstellen, wie man sich unter Wasser fühlt. Ist das nicht Stille, fernab vom Alltagsradau? Sie können schreien und zetern, du bist abgeschirmt und nahezu schwerelos. Ich beneide dich darum.«

»Dafür hast du deine Musik.«

»Aber noch viel mehr meinen Staubsauger. Ich habe mir extra einen beutellosen mit den maximal zugelassenen achtzig Dezibel geleistet.«

»Deinen Staubsauger?«

Wieder musste Amelie lachen.

»Ah! Ich erinnere mich«, sagte sie.

Ihre anfängliche Gedämpftheit war nur noch eine blasse

Erinnerung, die sie im Hier und Jetzt nicht mehr lebendig werden zu lassen vermochte, so sehr sie von Zeit zu Zeit darum rang.

»Das habe ich von Glenn Gould. Er hat beim Klavierüben immer den Staubsauger eingeschaltet, damit ihn der Klang der Saitenanschläge nicht von seiner präzisen Fingerarbeit ablenkt. Ich mache ihm das nach. Es ist einfach großartig. Ob es ein schönes oder hässliches Geräusch ist, vermag ich nicht einmal mehr wahrzunehmen. Ich löse mich auf, und meine Finger spielen, sie spielen und brauchen mich nicht. *Fair is foul, and foul is fair: Hover through the fog and filthy air.*«

»Selbsttäuschung«, sagte Amelie amüsiert. »Ein Saugwunder, das dich in paradiesische Zustände zieht.«

»Der Staubsauger ist mein Wasser!«

»Vielleicht sogar in vorparadiesische. Denn bevor Himmel und Erde geteilt wurden, bevor es Männliches und Weibliches gab, als die Welt also noch überall in Ordnung war und alles eins, da gab es Wasser. Ich hoffe also, dein Staubsauger ist wenigstens blau. So blau wie der Neptun sein soll, wenn man ihn durchs Teleskop betrachtet.«

»Leider nur grau.«

»Schade, das ist keine Farbe.«

»Stimmt.«

»Du sagst es ja: *Fair is foul, and foul is fair: Hover through the fog and filthy air.* Grauer Nebel. Und mit dem Wasser ist es doch ähnlich. Klar ist es nur zum Schein.«

»Was heißt schon klar? Hast du dir mal überlegt, was einem Urteil zugrunde liegt? Das ist doch grauenvoll, obwohl ihm Klarheit nachgesagt wird. Dann lieber Staubsauger, Hexennebel und Wasser.«

»Was haben Staubsauger, Hexennebel und Wasser mit einem Urteil zu tun?«

»Gar nichts. Das ist es ja. Du hast mir doch gerade erklärt, dass die Welt noch in Ordnung war, als alles eins war. Ein Urteil ist eine menschengemachte Spaltung. Der Staubsauger, na ja gut ... Lassen wir das«, sagte Mario lachend. »Aber Wasser und Hexennebel lassen keine Spaltung zu, die bleiben immer ganz. Deswegen mögen wir beide sie so.«

Er zwickte Amelie in den Arm.

»Ich gestehe, dass ich aus Alltagsgewohnheit die Notwendigkeit eines Urteils quasi als gottgegeben billige und gleichermaßen die Möglichkeit, Einfluss auf ein Urteil nehmen zu können. Doch kürzlich hat mein Vater etwas Ähnliches gesagt wie du. Und ich gestehe noch dazu, dass ich mich sozusagen ausschließlich von Berufs wegen mit der Möglichkeit der Einflussnahme auf Urteile beschäftige.«

»Auch die Einflussnahme unterwirft sich diesem Wertungsprinzip. Meine einzige Erklärung für die Urteilssucht der Menschen ist Größenwahn oder Angst – oder beides. Der Bruder meines Schwagers ist schwul. Jeden zweiten Sommer mieten er und sein Mann mit Freunden zusammen ein Haus in Südfrankreich. Sie sind viele dort, zehn, fünfzehn Personen, nahezu alle homosexuell. Wobei das keine Voraussetzung für eine Einladung ist. Meine Schwester verbringt mit ihrer Familie oft ein paar Tage dort. Kürzlich holte sie ihren siebenjährigen, zurzeit weitgehend zahnlosen Sohn vom Bus ab. Sie wohnen ländlich im tiefsten Bayern. Dort fährt der Kleine schon alleine mit dem Bus zur Schule und zurück. Als das Kind ausstieg und sich vom Busfahrer verabschiedete, sagte der zu ihm: ›Mid deine verhaudn Zehnd findsd koa Weibaleid ned.‹ Darauf mein Neffe: ›Ist doch egal, dann werde ich eben schwul.‹«

Ruckartig stellte Amelie ihr Bierglas auf den Tisch, beugte sich weit vor, und gerade noch gelang es ihr, den

Schluck in ihrem Mund hinabzubefördern, bevor sie laut auflachte.

»Siehst du«, sagte Mario. »Der hat's gut, der Kleine. Er hat keine Ahnung. Und ist es nicht schlicht wohltuend, keine Ahnung zu haben? Wir als seine Substanz sind vor einem epidemischen Größenwahn auf der Flucht.«

Kurz schwieg er.

»Wir sinken nieder, lösen uns auf in einer Lache Angst.«

Auf einmal war Mario ernst geworden. Sie schaute dem Blick seiner flackernden grünen Augen nach, der sich in alle Himmelsrichtungen verlor, vielleicht ein Behelf seiner Seele Flucht. Bisher hatte sie über die Entdeckung seiner Nacktfotos geschwiegen. Doch je länger sie dort saßen, je mehr sie voneinander erfuhren, desto größer wurde ihr Drang, Mario zu raten, diese absonderliche Seite aus dem Internet zu entfernen. Abgesehen davon, dass sie sich zu ihm hingezogen fühlte und eine Annäherung für sie nur infrage käme, wenn diese Seite verschwände, konnte sie einfach nicht dabei zusehen, wie er sich selbst schadete.

»Ich muss dir etwas sagen«, begann sie.

Mit einem Ruck richtete Mario sich auf.

»Worum geht's?«

»Heute, nachdem du gegangen warst, habe ich im Internet nach dir gesucht und bin zuerst auf deinen Blog gestoßen. Dein Text über die Schlaflosigkeit und die Zeit gefällt mir, auch wenn ich nicht sicher bin, ob ich das, was du dort schreibst, begreife. Ich wollte darüber nachdenken und schloss die Seite deshalb wieder. Aber dann fiel mein Blick auf einen anderen Eintrag mit deinem Namen. Und als ich daraufklickte, öffneten sich vor mir deine Aktfotos.«

Mario nickte ruhig.

»Ja, gibt es daran etwas auszusetzen?«

Amelie starrte ihn an.

»Wenn ich dir etwas raten darf … Ich meine, ich weiß nicht, ob du den Rat hören willst. Aber ich rate dir, diesen Auftritt zu beseitigen.«

»Keinesfalls. Er ist mir wichtig«, unterbrach er sie.

»Mit dieser Seite machst du dir Schwierigkeiten, als seriöser Pianist Anerkennung zu finden. Du verhinderst den Erfolg sozusagen von Anfang an selbst. Stell dir vor, jemand, der auf dein Klavierspiel aufmerksam geworden ist, sucht wie ich nach deinem Namen und stößt wie ich ahnungslos auf diese Bilder. Da wird jeder misstrauisch, und erst recht, wenn es um ein Geschäft gehen soll.«

»Das glaube ich nicht unbedingt«, warf Mario ein. »Außerdem weiß ich nicht, wie du da hingelangt bist. Normalerweise findet man zuerst meine Musikseite. Und andernfalls nehme ich das in Kauf.«

»Wenn du meinst«, erwiderte Amelie. »Du bietest dich also doch dem Urteil zum Fraß an.«

»Mag sein.«

Einen Moment lang schwiegen beide. Auf einmal brach es flehend aus Amelie hervor:

»Bitte, mach das nicht. Du stellst dich in einer Weise zur Schau, die ungut ist. Das spüre ich.«

Sofort widersprach er.

»Momentan ist diese Seite das Einzige, das mir etwas bedeutet. Wenn ich daran arbeite, fühle ich mich gut. Das reicht doch. Ansonsten geht es mir meistens schlecht.«

Amelie schaute ihn an. Sie blieb kurz stumm. Dann sagte sie kalt:

»Aha?! Und wie viele Frauen sind dir so ungefähr genehm?«

Sie stand auf. Als sie sich zum Gehen wandte, griff Mario ihr Handgelenk und zog sie neben sich auf die Bank. Er setzte sich rittlings ihr gegenüber und schaute ihr direkt in die Augen. Dann legte er seine linke Hand auf ihre Wange. Sie schmiegte sich an sie, so vorsichtig, dass er es nicht merken sollte. Mit dem rechten Zeigefinger strich er ihr eine Haarsträhne zur Seite.

»Ich suche nur die Richtige«, sagte er leise, während er mit der Fingerspitze sanft geschwungene Linien auf ihre Stirn zeichnete von einer Schläfe zur anderen und wieder zurück. Behutsam näherte er sich ihrem Gesicht, seine Lippen ihrem Mund. Wärme rieselte durch ihren Körper. Dann spürte sie die Wölbung seiner Lippen auf ihren – zart und prall. Die Zellen ihres Körpers jeder Spannung beraubt, lockerte sich ihr Mund, eine Lücke wie eine winzige Wunde öffnete sich. Da löste er die Berührung. Doch er kehrte zurück. Er hielt sie, streichelte sie, verlor sich in ihren Lippen, übergoss sie mit Zärtlichkeitstupfern, bis in der Kastanie über ihnen eine Glühbirne nach der anderen erlosch.

»Lass mich heute für dich spielen«, flüsterte er ihr ins Ohr.

Er zog einen Zehn-Euro-Schein aus der Hosentasche, legte ihn auf den Tisch und stellte sein Bierglas darauf. Dann nahm er sie an der Hand und stand auf. Sie lief, wohin er sie führte, durch die Nacht. Vor einem Hauseingang blieb er stehen, schloss die Tür mit einem einzelnen Schlüssel in der Hand auf, ohne Amelie loszulassen. Sie stiegen eine breite, schwach beleuchtete Steintreppe hinauf bis unters Dach in den vierten Stock. Er schloss auf, legte den Arm um ihre Schultern und führte sie in die Finsternis hinein zu einem Sofa. Dann entzündete er ein blasses Licht in der Ecke. Ein polierter, schwarzer Flügel im Halbdunkel beherrschte den Raum. Doch sogleich nahmen ein monströser Staubsauger links neben dem Klavierhocker und sein bis zur Steckdose an der Eingangstür kriechendes

Kabel Amelies Blick gefangen. Mario setzte sich vor die Tasten. Dann begann er zu spielen, und Amelie streckte sich aus. Wieder diese lichte Reinheit seiner Töne. Sie kannte diese Reinheit nur von ihm. D-a-F-D-Cis-D-E. Er ließ die Töne nacheinander wie Sterne aufgehen und schenkte jedem einzelnen das ganze Firmament. Jedem Himmelslicht gewährte er, die ihm innewohnende Klarheit zu entblößen, seine Sprache zu ergießen, seine Gestalt zu entlarven. Er selbst entschwand unbemerkt und überließ Amelie in schrankenloser Intimität dem geschmückten Himmelzelt.

Plötzlich stand Mario mit zwei dampfenden Kaffeebechern vor ihr. Sie richtete sich auf dem Sofa auf. Es war schon hell, die Sonne schien ins Zimmer. Er setzte sich dicht neben sie. Sie tranken den Kaffee.

»Danke, und entschuldige bitte«, sagte sie.

»Du kannst nichts dafür, wie schnell die Sonne die Sterne verscheucht.«

Sie schaute ihn an und rückte wenige, nicht vorhandene Millimeter näher zu ihm hin.

»Das konnte ich dir gestern nicht mehr sagen, aber ich habe heute einen Termin in einem Studio. Es hat mich nämlich jemand angerufen, der tatsächlich mit mir – mir! Demjenigen mit dieser schlimmen Internetseite! – eine Aufnahme machen will.«

»Das ist wundervoll! Was möchte er aufnehmen?«

»Darüber haben wir nicht gesprochen.«

»Dann lasse ich dich jetzt allein und gehe zur Massage. Ich freue mich sehr für dich. Bitte gib mir schnell Bescheid.«

Es wurde ein kurzer Abschied mit einer festen Umarmung.

»Ich habe vorhin im Radio gehört, dass heute Tag- und Nachtgleiche ist«, sagt Herr Blum. »Man nenne das auch Frühlingserwachen.«

»Davon bekommt man hier nichts mit.«

Amelie blickt hinunter auf ihre aufgefächerten Finger, die ihre Oberschenkel bedecken.

»Ich bekomme das auch nicht mit. Nur im Radio haben sie es gesagt. Und wenn ich Sie nicht kennengelernt hätte – zwei Jahre ist das jetzt schon her! –, hätte ich den Satz überhört. Jetzt habe ich mir auf einmal vorstellen müssen, dass es der Tag ist, an dem die Sonne am Nordpol endlich wieder aufgeht. Nach Monaten der Finsternis.«

»Ja, der bedeutendste Sonnenaufgang überhaupt.«

»Und uns hier betrifft das augenscheinlich kein bisschen, obwohl diese Wahrnehmung, wenn man einmal darüber nachdenkt, lächerlich ist. Wir leben ja alle, egal an welchem Fleck, auf derselben Erde, die sich um diese eine Sonne dreht. Das muss man sich erst richtig bewusst machen, bevor es vorstellbar wird. Wir alle sind ausnahmslos von dieser einen Bewegung abhängig. Und trotzdem lebt jeder von seinem Sonnenaufgang zu seinem Sonnenuntergang.«

»Das stimmt. Nordpol und Südpol haben da noch mehr miteinander gemein als Italien und Marokko.«

»Das muss daran liegen, dass am Nord- und Südpol keine Menschen leben«, sagt Herr Blum heiter. »Da fällt die Vielfalt dieser Erde nicht so auf.«

»Man kann es Ptolemäus nicht verdenken, dass er die Erde für das Zentrum des Universums hielt. Wenn man auf der Erde steht und sich mit ihr dreht, ohne es zu merken, meint man, die anderen Himmelskörper zögen an einem vorbei, obgleich sie alle ihre Bahn um die Sonne ziehen, nur in unterschiedlicher Entfernung.«

»So ähnlich, wie wenn man in einem im Bahnhof stehenden Zug sitzt. Fährt der Zug auf dem Nebengleis an, weiß man nicht, welcher der beiden Züge sich in Bewegung gesetzt hat.«

»Aber jeder meint, es sei der eigene.«

»Das stimmt, Amelie. So geht es mir auch. Jedes Mal.« Herr Blum lacht kurz, als lachte er über sich.

»Ptolemäus machte, was wir alle tun: Er zog seine Schlüsse aus dem, was er sah.«

»Und trotzdem gibt es die Sehnsucht«, sagt Herr Blum und schaut Amelie ernst an.

Amelie antwortet nicht gleich. Sie blickt zu dem schmalen, vergitterten Fenster schräg hinter ihm. Tatsächlich lässt es ein paar zaghafte Sonnenstrahlen herein, die einen Fleck auf dem grauen Fußboden erleuchten.

»Wir halten die Sehnsucht nicht aus. Entweder wir verschließen uns vor ihr, oder wir verschließen sie in uns«, sagt sie. »Der Verstand lässt die Seele nicht in Ruhe.«

Herr Blum schweigt. Amelie sieht den hellen Fleck nach und nach kleiner werden, bald nahezu verschwinden.

»Ich wusste nichts von meiner Sehnsucht. Nicht einmal, als ich Mario begegnete. Nur meine Sehnsucht wusste von Mario.«

»Ist das nicht genug?«, fragt Herr Blum.

»Das wäre genug gewesen.«

»Aus einem Konjunktiv lässt sich vielleicht ein Indikativ machen.«

»Ich habe viel gesehen und wenig erkannt. Ob gut oder schlecht, erkennen konnte ich nur, was ich schon kannte«, sagt Amelie leise und fügt hinzu: »Und das kann man wohl kaum Erkennen nennen.«

Bedeutungslos

Wie nichtig bedeutungslos von außen gesehen, wie dumpf besinnungslos von innen empfunden das Menschenleben. Matte Sehnsuchtsqual, träumerisches Taumeln das Lebensalter hindurch bis zum Tod in Begleitung alberner Gedanken.

Das nehme ich mir heraus!

Die Gaukelbegabung der Körper ist schuldig, schuld an der kaum zu schlachtenden Vorstellung vom Wert der Existenz. Durchs trübe Fenster sehe ich die Nachbarin Putzwasser in die Gosse leeren; ich sehe vor mir zwei ausgemergelte Stengelfächer auf den Klaviertasten ruhen, zweimal im Halbkreis faltig gefurcht mit gehäuteten Köpfen; ich sehe die Menschen und mich Lebensmittel raffen, die sich in den Einkaufswägen türmen, um sie später auszuscheißen.

Dies wissend, grenzt es an Übermenschlichkeit, eine Existenz zu ihrem natürlichen Ende zu bringen.

Ich bin ein Nichts.

Amelie schloss ihren Laptop. In den tatenlosen Momenten zerrte stumm der Erwartungsschmerz, in den zeitlosen zerrten die Glieder. Sie zog sich um und rannte eine Stunde lang durch den Wald. Später wieder eine Massage. Es dämmerte heftig in den Sommerabend. Mario rief nicht an. Die Nacht brach herein. Amelie nahm ihr Teleskop und die

Sternenschablone und trat auf den Balkon. Jupiter ging die Kraft aus, er war wie zum Abschied weit in den Westen hinabgewandert. Doch Mars, der Kämpfer in Rot, zeigte sich angriffslustig. Wieder musste sie an die Frau im Park denken.

»*Be careful with that axe, Eugene!*«, hatte sie gerufen und dann diese Mars-Salve hinterhergefeuert. Unbegreiflich, dass sie diese Episode dazu angespornt hatte, einen Astrologiekurs zu besuchen! *Be careful with that axe, Eugene!* Welch ein Widerspruch! Die Vorsilbe »eu« klang durch und durch günstig: Euphorie – die Leidenschaft, Eubiotik – eine gesunde Lebensweise, auch Eutokie für eine leichte Entbindung hatte Amelie schon einmal gelesen, Euphemismus war eine beschönigende Äußerung, und selbst Euthanasie war einst als ein sanftes Entschlafen nichts als positiv. Und erinnerte die Silbe »gene« nicht an Entstehung, die Schöpfung, die Genesis? Also Leben? Pass auf mit dem Beil, Wohlgeborene! Das könnte ihr zu denken geben, kam es ihr in den Sinn.

Durch ihr Teleskop erspähte sie das rostrote Himmelsglanzlicht nahe dem Sommersternbild Skorpion mit seinem dünnen Körper, den Scheren und dem weit hinausgestreckten Stachel. Mars funkelte dem gefährlichen Spinnentier angriffslustig vor der Nase herum, in dessen Rücken sein Gegenspieler Antares, beinahe ebenso strahlend wie er selbst, ihn scheinbar zum Duell rief. Kaum eine Handbreit über Antares der zweite Kämpfer, kein stürmischer Krieger, sondern beharrlich beständig, kraftvoll gewaltig: Über eine Milliarde Kilometer von der Erde entfernt, wanderte Saturn gemächlich auf der Planetenstraße durch die Sterne. Für eine Umrundung der Sonne brauchte er fast dreißig Jahre. Ein Wunder, dass sich ihr dieser unbeirrbare Unendlichkeitshüter nun am südlichen Horizont heller als Antares zu erkennen gab. Die um ihn herumsausenden Ringe ließen ihn als ein langgezogenes Scheibchen erscheinen. Wegen seiner länglichen Form war er, der letzte Planet des Sonnensystems, der mit bloßem Auge zu erspähen war – weiter entfernt waren nur noch Uranus und Neptun –, leicht zu entdecken. Auch einen seiner frostigen Begleiter, den Titan, konnte sie sehen. An der Schwelle zur Unendlichkeit, selbst ein Titan und schicksalsbeladen, herrschte Saturn über die Zeit, ohne ihr zu unterliegen. Einst mächtigster Gott, hatte er seine Kinder gefressen, damit ihn keines sollte entmachten können. Einzig sein jüngster Sohn Jupiter, Zeus bei den alten Griechen, wurde durch die Mutter gerettet, die dem gefräßigen Vater an seiner statt einen in Leinen gewickelten Stein vorwarf, und zum Rächer seiner Geschwister. Mit Hilfe eines von seiner Geliebten Metis gebrauten Zaubertranks betäubte Zeus seinen Vater Saturn, der bei den Griechen Kronos hieß, und zwang ihn, den Stein und die verschlungenen Geschwister auszuspeien, bevor er ihn mit seinem Donnerkeil entmachtete. Ob Zeus ihn dann anhaltend berauscht auf die Insel der Seligen im Westen brachte, an den Ort der Glückseligkeit, an dem die Natur den Menschen beschenkte, Leid aus dem Gedächtnis getilgt wurde und Kronos fortan von luftigen Ozeanwinden umweht herrschte; ob Kronos im Kampf gegen die eigenen Kinder von seinen Geschwistern Rückhalt bekam, ein zehnjähriger Titanenkampf entbrannte, in dem er mit seinen Mannen unterlag, bevor Zeus sie allesamt in die Unterwelt verbannte, aus der möglicherweise einzig Kronos später die Flucht gelang; oder ob Kronos, vor Zeus' Waffen nach Italien fliehend, dort als Saturn einen zerklüfteten Staat einte und ihn beständig regierte, die Menschen die Landwirtschaft lehrte, Frieden stiftete und Gesetze schuf, bis dieses Goldene Zeitalter durch die zur Verrohung neigende Menschheit vom Eisernen abgelöst wurde und das Land im Kriegswahnsinn versank – ob Kronos oder Saturn, ob Elysium oder Latium: Sein Gefräßigkeitsdurst war dem Ordnungshunger gewichen. Im Dienste der Menschengemeinschaft berichtigte er mit eiserner Strenge dem Gemeinwohl Entglittenes, beschnitt, mäßigte, sortierte, beendete in einem der Notwendigkeit verschriebenen Unnachgiebigkeitstriumphzug. Wenn Saturn als Herr der Zeit an der Schwelle zur Unendlichkeit dem Falschen Einhalt gebot, konnte er materiell schmerzhafte Einschnitte herbeiführen oder Endpunkte setzen, Teures rauben, Tod bringen. Jetzt, da Amelie den wundersamen Himmelskörper mit seinem frostigen Titan-Begleiter gemächlich zum westlichen Horizont wandern sah, traute sie ihm all das tatsächlich zu.

Jäh riss sie die schrillende Türklingel aus Saturns Welt. Sie sah auf die Uhr – zehn vor elf. Sie ging hinein. Durch die Sprechanlage bat Mario um Einlass. Sie öffnete ihm, und kurz darauf erschien er mit einem letzten schwerfälligen, offenbar mit letzter Kraft genommenen Schritt auf dem Treppenabsatz. Im selben Augenblick hellte sich sein Gesicht auf. Ihr Gesicht ebenfalls, wie ihr ein heimlicher Blick in den Dielenspiegel verriet. Er hielt inne, dann kam er auf sie zu, schob sie sachte in den Flur hinein, schloss die Tür und umarmte sie. Als fehlte ihm ein halbes Dutzend Arme, um sie ganz umschließen zu können, fuhr er mit den Händen eng an ihrem Körper entlang, auf und ab. Sein Kopf, sein Rumpf, seine Beine verharrten unbewegt wie ein gewaltiger Fels. Amelie sah, wie sein Blick unruhig zu flackern begann. Sie nahm seine Hand und zog ihn ins Wohnzimmer. Dann ging er voran, führte sie und setzte sich an den Tisch, auf dem ihr Laptop stand.

»Wie ist es im Studio gegangen?«, fragte sie.

Er winkte ab.

»Ich solle mit Mozart beginnen und nicht gleich das Schwierigste einspielen, haben sie mir gesagt.«

»Was wolltest du spielen?«

»Was schon?«

»Bach.«

»Ganz genau.«

»Und was von ihm?«

»Die Goldberg-Variationen.«

»Das wäre wundervoll. Auch Glenn Gould hat sie bei seiner allerersten Aufnahme gespielt.«

»Genau das haben sie mir zum Vorwurf gemacht: Da reichte ich nicht heran und solle es ihnen und mir nicht so schwer machen. Ich könne allenfalls mit dem Wohltemperierten Klavier beginnen. Es tut mir leid. Auch wenn das Wohltemperierte Klavier als eines von Bachs Meisterwerken gilt, was es im Hinblick auf seine Zeit zweifelsohne als Ganzes ist, die Präludien sind mir zuwider. Und ohne diese Telefonschleifenmusik gestattet man mir ja nicht, die Fugen zu spielen. Den Vorschlag habe ich gar nicht erst gemacht. Ich bin gegangen.«

»Du bist einfach gegangen?«

»Ja. Ich bin ungeeignet zu gefallen.«

»Du gefielst ihnen offenbar, sonst hätten sie dich nicht gefragt.«

»Sie glaubten, ich könne allen gefallen. Aber ich kann nur spielen, was mich berührt.«

Er schlug ihren Laptop auf und beendete damit das Gespräch. Was er am Rechner machte, wusste sie nicht. Konzentriert und mit trotzdem fahrig flackerndem Blick bewegte er die Maus hin und her. Sie zog einen Stuhl zu ihm hin, setzte sich und legte ihre Hand auf seine, die er dann zusammen mit der Maus rastlos umherschob. Sie legte ihren Arm um seine Schultern. Er schob Symbole. Sie streichelte ihm über Kopf und Wangen, schmiegte sich an.

»Es störte mich kein bisschen, wenn du dich mir zuwenden würdest«, sagte sie und zog sich einige Zentimeter zurück.

Er ließ die Maus los, drehte sich zu ihr und legte beide Arme um ihren Nacken. Dieses Mal durchströmte sie Kälte, kein schutzspendender Fels, der Sonnenhitze abstrahlt, sondern ein hartes Brett gespickt mit rostigen Nägeln. Amelie nahm seine Hand und führte ihn zum Sofa. Er ließ sich hineinfallen und blieb reglos sitzen. Sie streichelte seine Hand.

»Ich würde gerne ins Bett gehen«, sagte sie.

»Darf ich bei dir übernachten?«, fragte er.

»Natürlich darfst du.«

Sie stand auf, ging ins Bad, zog sich aus und ein Seidenhemdchen über. Sie löschte das Licht. Dann trat sie im Halbdunkel zu ihm. Er hatte seine Schuhe abgestreift, lag eingerollt mit dem Gesicht zur Sofalehne. Sie strich ihm über den Arm, die Hand, den Kopf, die Wangen. Er reagierte nicht, stellte sich schlafend.

»Liebes, wie geht es dir?«, fragte die Mutter am Telefon. »Bist du wieder gesund? Ich höre gar nichts mehr. Deshalb habe ich mit Philine vereinbart, dich heute Nachmittag zu besuchen. Ich koche uns etwas Gutes. Was meinst du?«

»Entschuldige, dass ich mich nicht gemeldet habe. Aber sei nicht böse, ich bin nicht in der Verfassung, Besuch zu empfangen.«

»Kind, das kann ich nicht hinnehmen. Philine fragt ununterbrochen nach dir, und ich blamiere mich jedes Mal, wenn ich sagen muss, dass ich nichts weiß.«

»Mama, ich kann wirklich nicht.«

»Heute Vormittag habe ich auf dem Markt wunderbare Seeteufelfilets gekauft und Gemüse. Das wird dich aufmuntern.«

Amelie wusste nichts mehr zu antworten und blieb stumm.

»Ich gebe Philine Bescheid, dass ich sie um fünf abhole. Wir freuen uns auf dich. Bis später.«

Die Mutter legte auf. Dieses Mal kostete Amelie das Aufstehen Kraft. Sie hievte sich in die Höhe und machte, von einer unsichtbaren Bürde beladen, die nicht nachließ, sie niederzudrücken, in der Wohnung Ordnung. Als sie den Türöffner drückte, dauerte es eine ganze Weile, bis die beiden Frauen am Treppenabsatz sichtbar wurden. Unterdessen hörte sie Philine qualvoll ächzen und Pia ihr gut zureden. Eine ganz andere Philine, als sie sie kannte, erschien. Sie zog sich mit der rechten Hand am Geländer hoch, ging nahezu rechtwinklig gebeugt und hielt sich mit der linken Hand den Rücken, ihr stolzes Haupt wie das eines Büßers zu Boden gerichtet. Sie wand es seitlich, um Amelie anblicken zu können.

»Hexenschuss«, sagte sie nur.

»Philine, guten Abend. Damit hättest du dich doch nicht hermühen müssen. Das sieht schlimm aus.«

»Ist es auch. Aber den Besuch bei dir wollte ich mir nicht nehmen lassen.«

»Philine schafft das, Kind«, sagte die Mutter. »Sie hält etwas aus. Ich verschwinde und mache uns zu essen.«

Sie drängte sich an Philine und Amelie vorbei in die Küche. Während Amelie Philine die Tasche abnahm und sie zum Sofa geleitete, wurden aus der Küche zuerst Rascheln, dann Klappern, dann Rauschen hörbar. Philine ließ sich unter Stöhnen auf Amelies Arm gestützt nieder, bevor sie ihren Körper, so gut es ging, entkrümmte. Mit dem Anschein letzter Kraft und zur Decke gerichtetem Blick sagte sie:

»Gib mir ein Glas Schampus.«

»Tut mir leid, Philine. Ich war nicht auf euren Besuch vorbereitet und …«

Amelie schreckte zusammen, als Philines Stimme auf einmal durch den Raum gellte:

»Pia!!!«

Dann sagte sie leise unter Schmerzen zu Amelie:

»Dafür haben wir gesorgt.«

Amelie ging in die Küche. Die Mutter hantierte mit sicheren Griffen. Als gehörte es selbstverständlich in diese Routine, reichte sie Amelie eine Flasche Veuve Clicquot. Amelie nahm drei dünne Champagnergläser aus dem Schrank und öffnete die Flasche. Die Mutter hatte die Fischfilets gewaschen und Schalen mit Thymian, gehacktem Knoblauch und Zitronensaft bereitgestellt. Nun schnitt sie Paprika, Auberginen, Fenchel und Zucchini in Streifen. Amelie schenkte ein, reichte ein Glas der Mutter, die geistesabwesend mit ihr anstieß.

»Bis dass der Tod euch scheidet! Bis dass der Tod euch scheidet!«, wiederholte sie wieder und wieder. »Das hat doch immer gegolten, oder? Kann mir vielleicht jemand sagen, warum es jetzt auf einmal keine Gültigkeit mehr haben soll? Kann mir das jemand sagen?«

Amelie sah ihre Mutter mitleidig an, die sich bei der Arbeit nicht unterbrechen ließ. Dann ging sie mit der Flasche im Kühler zu Philine zurück.

»Zum Wohl, Philine. Auf deine Genesung.«

»Prosit, meine Liebe.«

Philine trank das Glas in einem Zug aus. Sofort streckte sie es in die Höhe, und Amelie begriff, dass das der einzige

Winkel war, in dem Philine ihr leeres Glas bemerkbar machen konnte, und dass sie Nachschub verlangte.

»Wie hast du dir diesen Hexenschuss zugezogen?«

»Ach Amelie, wenn ich dir das erzähle, wirst du mich gleich doppelt für unrettbar halten«, stöhnte sie. »Weil dieses Talentprojekt in die Hose gegangen ist, fing einer meiner Scouts einen Streit mit mir an, ein Ethnologiestudent aus dem Libanon mit sehr guten Deutschkenntnissen, der hier seine Masterarbeit schreibt. Er wollte trotzdem Geld haben. Er meinte, er habe seine Arbeit erledigt, und dass nichts daraus wurde, sei mein Bier. Ich sagte ihm natürlich, dass er eine Meise hat. Erstens hat er offenbar nicht begriffen, was es bedeutet, auf Provisionsbasis zu arbeiten, und zweitens kann er die Anpassungsunfähigkeit dieser Leute wohl kaum mir anlasten. Er meinte, er habe von mir nicht den Auftrag erhalten, Mauerblümchen zu suchen, die es mir recht machten, sondern Talente, Originale, und das habe er getan. Deshalb wolle er sein Geld. Amelie, du glaubst doch wohl nicht, dass ich das mitmache! Als ich ihm sagte, er könne jetzt gehen, fing er an, mich zu beleidigen. Er warf mir vor, ich sei dogmatisch und überheblich, aber im Grunde wahrscheinlich einfach nur dumm und borniert. Ich käme mit den Leuten nicht klar. Sonst nichts. Er zum Beispiel möge keine Bananen. Was die Talentpleite mit Bananen zu tun haben soll, kannst du mir vielleicht erklären. Es sei sinnlos, mit mir weitere Worte zu wechseln, sagte er. Und das Einzige, was er mir zugutehalten könne: Ich sei bei meinem reichen Ehemann untergekrochen und hätte es deshalb nicht nötig, klarzusehen. Dann wollte er gehen und rief noch, da könne ich mir mit vielen die Hand reichen. Aber so etwas lasse ich nicht auf mir sitzen, Amelie!«

Etwas zu energisch, wie ihr schmerzverzerrtes Gesicht

zu erkennen gab, hob sie ihr Glas in die Höhe, und Amelie schenkte abermals nach.

»Da bin ich ihm hinterher. ›Was soll das heißen?!‹, habe ich gerufen und ihn am Schlafittchen gepackt. Zu meiner Überraschung wurde er ganz ruhig, wandte sich mir zu und gab eine Geschichte über einen Elefanten von einem gewissen Rumi zum Besten. Rumi klingt wie ein kleines Glas Rum, deshalb habe ich mir den Namen gemerkt. Jedenfalls sollten laut dieser Geschichte ein paar indische Männer einen Elefanten in einem stockfinsteren Raum an unterschiedlichen Körperteilen betasten. Und als sie dann erklärten, was ein Elefant sei, sagte der, der den Rüssel befühlt hatte, ein Elefant sei so etwas wie ein Wasserschlauch. Derjenige, der das Ohr angefasst hatte, meinte, er sei ein Fächer, der das Bein betastet hatte hielt ihn für eine Säule, und der über den Rücken gestrichen hatte für einen Thron. Nette Geschichte, dachte ich. Und dann fragte er noch, ob ich glaube, dass es Gott interessierte, welche Tracht jemand trägt, ob du dich als Baby im weißen Kleidchen hast mit Wasser bespritzen lassen oder ob du sieben Mal um die Kaaba gerannt bist. Er sagte, dass Gott allenfalls noch interessieren könnte, wie jemand etwas tut. Wenn überhaupt. Er wisse nicht, ob es Gott gebe, aber wenn, dann sei es geradezu grotesk zu denken, er stelle sich mit uns auf eine Stufe. Wozu brauchten wir ihn denn dann? ›Religion gibt es, weil es die Sehnsucht gibt‹, sagte er. ›Trotzdem geht es bei uns nicht ohne Regeln um der Regeln willen, ohne Form um der Form willen. Und meistens so, wie wir es gerade brauchen. Denn unsere Wahrnehmung endet nun einmal dort, wo die Sinne ausgeschlossen sind.‹ Und dieser kleine Ausschnitt unserer Wahrnehmung könne unmöglich den wahren Verhältnissen entsprechen. Trotzdem erschaffe unser Gehirn aus diesem Ausschnitt mir nichts, dir nichts ein vollständiges Bild und erkläre es zur Wahrheit. Wie dieses Bild dann aussieht, das soll auf die eigenen Erfahrungen ankommen. Als Kind habe er geglaubt, der Radiosprecher sitze in dem kleinen Kasten drin, der im Wohnzimmer seines Elternhauses gestanden habe. Dann fragte er mich, ob ich schon mal davon gehört hätte, dass weite Passagen der Bibel und des Koran übereinstimmten: Erzählungen wie der Sündenfall oder die Sintflut und noch andere, die Idee des vergebenden und barmherzigen Gottes, aber auch solche, die als Rechtfertigung für die Abschlachtung Andersgläubiger herhalten könnten. Und dann sagte er:« – nun parodierte Philine den Studenten in leiernden Salven und mit verstellter Stimme – »›Heute nimmt nicht einmal mehr der Papst die Jungfrauengeburt für bare Münze, früher waren Leugner Ketzer. Die Todesstrafe ist in Europa abgeschafft, obwohl sie im Christentum eine Selbstverständlichkeit war. Und Hexen werden auch nicht mehr verbrannt. Und wissen Sie was? Die Aufklärung hat in der arabischen Welt schon in eurem Mittelalter stattgefunden. Das hätten Sie wahrscheinlich nicht gedacht. Und diese Aufklärer wurden und werden von Muslimen mit denselben Argumenten angefeindet wie von Christen, weil sie nicht daran glaubten, dass Gott die Welt erschaffen hat, und weil sie es nicht akzeptabel fanden, dass jemand wegen einer anderen Auslegung der Heiligen Schrift als Ungläubiger gilt, und weil sie nicht an eine individuelle Unsterblichkeit glaubten und nicht an den jenseitigen Belohnungs- und Bestrafungsfirlefanz.‹ – Dieser arabische Aufklärer hieß irgendwas mit A«, sagte sie jetzt wieder in ihrer normalen Stimme, »und soll auch noch gesagt haben, dass Denken nicht von jedem verlangt werden könne. So hat dieses studierte Bürschchen dahergeredet. Dann hat er sich freundlich von mir verabschiedet und ist gegangen, ohne dass ich noch fragen konnte, was ich mit all dem zu tun hätte. Aber seinem Ton und Gesichtsausdruck nach hat er es gut gemeint. Deshalb habe auch ich es gut sein lassen. Und wegen des Geldes hat er sich nie mehr gemeldet. Also habe ich mir das alles wenigstens nicht ganz umsonst angehört.«

»Tja, mit anderen Erfahrungen siehst du eine andere Welt«, sagte Amelie.

»Willst du jetzt auch sagen, die Talente seien in Wirklichkeit doch anpassungswillig? Davon hätte ich etwas gemerkt, glaub mir. Und willst du sagen, der liebe Gott soll dieser Allah sein? Wegen dem sind wir doch im eigenen Land unseres Lebens nicht mehr sicher. Ich wollte wirklich helfen. Trotzdem, Amelie, es hat mich interessiert, ob an seinem hochtrabenden Gerede etwas dran war. Wenigstens das, was er über Bibel- und Koranstellen gesagt hat, kann man ja leicht überprüfen. Ich habe mir tatsächlich ein Exemplar bestellt. Ich habe das Buch in einen Umschlag gehüllt und wollte am vergangenen Wochenende nachlesen, bei schönem Wetter auf unserem Boot. Ich steige ein, mit meinen neuen Schuhen, deren Sohlen an der Spitze mit einer kleinen, wunderhübschen Platte aus echtem Silber beschlagen sind, ich rutsche aus, gerate ins Straucheln mit dem Koran in der Hand – und den wollte ich retten –, fange mich dann gerade noch, und mir schießt es in den Rücken. Seitdem befinde ich mich in diesem Zustand. Natürlich habe ich gewusst, dass man mit solchen Schuhen kein Boot betritt. Aber die Schuhe wollten einfach mit. Und gegen neue Schuhe bin ich machtlos. Jetzt schenk doch nach, Amelie.«

Im selben Moment begann das Öl in der Pfanne zu prasseln und verströmte einen frisch-herben Duft.

»Gleich ist es so weit!«, rief Pia. »Das wird alles nur ganz kurz heiß gebraten.«

Amelie ging ins Bad, schloss die Tür hinter sich und seufzte. Auf einmal hörte sie Philine jäh schreien. Dann ein Klirren, das nach einem Scherbenhaufen klang. Sie beeilte sich, ließ sich kurz Wasser über die Hände laufen, rieb sie, trocknete sie ab. Sie riss die Tür auf und rannte ins Wohnzimmer zurück. Die Mutter stand schon über Philine gebeugt, versuchte, sie in eine stabile und schmerzfreie Lage zu bringen. Immer wieder gellten Philines Schreie und ließen Pia und Amelie zusammenzucken. Sie bemühten sich, der Geplagten Linderung zu verschaffen, legten sie schließlich lang auf das Sofa mit angewinkeltem linken Bein, weil sie das zu erleichtern schien. Erst als Philine still geworden war und die Mutter und Amelie erlöst ausatmen konnten, drang ihnen Rußgeruch in die Nase. Nun schrie Pia auf. Sie drückte sich vom Sofa ab, fluchte und schimpfte, was sie, in der Küche angekommen, noch steigerte. Amelie eilte ihr nach. In zwei Pfannen lagen drei schwarze Fischfilets von dichtem Rauch umnebelt, in einer dritten Pfanne auf dem Herd schwamm Öl für das Gemüse, das auf dem Küchenbrett kleingeschnitten bereitlag. Die Mutter schäumte, Wuttränen liefen ihr übers Gesicht. Mit einer langen Bratengabel stach sie nacheinander in die Filets und warf sie ins Spülbecken, die beiden Pfannen gestapelt hinterher. Amelie schaltete die Herdplatten aus und öffnete das Fenster. Als die Mutter nach der dritten Pfanne griff, um sie auf das einzige unbeheizte Kochfeld zu schieben, zischte es gewaltig, und im selben Augenblick schoss das heiße Öl in lodernden Flammen zur Decke. Sie schrie auf und hustete. Qualm so schwarz wie die Nacht machte die Küche zu einer finsteren Höllenkammer. Die Mutter drückte sich unter dem Rauchschleier röchelnd die Hände auf die Augen.

»Geh hinaus!«, rief Amelie aus gequetschter Kehle und schob sie Richtung Tür.

Sie selbst hielt die Luft an, kniff die tränenden Augen zusammen. Sie riss einen Unterschrank auf, griff blind hinein und zog einen großen Deckel hervor. Blinzelnd erstickte sie darunter die Flammen. Dann rannte auch sie hinaus, schloss die Küchentür hinter sich und schnappte nach Luft. Vom Bad her hörte sie die Mutter husten und würgen. Auf einmal wieder ein markerschütternder Schmerzschrei von Philine, die mit ihrem Champagnerglas in der Hand auf dem Sofa lag und offenbar eine falsche Bewegung gemacht hatte. Amelie ging ebenfalls ins Bad. Über die Badewanne gebeugt spülte sie sich den Mund und wusch sich Hände und Gesicht.

»Du hattest recht«, sagte die Mutter hustend. »Wir hätten nicht kommen dürfen.«

»Ist mit dir alles in Ordnung, Mama?«, fragte Amelie besorgt. »Oder sollen wir einen Arzt rufen?«

»Es geht schon. Aber ich muss jetzt gehen. Das verstehst du sicher.«

»Ja, natürlich. Ich sage Philine Bescheid«, sagte Amelie.

Sie ging zu Philine, nahm ihr das Glas aus der Hand, stellte es auf den Couchtisch, stützte ihre rechte Seite, während sie sie vorsichtig in die Höhe drückte, ohne jedoch verhindern zu können, dass Philine viermal aufschrie. Mit gebeugtem Nacken tappte Philine an Amelies Arm in die Diele. Dort übernahm Pia.

»Mach's gut, Amelie«, sagte Philine, über die Seite zu ihr aufblickend. »Nächstes Mal wird es wieder schön.«

»Bestimmt. Ab Montag gehe ich wieder arbeiten. Erholt euch bitte gut.«

Sie entließ die beiden Frauen und atmete durch. Dann ging sie in die Küche und schloss die Tür hinter sich. Sie stellte das Brett mit dem geschnittenen Gemüse in den Kühlschrank, warf die Fischfilets in den Abfalleimer, mit einem Bratenwender aus Holz schabte sie den Ruß aus den drei Pfannen und dem Spülbecken, wickelte ihn in Küchenpapier und warf ihn fort. Sie riss zwei neue Blätter von der Rolle und rieb die Pfannen damit aus. Dann befüllte sie den Wasserkocher am Spülbecken. Während das Wasser zu rauschen begann, verteilte sie Reinigungsmittel auf Herd und Anrichte. Sie befeuchtete einen Schwamm und verrieb das Mittel. Sie unterbrach das Grollen des dampfenden Wassers und verteilte es auf die drei Pfannen. Sofort nahm es eine gelbbraune Farbe an, schwarze Rußsplitter trieben umher. Sie wusch den Schwamm unterm Wasserstrahl aus, ließ ihn sich vollsaugen und putzte die Flächen abermals. Dann wischte sie sie mit einem Lappen trocken. Mit der Spülbürste säuberte sie die Pfannen, trocknete sie und stellte sie zurück in den Schrank. Den Deckel legte sie in die Spülmaschine. Sie ging mit Kehrblech und Besen ins Wohnzimmer, kniete sich hin und fegte die Scherben zusammen.

Schließlich schaltete sie Musik ein und legte sich aufs Sofa. Zwei ruhige, reine Klaviertöne hoben an, erfüllten den Raum, dann ein Triller, bedächtig geführt. Rettende Friedlichkeit. Klingende Perlen sich von den Wänden ergießend umspülten sie. Ein Wechselspiel, tragender Trost, dann und wann hellste Heiterkeit, eindringliche Rast, leichtigkeitstanzende Entschlossenheit, himmlisches Jubilieren, frohlockende Vergänglichkeit, die Grenzenlosigkeit huldvoll von der Musik umschlossen. Jetzt den Tag mit Luna ausklingen lassen, ging es ihr durch den Kopf, das wär's. Sie schloss die Augen und vertrieb die Gedanken an die beiden Frauen.

Sieben Uhr, der Wecker klingelte. Sie stieg aus dem Bett, ging in die Küche und setzte Wasser auf. Unter der Dusche ließ sie sich mit geschlossenen Augen das Wasser über den

Körper laufen, bis der Schlaf wich. Mit umgeschlungenem Handtuch setzte sie sich an den Küchentisch, trank Tee und frühstückte. Anschließend stand sie ratlos vor dem Kleiderschrank, bis im Radio die Zeitansage kam. Eilig zog sie sich an und verließ das Haus. Sie ging zum Auto und fuhr los. An der ersten Ampel legte sie den Gang ein, hielt die Kupplung gedrückt und begann, sich die Wimpern zu färben. Bis sie ankam, war sie fertig, hatte Lippenstift aufgetragen und mit einem Wattestäbchen die ungewollten Sprenkel der Wimperntusche entfernt. Sie nahm den Aufzug.

»Guten Morgen, Frau Frank«, wurde sie begrüßt. »Schön, dass Sie wieder da sind.«

»Guten Morgen, Frau Kamp.«

»Möchten Sie einen Kaffee? Ich mache Ihnen gerne einen.«

Amelie lehnte ab und entschuldigte sich mit der liegengebliebenen Arbeit auf ihrem Schreibtisch. Kugler trat ein, gewohnt zügigen Schrittes. Dieses Mal raunte er kein »Guten Morgen« im Vorbeigehen. Sein Blick hellte sich auf, er kam auf Amelie zu und schüttelte ihr die Hand.

»Guten Morgen, Frau Frank. Gut, dass Sie wieder hier sind. Sie haben gefehlt. Nehmen Sie sich Zeit, um sich wieder einzufinden, und kommen Sie, wenn Sie so weit sind, zu mir. Ich habe natürlich manches mit Ihnen zu besprechen.«

Er ging in sein Zimmer, Amelie blickte ihm erstaunt nach, bis er in der Tür verschwand und leises Quietschen hörbar wurde. Sie ging in ihr Büro. Frau Kamp hatte sich Mühe gegeben, durch kleine Stapel, die sie auf sämtlichen Ablageflächen verteilt hatte, den mahnenden Geltungsschrei der Akten, Mappen und Schriftstücke zu ersticken. In der Mitte des Schreibtischs lag gut sichtbar die Akte

Matt. Amelie schlug sie auf und las im Prozessprotokoll, dass sich Matt mit dem Gericht auf einen Vergleich geeinigt und dazu bereit erklärt habe, zweihunderttausend Euro Strafe zu zahlen. Im Gegenzug werde das Verfahren gegen ihn eingestellt. Das Telefon klingelte.

»Hier ist Besuch für Sie«, sagte Frau Kamp. »Frau Rosa Aldus. Sie kommt ohne Termin. Ich habe ihr gesagt, dass Sie vermutlich keine Zeit für Sie haben.«

»Wer ist die Dame?«, fragte Amelie.

»Sie möchte nur mit Ihnen sprechen.«

»Ich komme hinaus.«

Erstaunt erkannte Amelie am Empfang die Frau wieder, der sie in Pius Kuglers Galerie begegnet war. Wieder trug sie ihr hübsches Haarband mit den weißen Blüten. Amelie begrüßte sie, und Rosa Aldus entschuldigte sich sogleich heftig dafür, dass sie ohne Anmeldung vorstellig werde, doch habe sie telefonisch eine Abweisung befürchtet. Aber ihr Anliegen könne sie unter allen Umständen nur Amelie persönlich anvertrauen, aus purer Verzweiflung, wissend, dass es falsch sein könnte, hier zu erscheinen, und darauf vorbereitet, möglicherweise umgehend hinausgeworfen zu werden.

»Kommen Sie«, sagte Amelie, ging mit ihr in einen kleinen Besprechungsraum und schloss die Tür hinter ihnen.

»Bitte nehmen Sie Platz, Frau Aldus.«

Sie setzte sich der Frau gegenüber, die mit zaghaften Handgriffen ihren Stuhl zurückzog und zu lächeln versuchte.

»Wir sind uns einmal in der Galerie Kugler begegnet, stimmt das?«, sagte Amelie.

»Dass Sie sich daran erinnern!«

Rosa Aldus schien von einem kleinen Unerwartbarkeitsglück ergriffen.

»Dann erzählen Sie, worum es geht.«

Sie müsse von Anfang an beginnen, um sich verständlich machen zu können, und der Anfang sei ihr Vorstellungsgespräch in der Galerie gewesen. Auch der Grund dafür, dass sie nun Amelie aufsuche, sei dieser Besuch. Von Kugler habe sie ihren Namen gehört und erfahren, dass sie die Kollegin seines älteren Sohnes, dem Rechtsanwalt, sei. Sie kenne keine Rechtsanwälte, jedenfalls keine vertrauenerweckenden, und brauche jetzt vielleicht einen. Genauso gut könne es jedoch sein, dass ihr aber auch kein Rechtsanwalt weiterzuhelfen vermöchte, entschuldigte sie sich einleitend und begann, Amelie alles zu erzählen.

Nachdem Pius Kugler sie als Arbeitskraft abgelehnt hatte, rief er kurze Zeit später bei ihr an und lud sie ein, die Kunstschätze in seinem Keller anzuschauen. Rosa stimmte freudig zu und bekam Gemälde zu Gesicht, die sie tief bewegten. Anschließend lud er sie zum Essen ein. Es wurde ein angenehmer früher Abend, von dem sie beeindruckt davon, mit welcher Ehrfurcht er von Kunst und von seinem Vater sprach, weil er diesem seinen Zugang zur Welt der Gemälde verdankte, nach Hause ging. Auch für ihre Arbeit und für indische Literatur – sie übersetzte Belletristik und philosophische Schriften aus dem Englischen ins Deutsche und hatte sich im Laufe der Zeit ein wenig auf Indien spezialisiert – schien er sich zu interessieren. Außerdem kamen an dem Abend Rosas zwölfjähriger Sohn Linus zur Sprache und ihre Sorgen, weil er sich immer noch nicht mit der Schule anfreunden konnte und nicht begriff, wofür Lernen gut sein solle. Für sich genommen, erfüllte sie dieser wundervolle Tag mit Dankbarkeit. Einige Tage später meldete sich Kugler abermals, um sie und ihren Sohn über die Ostertage nach Ibiza einzuladen. Beschämt lehnte sie ab. Doch er ließ nicht locker, sagte, sie seien eine große Gruppe in einem großen Haus mit Koch und einem Skipper, sie teile dort ein geräumiges Zimmer mit ihrem Sohn, sei frei, sich Unternehmungen anzuschließen oder auch nicht, ganz nach Belieben. Dass er den Aufenthalt für einen Zwölfjährigen in den berückendsten Farben malte, bewog sie schließlich doch zu einer Zusage. Ibiza klang nach einem Märchen. Sie selbst hätte verzichten können, aber für ihren Sohn waren es vier Tage reiner Glückseligkeit, die sie ihm nicht in zwei Leben hätte bieten können. Die Tage auf Ibiza verliefen überdies auch für sie angenehm. Kugler senior war anspruchslos zuvorkommend und zugewandt. Auch zu seinen Freunden fanden sie eine Art kameradschaftlichen Kontakt. Zwar entging ihr nicht, dass ein paar der anwesenden jungen Frauen ein Luxusleben alles bedeutete, und dass ein paar Männer sie in diesem Wissen eingeladen hatten. Aber die Weitläufigkeit des Hauses, des Gartens, des Strandes, des Bootes bei schönstem Wetter zerstreute den Eindruck. Nur Kuglers Sohn schien mit Rosas und Linus' Einladung nicht einverstanden zu sein. Er wich ihnen aus, und ihr gelang es nicht, mehr Worte als ›Guten Appetit‹ mit ihm zu wechseln.

Nach der Reise rief Pius Kugler von Zeit zu Zeit bei ihr an, meistens ziemlich spät, wenn sie schon schlief. Es war ihr nicht unangenehm, weil keinerlei Anspruch spürbar wurde. Seit Ibiza duzten sie sich, er sie ein bisschen mehr als sie ihn. In unaufdringlicher Kürze erzählte er dann von beruflichen Projekten, die ihn einerseits schwer forderten, weil jedes Mal viel Geld im Spiel war und er sich Konkurrenten geschickt vom Leib halten musste, die ihm andererseits aber auch, das spürte man, große Zufriedenheit spendeten. Mit der Zeit beherrschte seine Frau Christine mehr und mehr die Gesprächsinhalte. Sie hatte seit ein paar Wochen die Nase voll von ihrem Leben mit ihm, fühlte sich missachtet und ausgenutzt, und das angeblich schon von Anfang an. Sie wolle kein Püppchen mehr sein, forderte sie. Er bestritt heftig, ihr je einen Anlass für diese Selbsteinschätzung gegeben zu haben. Er habe sie geachtet, gut behandelt und ihr ein Leben in üppigem Luxus ermöglicht, was sie bis heute auskoste. Aber sie sei ihm auch immer eine gute Ehefrau gewesen, habe sich tadellos um die beiden Kinder gekümmert, sehe jeden Tag toll aus, könne hervorragend kochen, Tafeln und Haus bewundernswert herrichten und dekorieren. Dann engagierte sie auf einmal eine Wahrsagerin, der sie nach und nach Tausende Euro bezahlte und die ihr riet, sich von allem zu befreien, um zu sich selbst zu finden. Er ließ sie gewähren und ertrug geknechtet ihre Ausbrüche, ihre Wutanfälle, ihre Schimpf- und Drohtiraden. Manchmal warf sie eine volle Rotweinflasche gegen die Wand, einmal spuckte sie ihm vor die Füße. Wiederholt äußerte er, wie viel es ihm bedeute, mit Rosa sprechen zu dürfen, und dass er niemanden kenne, obgleich er viele Leute kenne, der Gedanken habe wie sie.

Auch sie erzählte ein wenig von den seit der Trennung von Linus' Vater vor acht Jahren regelmäßig in unverbrauchter Frische auflebenden Vorwurfs- und Erniedrigungsorgien. Pius nahm es zur Kenntnis, bedauerte sie ein bisschen und bewunderte sie dafür, dass sie einen so liebenswürdigen Jungen mehr oder weniger alleine großgezogen habe. Alles in allem ließ er sie wenig zu Wort kommen, was sie nicht weiter störte. Sie akzeptierte ihre Aufgabe, ihn auf andere Gedanken bringen zu sollen und dezent für Christine Partei zu ergreifen. Deshalb erzählte sie ihm gar nicht erst, womit sie seit mehreren Monaten kämpfte. In der Hoffnung, Lernen in einer Gemeinschaft als Selbstverständlichkeit zu erleben, hatte Linus ein Internat besucht, ein sehr teures, auf dem es ihm gut gegangen war. Zum Schulhalbjahr im Februar hatte sie ihn dort abmelden müssen, weil er sich trotz der Gemeinschaft immer noch nicht für Schule interessierte. Sie hatte ihm erklärt, dass es für ihn inzwischen aussichtslos geworden sei, die siebte Klasse erfolgreich zu überstehen, und sie die Kosten des Internats angesichts dessen nicht verantworten könne. Er zeigte Einsicht, unter diesen Umständen das Internat, wenn auch schweren Herzens, zu verlassen und im Sinne eines guten Neustarts eine Klasse zu wiederholen. Aber er schimpfte, wenn sie gesagt hatte, er sei vermutlich auf einer Realschule besser aufgehoben. Er wolle auf ein anderes Gymnasium und nicht als Depp hingestellt werden, er wolle das Abitur machen und dafür jetzt beginnen, gewissenhaft zu lernen. Also hatte sie ihn in einem städtischen Gymnasium in der Nachbarschaft angemeldet. Als sie seinem Vater davon erzählte, war er dagegen, den Besuch auf einem Gymnasium fortzusetzen. Er warf Rosa vor: sie sei eine Erziehungsversagerin, habe keine Ahnung, was in ihrem Kind vorgehe, Linus sei ohnehin nur wegen ihr in dieser misslichen Lage, sie kapiere einfach nicht, dass er fürs Gymnasium ungeeignet sei, und quäle ihn durch ihren Ehrgeiz, im Übrigen sei das alles kein Wunder, immerhin sei sie nicht nur in Bezug auf den Sohn eine Versagerin, beruflich bringe sie genauso wenig zustande, ohne seine großzügige finanzielle Zuwendung säße sie längst unter der Brücke, abgesehen davon sei ihm diese finanzielle Mehrbelastung nicht mehr lange zumutbar, und dann noch das schwierige Verhältnis zu ihren Eltern. Es liege halt in ihrer Anlage, dass ihr Leben zu nichts führe, und er werde nicht länger dabei zusehen, wie sie auch noch seinen Sohn ruiniere. Sie war nicht imstande, sich dagegen zur Wehr zu setzen, weil sie fand, er habe in vielerlei Hinsicht recht. Derart erniedrigt, brach sie bei dem Telefonat fürchterlich in Tränen aus, und Linus musste zuschauen. An dem Tag verlor sie die Nerven, in dieser Hilflosigkeit zum ersten Mal in ihrem Leben. Eine Freundin erzählte ihr, es sei juristisch möglich, dem überheblichen Exmann eine persönliche Kontaktaufnahme mit ihr untersagen zu lassen. Deshalb suchte sie sich einen Rechtsanwalt aus dem Telefonbuch, dem sie zum ersten Termin sechshundert Euro in bar mitbringen musste, und veranlasste diesen Schritt. Die Strafe folgte unmittelbar: Sie wurde vom Jugendamt vorgeladen, weil sie der Kindsvater dort als psychisch labil und als das Kindeswohl gefährdend gemeldet hatte, zudem überwies er im folgenden Monat nur noch ein Viertel des festgesetzten Unterhalts. Beim Jugendamt gelang es ihr, den Streit und den daraus resultierenden Racheakt ihres Exmannes glaubhaft zu machen, sodass es keine offizielle Notiz gab, die Sache also erledigt war. Härter traf sie die Unterhaltsreduzierung. Sie war gezwungen, wieder zu dem Rechtsanwalt zu gehen und das Geld einfordern zu lassen. Dieses Mal verlangte er zweitausendfünfhundert Euro Vorschuss. Linus' Vater ließ sich nicht unter Druck setzen und überwies auch in den kommenden Monaten nur das Viertel, aber er sei, wie ihr der Anwalt versicherte, in Verzug gesetzt.

Pius Kugler dankte Rosa vielfach für die Gespräche; jedes Mal, manchmal auch mehrmals, sagte er, sie könne auf ihn zählen, wenn sie einmal Hilfe brauche. Nach wenigen Wochen wurden ihr diese Anrufe trotzdem zu viel. Auf einmal konnte sie nicht mehr gut schlafen, wachte in den frühesten Morgenstunden mit einem Druck in den Eingeweiden auf, von dem sie mit Sicherheit sagen konnte, dass er nichts mit ihr selbst zu tun hatte. Offensichtlich war sie der Negativität von Kuglers Geschichten über Hassamokläufe und verbales Gemetzel, die er so ruhig wiedergab, als beschwichtigte ihn allein das Erzählen, schutzlos ausgeliefert. Verglichen mit der Feuersbrunst seines Lebens waren ihre eigenen Plagen wohl nicht mehr als Stichflämmchen. Deshalb war sie für ihn dann manchmal nicht zu sprechen.

Linus war auf der neuen Schule nicht unglücklich, hatte schnell einige Freunde gefunden. Einzig seine Trägheit blieb unverändert. Er erklärte ihr, dass er schon alles beherrsche, weil sie es in der alten Schule bereits durchgenommen hätten. Es gab viel Streit, wenn sie ihn zum Lernen zwang. Unterdessen zeigte sich zudem, dass er erneut versetzungsgefährdet war und es keinen Sinn mehr haben würde, an einem Besuch der Oberschule festzuhalten. Deshalb teilte sie ihm mit, dass er nach den Sommerferien um eine Realschule nicht mehr herumkomme. Er gab sich geschlagen und willigte ein. Aber entspannen konnte sie sich trotzdem nicht. Die Unterhaltssache lag brach. Immer noch tröstete sie der gierige Rechtsanwalt damit, der Exmann sei in Verzug gesetzt worden. Rosa war erschöpft, mochte nicht darüber nachdenken, wie lange sie den finanziellen Ausfall noch würde überbrücken können. Und dann, als wäre das alles nicht genug, erlaubte sich der Anwalt eine Ungeheuerlichkeit, deren Verursacher zu sein er unerschrocken bestritt. Eines Tages war in der lokalen Zeitung die Schlagzeile zu lesen:

> Stadtrat verweigert Kindesunterhaltszahlung
> Dr. Thorsten Aldus (CDU), Stadtrat im Finanzausschuss, wurde von seiner Exfrau, Rosa Aldus, auf ausstehende Unterhaltszahlungen in Höhe von rund sechstausend Euro verklagt. Dr. Aldus bleibt unnachgiebig und lässt es auf einen Prozess ankommen. Für diese Zeitung war er nicht zu einer Stellungnahme bereit. Frau Aldus hat einen Nervenzusammenbruch erlitten.

Sie wird in der Angelegenheit von der Kanzlei Dr. Löffel & Partner vertreten.

Mit diesem Anwalt wollte Rosa nichts mehr zu tun haben, konnte aber auch keinen neuen beauftragen, weil sie fürchtete, abermals einen Vorschuss entrichten zu müssen. In ihrer Ausweglosigkeit fielen ihr Kugler, von dem sie zwei Wochen lang nichts gehört hatte, und sein Versprechen wieder ein. In einer E-Mail schrieb sie ihm, dass sie nun tatsächlich Hilfe brauchen könne. Am selben Abend rief er an. Sie erzählte in aller Kürze, er erweckte den Anschein von Mitgefühl und bestellte sie für den nächsten Vormittag in die Galerie. Als sie dort eintraf, waren nicht nur er, sondern auch sein Rechtsanwalt anwesend. Dieser werde sich nun um alles kümmern, dem anderen solle sie das Mandat entziehen, sagte er. Der Anwalt wirkte ruhig und besonnen. Sie war erleichtert. Als er gegangen war, blieb sie noch einen Moment und bedankte sich erlöst. Kugler bedauerte und bewunderte sie wieder. Beiläufig erwähnte sie, dass Linus nach dem Sommer nun endgültig auf die Realschule wechseln werde, und registrierte überrascht, wie sich Kugler jäh darüber ereiferte: Das könne sie nicht verantworten! In diesem Alter eine solche Entscheidung zu fällen, bedeute die Einleitung des Abstiegs. Er müsse zurück auf das Internat! Das sagte er mit ernster Miene. Rosa lachte, weil sein Ratschlag gleich aus mehreren Gründen absurd war. Doch er blieb dabei. Dann sagte er, er wolle selbst mit Linus sprechen. Sie stimmte zu, denn schaden konnte es nicht, wenn einmal jemand anderes als sie Linus ins Gewissen redete. Für den nächsten Tag verabredeten sie sich zum Mittagessen.

Linus freute sich, Kugler wiederzusehen. Er wisse eigentlich auch nicht, warum er in der neuen Schule nicht besser gelernt habe, erklärte er Kugler. Auf die Frage, ob er gerne zurück ins Internat wolle, gab er zu bedenken, dass das nicht gehe, weil es zu teuer sei. Kuglers Aufforderung, einmal anzunehmen, es gäbe dieses Problem nicht, entlockte ihm jedoch ein unmissverständliches, erleichtert freudiges Ja. Dann erzählte Kugler, dass er Schule eine Zeit lang ebenfalls unwichtig gefunden habe, sein Vater ihn infolgedessen im Alter von fünfzehn Jahren während der Ferien auf einer Straßenbaustelle habe arbeiten lassen, auf der in glühender Sommerhitze geteert und mit einer Dampfwalze gewalzt worden sei. Dort werde er sein ganzes Leben verbringen, wenn er die Schule nicht ernst nehme, habe der Vater prophezeit. Diese Erfahrung sei für ihn heilsam gewesen. Linus amüsierte sich über Kuglers Geschichte und bekräftigte, dass er eine solche berufliche Zukunft ebenso wenig wie Kugler anstrebe. Nun blickte Kugler gar nicht mehr zu Rosa, sondern richtete sich nur noch an Linus.

»Versprich mir in die Hand«, sagte er, »dass du dich ab sofort anstrengst, dann bezahle ich dir die Schule. Abgemacht?!«

Linus blickte unsicher zu Rosa, Rosa protestierte.

»Ausgeschlossen!«, sagte sie. »Wie soll das gehen? Das ist Irrsinn!«

»Bekomme ich jetzt dein Versprechen?«, beharrte Kugler, ignorierte Rosa und streckte Linus die Hand hin.

»Versprochen!« Linus schlug ein.

In der folgenden Woche traf sich Kugler noch einmal mit Linus und sagte anschließend zu Rosa:

»Bitte, leite jetzt umgehend die An- und Abmeldungsformalitäten in die Wege. Und bitte gib in Gottes Namen deine Schwarzmalerei auf. Das ist für mich doch nicht so viel wie für dich, und ich kann es zudem von der Steuer absetzen.«

Da gab sich Rosa geschlagen. Und in Wirklichkeit konnte sie kaum glauben, dass ihr und Linus solch ein Glück widerfuhr. Auf einmal war sie sich ganz sicher, dass alles gut werde und bald all ihre Probleme gelöst sein würden. Ihr fiel eine Geschichte ein, die sie im vergangenen Jahr auf einer Tagung über asiatische Literatur gehört hatte und mit der ein Sinologe den Inhalt eines chinesischen Sprichworts veranschaulicht hatte. Das Sprichwort lautete: *Der alte Mann verliert sein Pferd, wer weiß, wozu es gut ist.*

Es war einmal ein alter Mann, der nahe einer umkämpften Landesgrenze lebte. Eines Tages streunte eines seiner Pferde umher und verirrte sich ins Feindesland. Die Leute eilten zu ihm, bedauerten und trösteten ihn ob dieses Verlusts. Aber der Mann sagte: »Warum soll daraus nicht unerwartet Glück erwachsen?« Nach ein paar Monaten kehrte das Pferd zurück in Begleitung eines edlen Rappen. Alle freuten sich und gratulierten ihm. Doch der Mann sagte: »Warum soll daraus nicht unerwartet Unglück erwachsen?« Der Sohn des Mannes war ein begeisterter Reiter. Eines Tages ritt er auf dem Rappen aus, er stürzte und brach sich das Bein. Die Leute kamen erneut, um Trost zu spenden. Doch der Mann erwiderte: »Warum soll daraus nicht unerwartet Glück erwachsen?« Im darauffolgenden Jahr wurden sie von den Barbaren aus dem Grenzland überfallen, und alle wehrtauglichen Männer zogen in den Krieg. Neun von zehn fielen im Kampf. Wegen des gebrochenen Beins entging die Familie dem Unheil. Und die Moral von der Geschichte, die Rosa sich genau gemerkt hatte, lautete: »Glück kann Unglück und Unglück kann Glück hervorbringen. Der Wandel ist unendlich, seine Tiefen sind unergründlich.«

Sie war Kugler zutiefst dankbar und schenkte ihm ein Exemplar einer neu erschienen, kunstvollen Sonderausgabe mit Texten von Jiddu Krishnamurti, die sie übersetzt hatte. Eine andere Aufmerksamkeit fiel ihr nicht ein. Und sollte ihn das Buch kein bisschen interessiert haben, so täuschte er Freude zumindest vor. Er rief wieder häufiger an, erzählte wieder von Eheproblemen, jedoch zurückhaltender, sparsamer, abgeklärter, machte ihr wieder Komplimente, unaufdringlich, vertrauenerweckend, scheinbar wahrhaftig, sprach unverfängliche Einladungen aus, denen sie hin und wieder nachkam, hin und wieder nicht. Er äußerte Freude nicht ohne Stolz darüber, dass Linus sich auf das Internat freue und, sich darauf einstimmend, lernte wie nie zuvor. Nur vom Bezahlen sprach er nicht. Sie erklärte es sich damit, dass ihre Situation für ihn unvorstellbar, es für ihn gleich sein müsse, ob er ihr das Geld sofort gab oder später, obgleich sie ihm einige Male mitgeteilt hatte, dass sie einen Jahresvertrag unterschreiben und drei Monatsgebühren bei Unterschrift habe entrichten müssen. Nach zwei Wochen fragte sie ihn direkt, wie er den Vorgang handhaben wolle, und gestand, dass sie ihre finanzielle Schmerzgrenze überschritten habe. Das sei kein Problem, sie würden das klären, sagte er und lud sie für den nächsten Abend zum Essen ein. Er hatte ein außergewöhnlich teures Restaurant ausgewählt. Sie plauderten heiter, er zeigte sich besonders charmant, sie genoss die sorgenfreien Stunden, und auf einmal sagte er freudestrahlend zustimmungsgewiss, dass er ein Zimmer im Grand Hyatt gebucht habe.

»Nein, Pius, das geht nicht«, erwiderte Rosa bestürzt.

Er starrte sie an. Dann sagte er:

»Wie? Du willst nicht mit mir pennen?«

»Nein, Pius. Ich dachte, wir seien Freunde geworden.«

»Natürlich sind wir Freunde. Das dachte ich auch.«

»Es tut mir leid, Pius.«

Da schwieg Kugler und bestellte die Rechnung.

»Ich hoffe, du lässt mich jetzt deswegen nicht hängen.«

»Natürlich lasse ich dich nicht hängen«, erwiderte er und rief zwei Taxis.

Eine Woche wartete sie auf einen Anruf. Eine weitere Woche rang sie damit, ihn anzurufen. Dann fasste sie sich ein Herz. Erst ertönte das Freizeichen, dann ein Besetztzeichen. Am Abend versuchte sie es erneut. Wieder erst Freizeichen und kurz darauf das Besetztzeichen. Sie begriff, dass sie nicht mehr zu hoffen brauchte. Wie erstarrt legte sie sich ins Bett. Weinen konnte sie nicht, schlafen auch nicht. Wie gehe es zusammen, dachte sie, dass jemand Kunst mit einem nahezu göttlichen Feinsinn zu erspüren vermöchte und im menschlichen Umgang nichts als primitiv sei? Das könne nur an einem mordsmäßig aufgequollenen Ego liegen, das ihn mit Selbstherrlichkeit und Selbstsucht überschwemme und stumpf mache für das Empfinden anderer Menschen. Stunde um Stunde lag sie wach in ihrem Bett, bis ihr um halb fünf früh Amelie in den Sinn kam. Dann schlief sie ein.

»Ich bin fassungslos, Frau Aldus«, sagte Amelie, nachdem Rosa verstummt war.

Rosa senkte den Blick, stumme Tränen rannen ihre Wangen herab. Dann wischte sie sich mit den Handrücken durchs Gesicht und sah Amelie an.

»Das Wissen, dass ich über keine Mittel verfüge, um mich gegen die eingetretene Situation zur Wehr zu setzen, verleiht eine gespenstische Ruhe. Weil nichts mehr davon bleibt, was mir als Existenz vorstellbar ist, überlasse ich mich erwartungslos und erlebe, dass mir die Zeit nie so mächtig erschien. Nie waren drei Monate in die Zukunft gedacht derart nebulös jenseits des Vorstellungsvermögens. Ich könnte obdachlos sein. Und auch was das ist, weiß ich nicht.«

Amelie legte ihre Hand auf Rosas.

»Jetzt fehlt nur noch der Vielfraß«, sagte Rosa und lachte ein bisschen. »Von den anderen sechs Sündern habe ich mich in ein Ensemblestück hineinziehen lassen. Allein drei von ihnen heißen mit Nachnamen Kugler und mindestens zwei Aldus. – Aber eine ganz unbeteiligte Zuschauerin kann ich wohl nicht sein.«

Sie schwieg, schien nachdenklich und einen Hauch weniger verzweifelt als zuvor.

»Wissen Sie, Frau Frank«, fuhr sie fort, »ich muss wieder heftig Krishnamurti lesen. Nur er und vielleicht Sie können mir jetzt helfen. Krishnamurti sagt, dass wir unser Leben zu einem Schlachtfeld machten, weil wir nicht als Mensch mit anderen Menschen in Beziehung träten, sondern weil wir uns von anderen, uns selbst, von Liebe, dem Leben, der Existenz, von Glück, Unglück, Religion oder Erfolg ein Bild machten und einzig die Bilder miteinander in Kontakt treten ließen. Unschwer vorstellbar, dass keine zwei Bilder übereinstimmen. Und dennoch betrachtet jeder sein Bild als Wirklichkeit, gibt ihm den entsprechenden Rang. Das kann nicht gut gehen. – Können Sie mir denn helfen?«

»Ich habe Hochachtung davor, wie Sie sich durch diesen Katastrophentsunami gekämpft haben. Seien Sie versichert, dass mir leidtut, was Ihnen widerfahren ist. Aber bitte bedenken Sie auch, wo wir uns befinden: in der Kanzlei Pirmin Kugler, Pius Kuglers Sohn. Ich kann Sie nicht vertreten, ganz abgesehen davon, dass wir eine Wirtschaftskanzlei sind, und ungeachtet der Schwierigkeit einer Handhabe. Bitte glauben Sie, eine andere Antwort wäre mir lieber.«

»Ja natürlich, Sie haben recht«, sagte Rosa leise. »Es war dumm von mir, hier zu erscheinen.«

Rosa senkte den Kopf und weinte lautlos. Amelie blickte schweigend auf die winzigen Margeriten in ihrem Haar und blieb bei ihr sitzen.

Beide schreckten sie auf, als sich die Tür öffnete. Pirmin Kugler schaute herein. Als er Rosa sah, zuckte er kaum merklich zusammen. Aber er fing sich sogleich, trat auf sie zu und reichte ihr die Hand:

»Guten Tag.«

Kurz schienen Rosas verweinte Augen bei Amelie Hilfe zu suchen. Dann erhob sie sich zögernd und gab Kugler die Hand.

»Frau Aldus ist in einer ausweglosen Lage«, sagte Amelie. »Sie benötigt Beistand, doch ich bin dafür ungeeignet.«

Kugler wirkte verstört, schaute Amelie eindringlich an, als könnte ihm ihr Anblick Auskunft geben, und vergaß dabei, Rosas Hand loszulassen. Dann ließ er sie doch los, sah einen Moment lang in eine Ferne, die der kleine Raum nicht hergab. Auf einmal landete ein Sperber vor dem Fenster und zog Kuglers Blick auf seinen orange gefiederten Bauch.

»Bitte kommen Sie mit in mein Büro«, sagte er zu Rosa.

Er legte seinen Arm um ihre Schultern, als müsste er ihr helfen, die Schritte über den Flur bis in sein Zimmer zu schaffen, und ging mit ihr hinaus. In der Tür drehte er sich noch einmal zu Amelie um, die immer noch unverändert dasaß.

»Danke, Frau Frank«, sagte er und schloss die Tür.

Ein greller Strahl der Vormittagssonne fiel auf Amelies Stirn. Sie legte eine Hand schattenspendend über die Augen und blinzelte in den glänzenden Himmel.

Amelie steht auf dem Stuhl. Durchs vergitterte Fenster beobachtet sie die Raben im Gefängnishof. Einer ist emsig auf der Suche nach einem unbeobachteten Versteck für seine gerade gemachte Beute und vermutlich erleichtert, als die Wärterin Amelie abholt. Zusammen gehen sie die Flure entlang bis zum Besucherraum. Herr Blum ist schon da. Er erhebt sich, um Amelie zu begrüßen. Sie setzt sich ihm gegenüber.

»Kam Ihre Mutter inzwischen mal zu Besuch?«, fragt er, noch bevor er wieder sitzt.

»Ja, sie war hier. Schon mehrmals. Wir haben jedes Mal viel geschwiegen.«

»Das klingt nach Friedlichkeit. In Ihnen beiden.«

»Sie haben recht. Inzwischen spüre ich hin und wieder Friedlichkeit. Und im Knast macht sie sich umso deutlicher bemerkbar.«

Sie schweigt. Herr Blum begleitet sie.

»Hier im Knast gibt es eine Musikgruppe«, sagt sie. »Zwei Geigen, ein Cello, zwei Trompeten, ein Saxophon, eine Trommel und ein Klavier. Ab und zu geben sie Konzerte. Ich war vergangene Woche zum ersten Mal dabei.«

»Das freut mich. Die Zusammenstellung der Instrumente klingt einzigartig.«

»Das ist sie wirklich«, erwidert sie.

Sie lacht kurz und leise.

»Man kann ihren Auftritt eine Jamsession nennen.«

»Das heißt, es durften sich alle austoben.«

»Austoben durften sie sich vermutlich. Und sie hatten Freude dran. Auf den ersten Blick ging es drunter und drüber. Aber dann habe ich bemerkt, dass in dem anfänglich bunten Treiben jede Musikerin ihre eigene Melodie, jede ihr Thema entstehen ließ. Und irgendwann hatte jede von ihnen einen unanfechtbaren Platz eingenommen, als hätte sie sich eine Leitersprosse erobert und würde von den anderen Instrumenten getragen. Es ging auf und ab in einer Ordnung, die nur zu erlauschen war, aber nicht zu beschreiben ist. Es tut mir leid, ich kann es nicht genauer sagen.«

»Das klingt wundervoll!«, sagt Herr Blum. »Und welche Art Musik haben sie gespielt?«

»Jede ihre eigene. Ich müsste etwas erfinden, wenn ich sagte, die spielte Jazz, die Barock, die Pop. Das stimmt alles nicht. Jede kam an die Reihe und spielte alles: Wildheit, Zorn, Trauer, Trost, Zärtlichkeit, Glorie, Sehnsucht, Gier. Die anderen begleiteten – lieber sage ich, sie trugen – genau diese Wildheit, Zorn, Trauer, Trost, Zärtlichkeit, Glorie, Sehnsucht, Gier in dem Moment, in dem sie da waren. Da spürte man nicht nur ein Hinauf in irgendeine Unendlichkeit und ein Wieder-Hinabsteigen, sondern auch einen Kreis.«

»Ich glaube, ich weiß genau, was Sie meinen. Und der Kreis widerspricht dem Auf und Ab überhaupt nicht. Auch ein Kreis ist unendlich, hat keinen Anfang und kein Ende.«

»Ich gebe zu, manchmal bin ich ganz schön zusammengezuckt«, sagt Amelie. »So donnernd war es.«

»Dass sich so etwas im Gefängnis erleben lässt, hatte ich noch in keinem meiner Gespräche erfahren.«

»Gefängnis hin oder her. Dass dieses Konzert gerade im

Knast stattgefunden hat, führt mir umso deutlicher die Lächerlichkeit meines Eiferns in der sogenannten Freiheit vor Augen und die Schande, dass dieses Eifern in eine solche Tat münden konnte.«

»Vielleicht liegt diese Unverhältnismäßigkeit den meisten Taten zugrunde. Und nicht nur denen, für die das Strafgesetzbuch zuständig ist«, sagt Herr Blum. »Aus meinem Leben vor der Pensionierung fällt mir eine Menge ein. Ich könnte heute noch rot werden. Seit der Pensionierung gibt es Gott sei Dank ein bisschen weniger.«

»Da haben Sie es natürlich gut«, erwidert sie.

Und nach einer kurzen Pause:

»Wenn ich meinen Aufenthalt hier als vorgezogenen Ruhestand betrachte, bin ich mit einer vergleichsweise milden Strafe davongekommen.«

Herr Blum lacht.

»Wenn Sie das inzwischen so sehen können, bin ich der Letzte, der Sie davon abhält.«

»Vielleicht kann ich anfangen, das so zu empfinden.«

Sie schaut auf ihre Hände, ohne sie wahrzunehmen.

»Schon wieder so ein überflüssiger Gedanke«, fügt sie hinzu.

Dieses Mal flüchtet auch Herrn Blums Blick auf den Boden in der Nähe der Wärterin, die immer noch still auf ihrem Stuhl neben der Tür sitzt. Als sie sich mit einem kaum hörbaren Räuspern bemerkbar macht, wendet sich Amelie ihr zu. Alle drei stehen sie auf und verlassen den Raum.

Sorglos
Sorgen an der langen Leine schnellen ungewollt zurück. Ich soll sie zahm Gassi führen. An jeden Baum, den ich streife, dürfen sie pinkeln und auf saftigem Rasen ihr großes Geschäft verrichten. Das muss ich in eine Plastiktüte wickeln – inzwischen hat sie jeder ordentliche Bürger bei sich – und mit nach Hause nehmen. Kompostiert soll es zu Humus, also angeblich zu guter Erde, werden und Lilien und Tomaten wild sprießen lassen. Erlebt habe ich es bislang nicht. Vermutlich, weil ich die Plastiktüte in einem unbeobachteten Moment einfach fallen lasse und dabei den Anschein zu erwecken suche, ich wäre nicht das Herrchen des Verursachers des großen Geschäfts. Stattdessen werde ich zur Ursache erzürnter Nachbarn und Passanten. Wenn sie beginnen zu krakeelen, ergreife ich die Flucht. In meinen Fugen wird ihr Krakeelen zu Musik, sie dürfen alle bis zur heiligen Erschöpfung gegeneinanderreden, wieder und wieder dasselbe sagen. Dann bin ich wahrhaft sorglos. Und ruchlos geworden.

Der Eintrag war nur wenige Tage alt. Kurz zögerte Amelie, dann rief sie Mario an. In den ersten Sekunden scholl ohrenbetäubendes Rauschen aus der Hörmuschel, dann abrupt Stille.

»Guten Abend«, meldete sie sich.

»Amelie!«

»Ich bin unschlüssig, ob ich dich bitten soll, vorbeizukommen oder mir etwas vorzuspielen.«

»Die Entscheidung kann ich dir leider nicht abnehmen.«

»Ich habe deinen letzten Blogeintrag gelesen. Wieder verstehe ich nicht, wie du zu solchen Texten kommst. Vertraut ist mir nur die Beschreibung der Fuge. Also komm doch vorbei.«

»In Ordnung.«

Er legte auf.

Kaum eine halbe Stunde später läutete es an der Tür. Er sprang den letzten Treppenabsatz hinauf, wirkte lebendig, fröhlich, als hätte er einen Berggipfel erklommen, träte aus dem ihn umgrauenden Nebel durch einen dünnen, von Licht durchflimmerten Schleier in die Sonne, wie von sterbenden Strahlen aus düsteren Wolken befreit. Angesteckt von diesem Anblick stand Amelie wie von Himmelslichtern geflutet in der weit geöffneten Tür und ließ ihn ein. Umschlungene Arme, in weiches Gefieder gehüllt, trieben sie rücklings mit scheuen Schritten zugeneigt einander. Sein Blick drängte ihr lang ersehnt ins Herz. Süß sein Lächeln, auf ihren Lippen dann ein bebender Kuss. Sie spürte Blässe ihre Wangen einnehmen, danach Leib, Schoß, Knie, Tränen rännen, hinterließen heiße Spuren, und wie eine Entschlafene hinfällt, fiele auch sie.

Er gestand ihr seine Furcht vor Nähe. Seit über einem Jahr habe er Körperkontakt gemieden, keine einzige Berührung zulassen können und seit sieben Jahren mit keiner Frau geschlafen.

Plötzlich schrillte das Telefon in die Nacht.

»Entschuldigen Sie bitte vielmals die nächtliche Störung. Hier ist Rosa Aldus. Sie sind mein einziger Rettungsanker.«

»Frau Aldus? Was ist passiert?«

»Sie sind die Einzige, mit der ich reden kann. Nochmals Verzeihung für diese grässliche Uhrzeit. Sie werden denken, dass ich mich glücklich schätzen könne, aber die Angst, sie sitzt mir inzwischen in jeder Pore.«

Amelie schaute mit dem Hörer am Ohr zu Mario, der auf dem Sofa saß, während Rosa ins Reden kam. Er wirkte ruhig und in sich gekehrt, als nähme er sie gar nicht wahr.

»Pirmin Kugler hat mir seine Liebe gestanden. Er sagt, er habe sich im ersten Augenblick auf Ibiza in mich verliebt, obwohl ihn gleichzeitig ärgerte, dass sein Vater uns eingeladen hatte. Deshalb habe er sich dort von mir ferngehalten. Er sagt jetzt, er wolle mir helfen, mich auffangen, für Linus und mich da sein …«

Amelie sah Mario aufstehen, ihr dann ein Zeichen geben, dass sie sich nicht stören lassen solle, ihr einen Kuss durch die Luft zuwerfen. Sie wurde nervös.

»Was soll ich tun? Was, wenn er gar nicht mich meint, sondern mich benutzt, um sich an seinem Vater …«

Als Mario in die Diele entschwand, legte sie den Telefonhörer auf den Tisch und eilte ihm nach. Mit seinem Zeigefinger verschloss er ihre Lippen, seine Lippen glitten über ihre Stirn.

»Lass dich nicht unterbrechen. Ich rufe dich von zu Hause an«, flüsterte er.

Sie sah, wie sich die Wohnungstür leise schloss, und horchte auf seine Schritte im Treppenhaus, die nach und nach verhallten, bis sie sich verloren. Dann trat Stille ein. Sie überragte Amelie wie ein Riese, durchwucherte jeden Winkel der kleinen Diele und drängte sie zurück ins Zimmer. Sie ging in die Küche, trank ein Glas Wasser, dann wieder ins Wohnzimmer zurück und nahm den Hörer ans Ohr.

»… eine feste Anstellung, deshalb die Ganztagsgrundschule in vier Jahren einundzwanzigtausend, das Internat zum ersten über sechsundachtzigtausend und jetzt zum zweiten über zwanzigtausend und Nachhilfe sowieso und einen Sprachurlaub auf Malta und so weiter, alles in allem knapp hundertzechzigtausend Euro. Ich kann nicht mehr. Frau Frank, sagen Sie mir doch, was ich tun soll. Sie kennen ihn am besten. Meine Kräfte sind aufgebraucht, meine Reserven leer, der kleinste Windhauch würde mich jetzt fällen.«

Sie hielt kurz inne.

»Hallo? Frau Frank? Sind Sie noch da?«

»Ich rate Ihnen …« Amelie überlegte kurz. »Denken Sie an Krishnamurti, und lassen Sie nicht Bilder miteinander in Beziehung treten.«

»Frau Frank, ich danke Ihnen von ganzem Herzen! Da hätte ich wohl auch selbst drauf kommen können. Aber manchmal ist man einfach blind. Ich werde mich für alles, was Sie für mich getan haben, erkenntlich zeigen. Entschuldigen Sie noch einmal. Jetzt will ich Sie nicht länger belästigen. Schlafen Sie gut, Frau Frank.«

»Gute Nacht, Frau Aldus.«

Amelie legte erleichtert auf. Sie setzte sich an den Esszimmertisch, stützte den Kopf in beide Hände. Dann ein Laut ihres Handys und eine Nachricht von Mario.

Am liebsten wäre mir, Raum und Zeit würden uns nicht trennen.

Wenn du mir nicht in einer Parallelwelt begegnet bist, tatest du es wohl im wirklichen Leben. Und wenn doch, sehe ich noch die Chance der Überführung.

Ach Amelie, uns Gewohnheitstieren vernebelt der Zwang, der Gewohnheit zu entsprechen, den Blick für den wahrem Leben innewohnenden Zauber des Unerwartbaren. Ohne es zum damaligen Zeitpunkt ermessen gekonnt zu haben, umschreibt dieser Zauber alles, was uns verbindet. Ich habe die Wahl zwischen der Groteske aus dem Blickwinkel der bürgerlichen Imitation und der Illusion aus dem Blickwinkel der Ängstlichkeit.

Beides macht den Zauber unwirklich. Aber er erfüllt mich, beseelt mich. Von Schwermut benetzt, wenn du so etwas sagst.

Manches möchte ich nicht aussprechen, es dennoch nicht unausgesprochen lassen.

Vielleicht gehört das zu unserem Dilemma. Ich kann nur aussprechen, was ich weiß, du kannst aussprechen, was du weißt.

Normalerweise hätte ich gesagt, dass mich die Musik am Leben hält. Aber vielleicht hält sie mich in Wahrheit zwischen Leben und Tod.

Schriebst du nicht, dass wir uns viel zu wichtig nähmen? Da stimme ich heftig zu. Wir sind Teil eines vierzehn Milliarden Jahre alten Universums. Gemessen an dessen Vollkommenheit sind wir weniger als nichts. Wenn wir darin zufällig einander zugespült wurden, können wir uns überheblich mokieren oder es als Geschenk annehmen. Es ist unsere Entscheidung. Ich fühle mich wie gebettet, wenn ich deine Musik höre, mit dir sprechen und schreiben darf. Das federt den Wahnsinn um mich herum ab.

Nähe oder Einsamkeit, Bleiben oder Gehen.

Es gibt immer auch noch Nerven, die von der Seele nichts wissen wollen!

Mein Nähebedürfnis ist abscheulich. Es schreit nach Vernichtung oder vernichtet mich. Ich habe mich nie für das Leben entschieden. Dafür habe ich keinen Grund.

Das Bedürftige, das Zarte ist alles andere als hassenswert. Liebenswert. Nicht ausmerzen, sondern umsorgen.

Die Musik verlangt mir vieles ab, was mir im wirklichen Leben nicht gelingt. Sie konfrontiert mich mit dem, was mich lebensunfähig macht, und fordert eine Stellungnahme ein: Im Leben spüre ich keine Erdung, die Musik verlangt, mich mit der Erde zu verbinden; im Leben fürchte ich Nähe, die Musik liebkost mich mit Schmerzen; im Leben verberge ich mich, die Musik entblößt mich. Sie strahlt ins Leben, ist seine einzige Nahrung. Trotzdem soll ich in der Einsamkeit verharren. Ziemlich hilflos.

> Du geheimnisreicher Fremder, ich möchte näher bei dir sein als bei irgendeinem anderen Menschen, ich möchte dich auswendig lernen wie ein Gedicht; ich möchte nur noch mit dir beschäftigt sein, du wärst mein Beruf!

In der Nähe stehe ich nackt, sie gibt meine Unvollkommenheit hüllenlos preis. Ich habe nichts zu bieten, ein Ausbund an Dürftigkeit, ein Nichts. Du musst mich verachten. Ich verachte mich doch selbst. Eine Unzumutbarkeit.

> Bitte. Sag so etwas nicht. Denkst du, ich gäbe mich mit Unzumutbarkeiten ab? Ich spüre deine Verzweiflung. Aber sie kann nur einer herkömmlichen Erwartung entspringen. Das passt nicht zu dir. Was uns verbindet, ist nicht herkömmlich.

Mit dir sprechen, das ist Nähe. So spürbar!

> Wir dürfen das Leben zulassen, um dem Zauber gerecht zu werden, auch wenn er aus der Perspektive deiner angeblichen bürgerlichen Imitation als Groteske erscheint.

Ich habe diese Sehnsucht nicht gekannt! Wie soll ich das ertragen? Vielleicht bist du einfach zu viel für mich!

Willst du fort?

Näher hin. Ich brauche dich so. Versteh bitte nichts negativ. Es sind Schreie der Sehnsucht. Ich will bemerkbar sein. In dir.

Du Liebster! Das bist du! Schon allein deine Nähe ist in mir bemerkbar. Sehr. Haut, Hände, Mund. Das und deine Regungen, deine Musik berühren mich ganz. Tief innen, von oben bis unten. Ungekannt und warm.

Ganz von selbst wirkst du auf mich wie vertraut. Alles, deine Wörter, dein Wesen, urvertraut. Neben einer schönen Portion Rätsel. Eine unheimlich verführerische Mischung! Ich kann gar nicht weg von dir.

Ich habe Sehnsucht.

Ich auch. Und wie. Ich suche deine Nähe. Das innere Auge will auch etwas sehen.

Du Glücklichmacher!

Und dass wir Nähe finden, schaffen, feiern, das ist ein Unendliches. Vielleicht ist es eine Illusion, aber sie beherrscht mich: Wir kommen einander so nah, wie wir noch keinem Menschen waren. Das wäre meine Liebeserklärung an dich: ein nicht enden könnendes Näherkommen. Das geht nur hin und her. Und es ist schön, dieses Näherkommen. Welche Sprache, was für Wörter werden wir brauchen? Das ist ja Nähe, immer mehr sagen können. Du bist schuld, dass ich mehr sagen möchte, als ich je gesagt habe. Ich weiß ganz sicher, dass du daran schuld bist. Ich hatte doch keine Ahnung, dass es so etwas gibt!

Bei dir sein, Nähe probieren.

Ich komme schon jetzt immer näher zu dir, halte es nicht auf. Halsbrecherisch waghalsig. Das bin nicht ich. Niemals. Nur wegen dir. Und ich bin glücklich. Und der Verlassenheitsschmerz brennt wie Feuer.

Wir willigen in die Verletzbarkeit ein und überleben den Schmerz, den Zauber allen Widrigkeiten zum Trotz zu erleben.

Ach Amelie, egal, was mit uns passiert, du bleibst für immer in meinem Herzen, ich möchte mit dir verbunden sein. Für immer. Dass es dich in meinem Leben gibt, bedeutet mir alles.

Das macht traurig und berührt. Du bist mir so wichtig, wie du es vielleicht nicht verstehen kannst. Jede Form von Nähe ein Geschenk.

Ich möchte dich festhalten und nicht mehr loslassen. Gleich jetzt. Gute Nacht, meine Himmelsrichtung.

Gute Nacht!

Als Luna endlich von einer langen Erkundungsreise aus Norwegen zurückkehrte, beschloss Amelie kurzerhand, sie am Flughafen zu überraschen. Ab dem kommenden Jahr wollte Luna ihre Kundschaft in den Fjorden nahe Trondheim, auf den Lofoten-Inseln und am Nordkap in der Einsamkeit einer atemraubenden Natur und auf den Spuren der Wikinger das Lichtschauspiel der Mitternachtssonnennächte erleben lassen. Sie sprudelte vor Eindruckswonne und war begierig zu erfahren, wie es Amelie ergangen sei, als sie in dem kleinen italienischen Selbstbedienungsrestaurant ihren Hunger stillten. Luna freute sich, von Kuglers neuer Zugänglichkeit zu hören, und war erstaunt, als ihr Amelie von ihren unschuldig innigen Treffen mit Mario berichtete.

»Wunderbar!«, rief sie. »Aber jetzt wird es Zeit, dass du deine feine Zurückhaltung einmal kultiviert über die Reling wirfst und ihm auch die letzten Schrittchen unmissverständlich klar werden lässt.«

Sie lachte. Doch da beschwichtigte Amelie sie und prophezeite, dass sie so etwas ganz gewiss nicht mehr sagen werde, wenn sie höre, was sich seit dem Chat zugetragen habe.

»Es fing damit an, dass er auf einmal bei jeder sich bietenden Gelegenheit höhnische Bemerkungen über Leute fallen ließ, die Aktfotos verteufeln.«

»Das zeigt doch nur«, unterbrach Luna sie, »dass er befürchtet, dieses alte Thema könnte zwischen euch schwelen.«

»Das tut es auch!«, sagte Amelie. »Denn hin und wieder habe ich nicht nur seinen Blog, sondern auch diese Fotos im Internet aufgerufen, dem dadurch aufkeimenden Zweifel und den Fragen aber nicht genug Zeit zur Entfaltung gelassen.«

»Das verstehe ich, Amelie. Allzu verständlicherweise fühlst du dich hin- und hergerissen. Seine Musik, seine Gedanken, sein Aussehen. Und dann diese verdammte Internetseite.«

»Wenn er dieses Thema anschneidet, gewinne ich jedes Mal den Eindruck, dass er in einem auch seiner Traurigkeit darüber Ausdruck verleiht, von keinem Menschen verstanden zu werden. Trotzdem meide ich diese Unterhaltungen mit ihm lieber und wechsele schleunigst das Thema.«

»Möglicherweise ist Traurigkeit die Antwort auf alle Fragen, die du dir seit Monaten stellst«, sagte Luna nachdenklich.

Amelie schwieg.

»Bitte, Amelie, erzähl mir, was in den vergangenen Wochen passiert ist.«

Eine Woche nach dem Chat trafen sie sich spät in einem Lokal. Mario wirkte in sich gekehrt, gab sich wortkarg und ließ von Zeit zu Zeit seine schlummernde Angriffslust spürbar werden. Wie üblich fing er wieder von der Internetseite an, und wie üblich enttäuschte Amelie ihn, weil sie nicht richtig darauf reagierte. Doch dieses Mal ließ er nicht locker. Er biss sich fest, sodass sie den Eindruck gewann, er wolle sie endlich zu einer klaren Stellungnahme zwingen. Sie äußerte wieder Besorgnis und dass er mit seinen Bildern vermutlich nicht finden werde, wonach er suche, er habe einen Irrweg eingeschlagen und erniedrige sich maßlos. An jenem Abend war Mario deutlich geworden:

»Ich sehne mich nach einem Du, nach wahrhaftiger Anerkennung und jemandem, der mich mit all meinen Abgründen akzeptiert. Basta.«

»Das merkt man, denn entsprechend stellst du dich dar, lässt nicht nur real oder in dem Fall virtuell, sondern offenbar auch seelisch vor einer anonymen Meute die Hüllen fallen«, gab sie zurück. »Mich ärgert das. Und du hast es nicht nötig.«

Er tat, als lachte er darüber. Es wurde ein befremdlicher Abend, nach dessen Ende jeder seiner Wege ging.

Weil er das Gespräch stur immer wieder auf dasselbe Thema gelenkt hatte, kam ihr zu Hause der Gedanke, diese Internetseite spiegele ihn womöglich noch deutlicher wider als vermutet. Vor künftigen Treffen könnte sie sich rechtzeitig informieren und entscheiden, ob sie für seine aktuelle Stimmungslage bereit sei. Sie tippte seinen Namen ein. Der Bildschirm baute sich auf und blieb weiß bis auf einen Satz in dunkelroten Lettern: »Dieser Zugang ist ab sofort nur noch mit Anmeldung möglich. Bei Interesse schreiben Sie mir eine E-Mail. Wer es immer noch nicht kapiert hat: Ich will Austausch und nicht beäugt werden! Voyeure und Frauen, die diese Art von Seiten verachten, sind hier unerwünscht!« Amelie machte große Augen. Beklommen auf Erleichterung hoffend, besuchte sie seinen Blog, um etwas anderes zu lesen zu finden. Es gab keinen Eintrag. Als sie zurück auf die weiße Seite wechselte, hatte sich diese schon wieder verändert. Jetzt las man: »Diese Seite ist ab sofort geschlossen.« Aber es gab einen Link zu einem neuen Auftritt, anscheinend mit kommerziellen Zielen. Nun wurden die bekannten Fotos zum Verkauf und »das Modell« zur Buchung angeboten. Ihr wurde frostig kalt und heiß zugleich wie unter hundert Sonnen, nicht imstande, den Laptop zu schließen. Wirre Gedanken sausten ihr durch den Kopf, ein Schwindel, als ruderte ein Ungeheuer sie mit seinen Pranken durch die Lüfte, dann schwebte sie abwärts in langsamen Kreisen, Brausen in beiden Ohren, bis sie sich fühlte wie abgeladen vor einer vor ihrem Gesicht emporragenden Wand. Da beschloss sie, sich zurückzuziehen. Plötzlich erschien ihr Mario unberechenbar, seine Sphären unerreichbar. Welche Wirkung mochte es haben, hinter einem selbst errichteten Gestänge umherzuschleichen, bis es nicht mehr hält? Sie wollte nicht mehr da sein, so unmerklich, wie es ging, verschwinden und Verwicklungen durch einen deutlichen Bruch vermeiden. Der Zeitpunkt war günstig, da die Semesterferien der Astrologieschule bevorstanden und sie sich nur noch einmal sehen würden. Zur letzten Veranstaltung erschien sie punktgenau und betrat zusammen mit Grubmüller den Saal, als alle schon auf ihren Plätzen saßen. Von weitem winkte sie Mario und Conny zu und nahm ebenfalls Platz. Bevor Grubmüller sie in die Ferien entließ, ritt er mit ihnen tief in die Unterwelt hinab zu Pluto, der Hades bei den Griechen heißt. Amelie hörte Grubmüller genau zu, denn Hades war ihr bereits bei der Erforschung des Saturns begegnet. Auch Hades war einer der Söhne Kronos', die sich am Titanenkampf beteiligt und den Vater gestürzt hatten. Von den Zyklopen, die Zeus den Donnerkeil geschmiedet hatten, um Kronos zu töten, hatte Hades einen Helm erhalten, der ihn unsichtbar machte. Und als nach erfolgreich geschlagener Schlacht das Universum aufgeteilt wurde, herrschte Zeus über den Himmel, Poseidon über das Meer, und Hades wurde zum Herrscher über das Schattenreich der Unterwelt. Für den Menschen war die Unterwelt unausweichlich und für die meisten ohne Umkehr. Seines Leibes und Bewusstseins beraubt, weilte der Mensch als Schatten in Hades' Reich wie ein Spiegelbild, das nicht lebt und sich dennoch genauso bewegt wie der Mensch selbst. Hades als Person war eine Schreckensvorstellung und zu meiden. Doch er war kein Totengott, und sein Reich, der Hades, nicht die tiefste Hölle. Er war ein gerechter Gott, wenn auch unerbittlich. Nicht er erwählte jene, die in sein Reich hinabstiegen. Er nahm die Seelen bei sich auf, nachdem der Mensch gestorben war, nachdem er ebenso unsichtbar geworden war wie Hades selbst, wenn er gelegentlich behelmt auf der Erde vorbeikam und das Leben beobachtete. Nur einmal, weil er sich verliebt hatte, richtete er die Bitte an Zeus, selbst einen Menschen zu sich holen zu dürfen, und erhielt keine Absage. Seine Auserwählte Persephone erfreute sich gerade auf einer Wiese an den Veilchen, Krokussen und Hyazinthen. Sie pflückte einen Blumenstrauß und griff nach einer duftenden Narzisse, als sich die Erde auftat, Hades sie an den Fesseln packte und mit sich hinabzog, um sie zu seiner Frau zu machen. Nach einer lang andauernden Suche gelang es Persephones Mutter, Zeus auf Hades einwirken zu lassen, damit dieser die Tochter freigab. Persephone kehrte zurück in die Oberwelt. Doch weil Hades ihr zuvor einen Granatapfel zu essen gegeben hatte, blieb sie seinem Reich verhaftet. Persephone überwand die hermetische Grenze zwischen Erde und Unterwelt, zwischen dem Reich des Bewussten und Unbewussten, zwischen Materie und Unstofflichem. Zwei Drittel des Jahres durfte sie auf der Erde weilen, die übrigen vier Monate lebte sie im Reich ihres Mannes. So galt auch Pluto als radikalster Herrscher, als unerbittlich. Er bewegte sich über das Persönliche hinaus, und er prüfte, ob alles, was stimmen und aufrechterhalten werden soll, tatsächlich noch stimmte. Ein Mensch, der diesen Herrscher als seinesgleichen wähnte, lief Gefahr, ihn, sich selbst überhöhend, mit in der eigenen Vorstellungswelt verhafteten Prinzipien zu hofieren, fernab eines Weges ins gegenwärtige Leben. Um diese Macht zu veranschaulichen, hatte Grubmüller an diesem Abend Horoskope gezeigt, in denen Pluto erneut den Kampf mit seinem Vater Saturn aufnahm. Saturn, ein starker Gegner, ein Fels, der Ordnung und Beständigkeit verschrieben. Pluto, der Unsichtbare, der Wahrhaftigkeit und Wandlung verschrieben. Eine Frau hatte sich das Leben genommen, nachdem sich ihr Mann von ihr losgesagt hatte. Verletzt, gedemütigt, ihres Selbstverständnisses beraubt, fand sie sich vor dem Scherbenhaufen ihres Lebens. Nicht imstande aufzugeben, was ihr das Liebste war – dieses jahrzehntelang gelebte Leben, nicht imstande, sich einem neuen, unbekannten Leben hinzugeben, erschien ihr der physische Tod als einziger Weg. Als Schatten derer, die sie bis dahin gewesen war und auf der Erde nicht mehr sein konnte, überließ sie sich der Unterwelt, stieg nicht wie Persephone wieder aus ihr herauf.

Luna hatte Amelie die ganze Zeit über gebannt angesehen und ihr stumm gelauscht. Jetzt senkte sie ihren Blick, als schaute sie in sich hinein, als könnte sie dort dem Schmerz dieser Frau nachspüren. Dabei umspielte das goldene Licht der flackernden Kerze vor ihnen ihre Züge.

»Ein Hüter der Wahrhaftigkeit«, sagte sie dann. »Einen Wandel zuzulassen, ist dort schwierig, das wissen wir alle, wo überlebte Vorstellungen regieren. Wenn man in diesem Bild bleibt, hätte Saturn dann offenbar vergeblich darum gerungen, eine neu gestaltete und erlebbare Beständigkeit in die Welt dieser Frau zu bringen.«

»Ja, so kann man das vielleicht verstehen«, pflichtete Amelie ihr bei. »Radikal ist das und ohne Rücksicht auf die menschliche Ordnung. In jeder denkbaren Unerbittlichkeit werden Licht und Dunkel, Macht und Ohnmacht, Wandel und Festhalten zum Thema. Das muss ein Mensch erst mal aushalten.«

»Dieses Bild ist auch jenseits eines persönlichen Schicksals vorstellbar«, sagte Luna nachdenklich. »Die Geschichte liefert doch zahlreiche Beispiele dafür, wie Zerfall für übersteigerte Macht missbraucht wird, und wie alles immer noch schlimmer wird, solange aus dem Zerfall nichts Neues erblühen darf.«

Beide schwiegen eine ganze Weile. Doch dann wollte Luna wissen, wie es weitergegangen und ob sie Mario seitdem wieder begegnet sei.

Nach dem Unterricht hatte Conny gefragt, ob sie und Mario mit Amelie in die Stadt fahren dürften. Zu viert verließen sie das Gebäude, auch Peter war dabei. Er schien einem Mückenangriff zum Opfer gefallen zu sein, Arme und Gesicht waren rot gesprenkelt. Amelie fiel auf, dass er mager geworden war. Sie plauderten – nur Mario schwieg – und gingen trotz der Unterhaltung zügigen Schrittes zum Auto. Eine Sommerabendwindböe wehte Amelie ins Gesicht. Peter verabschiedete sich.

»Man soll vermutlich froh sein, dass du überhaupt erschienen bist«, bemerkte Mario gereizt.

Das war sein einziger Beitrag an dem Abend. Amelie entschuldigte ihre Zurückgezogenheit der letzten Tage damit, dass sie das Büro immer erst spät habe verlassen können. Sie brachte die beiden zu einer Bar und lehnte Connys Einladung, sich ihnen anzuschließen, ab; sie habe einen anstrengenden Tag vor sich und müsse früh aufstehen. Als sie ausgestiegen waren, fuhr sie erleichtert nach Hause. Mitte September, nach zwei Monaten Ferien werde alles Gewesene hinter einem Nebelschleier verblasst sein, dachte sie. Trotzdem, wie gerne hätte sie den herrlichen Sommer mit Mario verbracht, in hochsommerlicher Leichtigkeit. Bei dem Gedanken kroch Bedrückung durch sie hindurch.

Eine Woche später rief Conny an und fragte, ob Amelie mit ihr ins Kino gehen wolle. Amelie hatte nichts dagegen. Sie bat Conny, einen Film auszusuchen und die Karten zu besorgen. Später rief Conny erneut an und sagte, sie habe sich für einen Film entschieden, der schon ein paar Jahre alt sei, er solle lustig sein und heiße *Kick it like Beckham*. Amelie stimmte zu. Dann sagte Conny noch, Mario wolle gewiss gerne mitgehen, sie werde ihn anrufen und für ihn ebenfalls eine Karte reservieren. Amelie entfuhr ein undefinierbarer Laut, der weder als Ablehnung noch als Zustimmung begriffen werden konnte. Conny hatte ihn nicht wahrgenommen.

»Wir treffen uns um acht vor dem Kino«, sagte Amelie. »Bis später.«

Sie legte auf. Dass ein Treffen mit Conny gleichzeitig eines mit Mario bedeute, hatte sie nicht erwartet. Aber in dem Moment noch abzusagen, hätte ebenso merkwürdig wie ein Widerspruch gewirkt, dachte sie.

Sie beeilte sich, das Büro rechtzeitig zu verlassen, und fuhr direkt zum Kino. Während sie einen Parkplatz suchte, sah sie Conny schon dort stehen. In einer kleinen Seitenstraße fand sie eine Lücke und traf kurz darauf außer Atem am Kino ein. Conny stand leicht nervös, aber immer noch alleine da. Sie sagte, dass Mario nicht kommen könne, weil ihm das Geld fehle. Bevor Amelie reagieren konnte, hakte sich Conny bei ihr unter und zog sie durch die Kartenkontrolle in den Saal. Kaum hatten sie sich auf die Sitze fallen lassen, begann schon der Film. Conny unterhielt sich ausgezeichnet, und auch Amelie musste mehrmals lachen über das trotzige indische Mädchen, das, anstatt sich von seiner Familie auf die traditionellen Aufgaben einer indischen Ehefrau und Mutter vorbereiten zu lassen, davon träumte, an der Seite von David Beckham Fußball zu spielen. In ausgelassener Stimmung gingen sie nach der Vorstellung in eine nahegelegene Bar und nahmen am Tresen Platz. Amelie bestellte ein Glas Rioja, und Conny trank ein Bier.

»Der Film war toll«, sagte Conny begeistert. »›Welcher Mann will eine Frau, die Fußball spielen, aber keine runden Chapatis backen kann?‹«, zitierte sie.

Beide mussten sie lachen, Conny ein bisschen lauter als Amelie. Lachend ließ Amelie den Blick durchs Lokal schweifen. Als sie sich Conny wieder zuwenden wollte, verharrte sie plötzlich starr.

»Was ist los?«, wollte Conny erschrocken wissen.

Amelie antwortete nicht gleich.

»Was ist? Geht es dir gut?«, fragte Conny noch einmal.

Amelie blinzelte, um ihre Sehschärfe einzustellen. Dann war sie sich sicher: In der hintersten Ecke des Lokals saß Pirmin Kugler mit Rosa Aldus an einem Tisch. Auch wenn ihr die Frau seitlich zugewandt war und sie ihr Gesicht nicht erkennen konnte, sie war es. Unübersehbar, dass die beiden hochgradig verliebt waren. Sie versanken in ihren Blicken. Kugler wirkte sanft. Er ließ Rosa nicht aus den Augen, strich ihr hin und wieder eine Haarsträhne aus der Stirn und küsste sie immerzu zärtlich. Langsam wich der erste Schreck, und Amelie begann, sich wieder zu regen. Conny sah sie besorgt an, während Amelie einen Schluck aus ihrem Glas nahm.

»Es ist nichts«, log sie. »Mir ist nur gerade aufgefallen, dass mir bei der Arbeit heute Nachmittag ein Fehler unterlaufen ist, ich habe in einem Vertrag etwas übersehen. Das ist jetzt nicht zu ändern, also nicht der Rede wert.«

Einen abrupten Aufbruch wollte sie Conny ersparen,

dennoch war ihre Ausgelassenheit verflogen. Sie fühlte sich gehetzt, wollte sich und Kugler vor einer Begegnung bewahren. Schließlich sagte sie, dass sie gehen müsse, bezahlte die Rechnung und gab Conny das Geld für die Kinokarten. Conny folgte ihr überrascht. Amelie bot an, sie nach Hause zu bringen. Während der Fahrt erzählte Conny freudig, dass sie sich wieder mit ihrem Freund vertragen habe.

»Ich weiß auch nicht, was es ist. Wir können nicht richtig miteinander, aber auch nicht ohneeinander.«

»Wie lange seid ihr denn zusammen?«, fragte Amelie mechanisch.

»Schon über ein halbes Jahr«, antwortete Conny.

»Das bekommt ihr schon hin. Manchmal muss man sich erst an die Eigenarten des anderen gewöhnen«, erwiderte Amelie. »Aber jetzt musst du mich lotsen, damit wir den Weg zu dir nach Hause finden.«

Das tat Conny den Rest der Fahrt über.

Was für ein Zusammentreffen, rief Luna aus. Und im richtigen Moment, da es mit Kugler inzwischen erträglich geworden sei. »Wohl wahr«, pflichtete Amelie ihr bei und lachte.

»Die Liebe macht einen neuen Menschen aus ihm. Könnte man meinen. Aber irgendetwas muss schon ein bisschen früher in ihm vorgegangen sein.«

»Wer hätte sich das noch vor einem Jahr ausmalen können«, sagte Luna. »Kugler ist tatsächlich ein Dornengestrüpp, das nun liebesfeuerrote Blüten trägt! Als was sich das Gestrüpp Mario allerdings entpuppen wird, das wissen wir leider noch nicht.«

Amelie nickte schweigend.

»Du hast dich geweigert, zur Kenntnis zu nehmen, welch immense Rolle diese Internetseite für ihn spielt«, fuhr Luna fort. »Aber das musst du auch nicht zur Kenntnis nehmen, schließlich bist du nicht seine Psychotherapeutin.«

Wenn sie jetzt darüber nachdenke, sagte Amelie, werde ihr klar, dass es wahrscheinlich dennoch ihr Fehler gewesen sei, seine zahlreichen Andeutungen aus reinem Selbstschutz, reinem Illusionswahn missachtet zu haben. Er habe immerhin vehement vertreten, sich jedem Urteil zu entziehen, und gleichzeitig knüpfe er an diese Seite solch hohe Erwartungen, indem er nach Beurteilung schreie.

An dem Abend konnte Luna nicht mehr schallend über Amelies Geschichte mit Mario lachen wie vor ein paar Monaten noch.

»Ist das Gefühlte und Erlebte nicht für jeden von uns unausdrückbar, weil es sich in dem Moment, in dem es Sprache wird, nicht als Erlebnis zuträgt?«, fragte Luna leise. »Also sprechen wir immer von etwas, was es nicht mehr oder noch nicht gibt. Auch der Augenblick, in dem wir etwas sagen, schwindet im Nu. Und danach knüpfen wir erneut an an etwas, das nicht existent ist, also an nichts oder an das, was die soeben erlebten Augenblicke in uns ausgelöst haben. Und so setzt sich die Kette fort. Diese Beziehungen zu durchdringen, übersteigt unser Fassungsvermögen. Uns gehört nur ein winziger Augenblick der Wahrnehmung, der schon nicht mehr da ist, sobald wir ihn zu greifen versuchen.«

Amelie überlegte eine Weile.

»Für Mario«, erwiderte sie dann, »ist offenbar einzig das, was nicht ist, und der Moment, der im selben Moment zu sein aufhört, einen Hauch hoffnungsvoll. Aber gleichzeitig ist ihm das Ungreifbare ein Schattenreich voller Zerstörung und Grauen. – Unser letztes Zusammentreffen in dem Lokal habe ich als eine überflüssige Enttäuschung empfunden.«

»Er war nicht fähig, sich mit dir auseinanderzusetzen, und hat seiner Unzufriedenheit über den Abend offenbar virtuell Ausdruck verleihen müssen«, mutmaßte Luna. »Du hast tatsächlich den richtigen Riecher damit gehabt, dass er sein Seelenleben am deutlichsten übers Internet zu erkennen gibt. Befremdlich ist das.« Und das Wort ›befremdlich‹ wiederholte sie dreimal. »Du hast richtig entschieden, dich zurückzuziehen. Jetzt muss es dir damit nur noch gut gegangen sein.«

»Die darauffolgenden beiden Wochen sind in sturer Normalität verstrichen, und es ist mir tatsächlich überraschend gut gegangen«, erwiderte Amelie. »Ich habe ihn weniger vermisst als gedacht. Nur das wärmende Beisammensein ein wenig.«

Luna legte ihre Hand auf Amelies.

»Während der ersten Tage schickte er mir jeden Morgen eine E-Mail«, fuhr Amelie fort. »Jede einzelne von bemerkenswerter Belanglosigkeit. Er schrieb von diesem und jenem, einem Computerprogramm, einem Anruf bei der Behörde oder der leeren Zigarettenschachtel. Wenn er eine Frage im Raum stehen gelassen hat, habe ich höflich geantwortet, mich aber ansonsten nicht mehr gerührt. Allmählich wurden die Nachrichten seltener und versiegten schließlich.«

Luna war erleichtert. Sie habe das fabelhaft hinbekommen, lobte sie Amelie. Die Zeit zum Durchatmen habe sie sich verdient, innehalten und sich nicht von außen antreiben lassen.

»Darauf hoffe ich«, sagte Amelie.

»Auch ich empfinde es so, dass Mario einen Irrweg eingeschlagen hat«, sagte Luna. »Doch einen Menschen zu ändern, dazu hat niemand das Recht. Und alles zu begreifen ist schlicht übermenschlich.«

Dann legte sie auch ihre zweite Hand auf Amelies und hielt sie eine Weile.

Von Rosa Aldus kam auf einmal ein üppiger Sommerstrauß, den Frau Kamp in einer weißen Keramikvase auf Amelies Schreibtisch stellte. Wicken, Rittersporn, Kornblumen und Mädchenauge leuchteten satt in Weiß, Blau und Gelb. Und Kugler hatte in den vergangenen Tagen beharrlich das Gespräch mit ihr gesucht, um den unausweichlichen Prozess gegen Polder bestmöglich vorzubereiten und Matt bei seinem bevorstehenden Termin in der Kanzlei umfänglich darüber zu informieren. Dann die Überraschung, als Matt erschien. Schon äußerlich war er kaum wiederzuerkennen: Er hatte abgenommen, war edel sommerlich gekleidet in dunkelgrüner Leinenhose und einem weißen Hemd mit Stickereien an Kragen und den kurzen Ärmeln. In der linken Hand hielt er einen Fächer, eine Pilotenbrille mit moosgrün verlaufenden Gläsern und einem silberfarbenen Gestell hatte er sich in den Ausschnitt gehängt. Er suchte sofort Blickkontakt, sein Gesicht schien beinahe zu strahlen, und seine verbliebenen Haarflecken hatte er abrasiert. Kurzum: eine neue Erscheinung. Als sie im Besprechungsraum Platz nahmen, ließ er Kugler erst gar nicht zu Wort kommen.

»Ich habe einen neuen Fahrplan: Ich werde den Prozess gegen Polder fallen lassen. Und den Prozess, den Polder gegen mich angestrengt hat, den bitte ich Sie, unstreitig mit einem Vergleich zu beschließen. Ich bin mit allem, was dabei herauskommen kann, einverstanden.«

Amelie lächelte ihn an, überrascht und beeindruckt. Kugler schien erschrocken und wollte gerade widersprechen, doch Matt unterbrach ihn abermals.

»Ich habe neue Pläne. Die Ausschüttungen meiner nach

dem ersten Treffen mit Frau Frank umgehend in die Wege geleiteten Cum-Cum-Geschäfte werde ich bis Jahresende noch mitnehmen. Man muss es ja nicht übertreiben. Aber dann ist Schluss. Das ganze Geld, ein insgesamt nicht unbeträchtliches Sümmchen«, er zwinkerte Amelie zu, »das ich sozusagen den deutschen Steuerzahlern verdanke, werde ich, und das ist der wahre Grund meines Besuchs bei Ihnen, in eine neu zu gründende Stiftung einbringen. Und Ihre Kanzlei soll die Stiftung verwalten.«

Er überreichte Kugler und Amelie je ein Exemplar eines Portfolios. Während beide stumm zu blättern begannen, erzählte er weiter. Er werde in Greifswald in Mecklenburg-Vorpommern eine Bibliothek errichten. Keine beliebige Bibliothek, sondern eine, die sich auf drei Disziplinen beschränke, nämlich auf Geschichte, Wirtschaft und Philosophie, und auf diesen Gebieten einzigartig sein werde.

»Neben einem umfangreichen selbstverständlichen Bestand bemühe ich mich um ganz besondere Schätze. Einige habe ich bereits erworben und kann verraten, die Krönung dieser Stätte sind drei Stundenbücher aus dem fünfzehnten Jahrhundert mit Gebetstexten. Das sind Pergamentdrucke aus Kalbshaut mit meisterhaften Illustrationen, so vollendet pigmentiert, dass diese Bilder, seit sie vor dreihundert Jahren gedruckt worden sind, nichts von ihrer Strahlkraft eingebüßt haben, immer noch farbig, wie danach nie mehr etwas farbig gewesen ist: zum Himmel hinaufflehende Hirten, höchste Botschaft bringende Engel, Adam und Eva unterm sündenspendenden Apfelbaum. Alles, was wir von der Bibel zu kennen glaubten, in diesen Büchern wird es glaubhaft gemalt, geschmückt, und jedes fabelhafte Bild in noch fabelhafteren goldenen Rahmen, auf denen es von Perlen und Edelsteinen wimmelt. Dass da dem Stammvater Isai, der prachtvoll schläft, aus der Brust ein Baum wächst, auf dessen Ästen sich biblische Könige feiern lassen – der fromme Überfluss kennt keine Grenzen«, schloss er seinen Jubel und blickte zwischen Kugler und Amelie hin und her. Als beide staunend stumm blieben, fuhr er fort:

»Eine weitere Rarität ist der Sammelband von Vergils *Bucolica, Georgica* und *Aeneis* aus dem achtzehnten Jahrhundert des Buchdruckers John Baskerville, der allererste Druck überhaupt auf feinstem Velinpapier. Jetzt muss ich aber noch sagen, dass nicht nur der Bibliotheksbestand einem Konzept unterliegt, auch für die Benutzung habe ich mir etwas einfallen lassen. Und ich glaube nicht, dass es so etwas schon gibt, jedenfalls habe ich noch nicht davon gehört: Jedes Werk gibt es zugunsten der Vielfalt nur ein einziges Mal. Übrigens wird es sich selbstredend um eine reine Präsenzbibliothek handeln. Doch jedes Buch wird gleich bei Eintreffen eingescannt. An jedem Leseplatz liegt ein speziell für die Bibliothek präpariertes Tablet bereit, mit dem einerseits bibliographiert und andererseits die Bücher gelesen werden können. Das verhindert Konkurrenz unter den Nutzern und schont die Originale, gleichwohl auch in den Originalen geblättert werden darf. Es ist mir schließlich bewusst, dass gerade bei den Wunderwerken die Haptik unersetzlich ist. Handys sind in der Bibliothek übrigens verboten. Dafür wird es strenge Kontrollen geben. Die Tablets sind nicht internettauglich. Es werden aber einige PCs für Recherchen zur Verfügung stehen.«

Strahlend schaute er wieder nacheinander zu Kugler und Amelie.

»Sie können sich vorstellen, dass vertraglich viel zu regeln ist.«

Offenbar war Kugler genauso verblüfft wie Amelie, denn auch er sagte kein Wort, nachdem Matt seine Präsentation beendet hatte.

»Also, was sagen Sie? Sind Sie dabei?«

»Natürlich, das wäre uns eine Ehre«, erwiderte Kugler demütig.

»Und Sie, Frau Frank? Was meinen Sie?«, fragte Matt, der sich offenbar nicht mit einer Zustimmung allein zufriedengeben wollte und ihr auf einmal vor der Stirn herumfächerte.

»Ich erkenne Sie nicht wieder, Herr Matt, und muss Ihnen ein Kompliment machen. Für Ihre ergaunerten Millionen könnten Sie nicht redlicher Abbitte leisten. Natürlich kann auch ich mir kein schöneres Projekt in meinem Beruf vorstellen.«

»Na wunderbar!«

Er erhob sich.

»Lesen Sie sich alles durch und lassen Sie mich wissen, wie es weitergeht.«

Er schüttelte erst Amelie, dann Kugler die Hand und sagte noch:

»Bis Jahresende soll die Stiftung in trockenen Tüchern und der Pachtvertrag mit der Stadtverwaltung unterschrieben sein. Im kommenden Jahr wird das Gebäude umgebaut, eingerichtet, die Bibliothek bestückt, wobei Letzteres selbstverständlich als ein immerwährender Prozess begriffen werden muss. Spätestens Anfang übernächsten Jahres soll der Lesesaal eröffnet werden. Ich verlasse mich auf Sie, d'accord?«

»Wir melden uns bei Ihnen«, sagte Kugler. »Machen Sie's gut.«

»Auf Wiedersehen, Herr Matt.«

»Amelie, bitte komm an deinem Geburtstag zu deiner Mutter«, sagte Philine am Telefon. »Du wirst es nicht bereuen, das verspreche ich dir.«

Amelie willigte ein und fuhr am Samstagnachmittag zum Haus ihrer Eltern. Philine und die Mutter empfingen sie gemeinsam mit einem großen Blumenstrauß an der Tür, herzten sie und gratulierten ihr. Der Tisch war gedeckt. Die Mutter hatte einen Apfelkuchen gebacken. Wie immer wurde zuerst mit Champagner angestoßen, danach Kaffee getrunken. Philine konnte wieder aufrecht sitzen.

»Pia, erzähl Amelie deine tollen Neuigkeiten.«

Die Mutter lächelte, dabei schaute sie auf ihre Kuchengabel. Philine blickte sie freudig an, als spürte sie ihrer heimlichen Regung nach.

»Amelie, in mir hat sich in den vergangenen Wochen einiges verändert. Ich muss mich bei vielen Menschen entschuldigen.«

»Das habe ich schon gemerkt, Mama. Du bist nicht wiederzuerkennen.«

»Ich werde die Praxis aufgeben, Amelie.«

»Die Praxis aufgeben?«, wiederholte Amelie.

»Das ist nicht alles«, sagte Philine. »Warte ab, was deine Mutter noch zu erzählen hat.«

»Ich habe die Liebe wiedergefunden«, begann Pia. »Das ist wie eine Auferstehung und beißend schmerzhaft, weil sie mir vor Augen führt, wie irrlichternd ich mein Leben verbracht habe, gekränkt von der Lebendigkeit anderer. Jeder Lebendige sollte mir Lebendigkeit geben oder durfte selbst keine haben, wenn mich das Schicksal übergangen hat. Ich muss mich entschuldigen und schäme mich heute sehr. Ich habe erkannt und muss dankbar sein, dass ich dazu kein Recht hatte. Und wenn ich immer noch an etwas Höheres glaube, so begreife ich nun, dass Lohn und Strafe keinen Sinn haben können, wenn sich der Mensch auf eine höhere Gerechtigkeit berufen dürfen soll.«

»Das hast du schön gesagt, Pia. Ganz wunderschön«,

sagte Philine ergriffen. Einen Moment lang schien sie versonnen in sich hineinzublicken. Dann sagte sie leise:

»Ich könnte für mich ergänzen, dass ich anderen nicht ihre Lebendigkeit, wohl aber missgönnte, über mir zu stehen, egal wie klein ich bin. Außer dir, Pia. Komisch, dir eigentlich nie.«

Dann hob sie wieder die Stimme:

»Aber jetzt spann Amelie nicht länger auf die Folter.«

»Amelie, du weißt: Dass sich dein Vater von mir ab- und einer so viel jüngeren Frau zugewendet hat, war sehr schlimm für mich.«

»Das durfte für dich schlimm sein«, sagte Amelie.

»Wir waren doch die ganzen Jahre irgendwie immer noch ein Liebespaar geblieben. Das glaubte ich. Aber vielleicht waren wir es nur, weil dein Vater mich lieben konnte, nicht weil ich es konnte. Ich fand, dass mir seine Liebe zustehe. In der letzten Zeit blitzte in meinen Gedanken plötzlich immer wieder meine allererste Liebe auf. Mit siebzehn hatte ich mich in einen jungen Mann verliebt, Maurice, ein paar Jahre älter als ich, gebürtig von den Antillen, aus Guadeloupe. Er war damals Soldat bei der UNO. Ich fand ihn toll und wollte ihn am liebsten heiraten. Er liebte mich auch, mochte aber nicht heiraten, weil er immerzu in gefährliche Krisengebiete geschickt wurde und auch bald schon wieder nach Kairo aufbrechen musste, um den Waffenstillstand zwischen Ägypten und Israel zu überwachen. Dann ging es auseinander. In den vergangenen Wochen überlegte ich oft, ob ich ihn wieder kontaktieren solle, und dann fiel mir ein, dass sein Bruder damals in Paris gelebt hatte. Womöglich sei Maurice ihm dorthin gefolgt, dachte ich. Mit Philines Hilfe machte ich mich im Internet auf die Suche und fand seinen Namen auf einer Seite der kreolischen Gemeinde in Paris, einer Seite mit Hinweisen für alles, was mit den Kreolen zu tun hat: wo man Schmuck kaufen, sich diese Filzzöpfe machen lassen, kreolisch essen kann und so weiter. Ich schrieb hin. Mehrmals, ohne Erwiderung. Aber ich blieb stur. Und nach einer Weile kam tatsächlich eine Antwort, in der ich gefragt wurde, was ich von ihm wolle. Ich schrieb zurück, dass ich einmal »sa petite amie« gewesen sei. Kurz darauf meldete er sich bei mir. Wir telefonierten, und er wollte sofort herkommen. Das lehnte ich ab, flog dann aber selbst nach Paris. Dort hatte ich ein Hotel gebucht, das ich schließlich gar nicht beziehen konnte, weil mir am Flughafen die Handtasche gestohlen wurde. Geldbeutel, Kreditkarte, Personalausweis, alles weg. Da nahm er mich kurzerhand bei sich auf. Wir fielen uns um den Hals, als wäre keine Zeit vergangen. Er roch wie vor vierzig Jahren! Heute ist er vierundsiebzig und immer noch wunderschön.«

»Zeig ihr ein Foto«, sagte Philine, die versunken gelauscht hatte, aufgeregt.

Pia stand auf, holte ihr Handy, stellte es in den Halter unter dem Fernsehbildschirm. Dann schaltete sie den Fernseher ein. Ein großer, vornehmer Mann mit freundlichen Augen und dunkler Haut hatte seinen Arm um eine strahlende, kaum wiederzuerkennende Pia gelegt. Er war graumeliert, schlank, wirkte sportlich, hatte nahezu keine Falten und einen einnehmenden, sanften Blick.

»Ein toller Mann, Mama. Das sieht man sofort.«

»Aber das Tollste malst du dir nicht aus, Amelie«, sagte Philine aufgeregt. »Das Tollste kommt noch.«

Die Mutter holte tief Luft und strahlte Amelie an.

»Stell dir vor, jetzt will er mich unbedingt heiraten! Über vierzig Jahre später!«

»Das ist eine überwältigende Geschichte!«, rief Amelie.

»Ja, wer hätte sich das noch vor wenigen Wochen vorstellen können?«, stimmte Philine ein. »Er war immer unverheiratet! Und jetzt gibt es einiges zu tun.«

»Ja«, sagte Pia. »Ich habe mit deinem Vater über die Scheidung gesprochen, wir sind uns einig. Ich werde das Haus und die Praxis verkaufen und, sobald es geht, nach Paris übersiedeln. Und weißt du was, Amelie? Gleich in doppelter Hinsicht brauche ich nicht mehr zu kochen: Er war einst der Koch von Charles Aznavour.«

Philine klatschte in die Hände.

»Das ist alles unglaublich«, staunte Amelie. »Unglaublich phantastisch.«

»Ich habe dir noch etwas zu sagen, Amelie«, fuhr Pia fort. »Ich habe deinen Vater um Verzeihung gebeten.«

»Ist er darauf eingegangen?«

»Wenn du danach fragen musst, kennst du ihn offenbar schlecht. Natürlich ist er das. Aber ich gebe zu, dass ich ebenfalls darum gebangt habe. Ich habe ihn und Kay heute eingeladen.«

»Ob sie kommen, darf ich wohl nicht fragen, oder?«

»Sie kommen.«

Gelöst und heiter aßen sie den Kuchen und tranken Kaffee. Amelie und Philine stellten Pia Fragen über Fragen über Maurice von früher und heute, über ihre Pläne und Wünsche, und die Begeisterung sprudelte aus ihr hervor. Dann läutete es an der Tür. Pia sprang auf.

»Jetzt sind sie da!«

Auch Amelie und Philine gingen zur Tür und empfingen den Vater mit Kay, die sie alle zum ersten Mal sahen. Pia und Hubert küssten sich auf die Wange, er strich ihr mit dem Zeigefinger über die Nase.

»Du siehst toll aus!«, sagte er, als sie sich schon Kay, die einen Schritt hinter ihm stand, zugewendet hatte, ihr die Hand gab und sie in den Arm nahm. Der Vater drückte

Amelie lange und fest. Sie spürte, dass auch er mit ein paar Tränen kämpfte, ebenso erfolgreich wie sie. Danach begrüßte sie Kay und sagte:

»Ich freue mich, dich kennenzulernen. Komm herein, Kay.«

»Ja bitte, tretet ein«, sagte Pia. »Setzt euch. Kay, möchtest du einen Cappuccino oder lieber einen Kaffee?«

Kay lächelte schüchtern. Dann sagte sie mit ruhiger Stimme und einem kleinen holländischen Akzent:

»Ich nehme gerne einen Cappuccino, wenn das keine Arbeit macht.«

»Nicht der Rede wert. Das macht die Maschine.«

»Bitte, nehmt von Pias Kuchen«, sagte Philine.

»Was sagst du zu den Plänen deiner Mutter? Ist das nicht ein Wahnsinn?«, fragte der Vater. »Das ist eine Fügung, die sich kein Mensch hätte ausdenken können. Ein bisschen beleidigt könnte ich allerdings schon sein, denn so habe ich deine Mutter nie erlebt.«

Er lachte.

»Ja, himmlisch, das kann man sagen«, pflichtete Amelie bei.

»Vielleicht«, sagte der Vater zu Kay gewandt, »steht dir das noch bevor, wenn du einmal in Pias Alter kommst.«

Kay lächelte wieder. Da kam Pia mit einem Cappuccino aus der Küche, den sie vor Kay, und einer Tasse Kaffee, die sie vor Hubert stellte.

»Das ist tatsächlich himmlisch«, sagte sie, als sie sich wieder setzte. »Kay, es muss nicht jeder so lange brauchen wie ich, bis er zu Verstand kommt. Ich erscheine euch wie berauscht, und ihr vermutet, das bewirke die Liebe. Natürlich ist sie es, die das bewirkt. Aber es ist nicht nur die Liebe zu Maurice, sondern auch die Einsicht, dass mein Zorn einer irregeleiteten Liebe entsprungen ist. Und diese irregeleitete

Liebe habe ich sich nicht an mir selbst, sondern an anderen austoben lassen. Mich selbst habe ich versucht zu schonen, weil ich mich von der Außenwelt so gekränkt fühlte.«

»Das ist doch verständlich, Frau Frank«, sagte Kay vorsichtig.

»Bitte, Kay, nenn mich Pia. Und ja, vielleicht erscheint es verständlich. Trotzdem ist es irrig zu glauben, der Zorn und die Rachlust hälfen einem.«

»Du hattest Grund, gekränkt zu sein und Wut auf mich zu haben«, sagte Kay.

»Nein!«, widersprach Hubert. »Nicht auf dich, sondern auf mich durfte Pia wütend sein.«

»Ich gebe zu, ich war auf jeden wütend, manchmal sogar auf Amelie. Und Kay, auch auf dich, weil ich von Anfang an gespürt habe, ohne es zum Ausdruck hätte bringen zu können, dass du zu einer natürlichen Liebe fähig bist und es genau das ist, warum Hubert mich verlassen hat und nie mehr zurückgekehrt wäre. Das wusste ich. Und ich wusste auch, dass das nicht hieß, du liebest mich nicht mehr, Hubert. Das war das Schlimmste. All das hat meinen Zorn unermesslich werden lassen. Da muss ich mich doch fragen, was ich einem wirklichen Feind überhaupt noch zu bieten hätte, wenn ich mich jemandem gegenüber, der mich liebt, schon derart höllisch verausgabe.«

Philine lachte.

»Pia, das frage ich mich auch. Auch wenn ich nie besonders wütend bin. Aber als ich diesen gemeinen Hexenschuss hatte, das war schon merkwürdig. Auf einmal nahm ich ganz andere Dinge wahr, alle auf dem Boden, schöne Dinge: unscheinbare Blüten in den Fugen auf der Terrasse, und ein winziges Pflänzchen hatte die Kraft aufgebracht, durch den Straßenasphalt vor dem Haus hindurchzusprießen. Das hat mich auf einmal in Staunen versetzt.«

»Pia, ich fühle mich wohl hier«, sagte Kay. »Damit konnte ich nicht rechnen.«

»Das freut mich, Kay«, erwiderte Pia.

»Man spürt, dass dein Glück in viele Spiegel fällt, und jeder strahlt den Glanz der anderen wider.«

»Das ist wahrhaftig so«, sagte Hubert. »Es beglückt mich, dass wir hier heute alle zusammengekommen sind. Aber jetzt muss ich Amelie ihr Geschenk überreichen.«

Er stand auf, ging hinaus und kehrte mit einem schweren, quadratischen Kasten zurück.

»Hast du das so schön verpackt, Kay?«, erkundigte sich Amelie.

Kay lächelte wieder und sagte leise: »Ja.«

»Allein die Verpackung ist ein Kunstwerk«, sagte Philine.

Matt saphirblaues Geschenkpapier war durch zwei aus türkiser Folie gefaltete Streifen abgesetzt. Ein dunkelgrünes Geschenkband mit einem eingeknoteten Bündel Gräsern in vielfältigen Grün- und Gelbtönen zierte das Blau.

Amelie bedankte sich beim Vater.

»Willst du es nicht auspacken?«, fragte Kay.

»Soll ich?«

»Unbedingt«, sagte der Vater. »Dieses Geschenk ist mir ein Anliegen!«

»Ganz schön schwer.« Sie hob das Paket an. »Das wiegt bestimmt vier Kilo!«

Vorsichtig zog sie das Band über die Kanten und die Gräser aus dem Knoten.

»Wenn du willst, kannst du die Gräser trocknen lassen«, sagte Kay, »und sie dann in eine kleine Vase stellen. Sie bleiben auch getrocknet schön und bunt.«

»Das mache ich.«

Amelie entfernte die Folienstreifen. Dann öffnete sie

das Papier und entblätterte drei dicke Bücher in einem grünbraunen Ledereinband. Auf jedem Vorderdeckel stand in einer Goldprägung: *Firenze Verona Ravenna.* Sie schlug den ersten Band auf. Links war der Titel auf Italienisch abgedruckt: *Dante Alighieri La Divina Commedia. A cura di Carlo Toth. Fantasie a colori di Franz von Bayros Volume Primo Inferno.* Und rechts der Titel auf Deutsch: *Dante Alighieri Die göttliche Komödie. Deutsch von Otto Gildemeister. Herausgegeben von Karl Toth. Farbenphantasien von Franz von Bayros Erster Band Hölle.*

»Das ist eine Ausgabe von 1921.«

Kay konnte ihre Begeisterung nicht verstecken.

»Und schau ganz vorne im ersten Band. Er ist vom Maler mit Bleistift handsigniert. Das gibt es nur tausend Mal. Und dein Vater sagte, dass du Italienisch sprichst.«

Amelie schlug die erste Seite auf und betrachtete die Signatur. Dann sprach niemand mehr. Alle schauten ihr zu, wie sie andächtig durch das Buch blätterte, der zweisprachige Text mit poetischen Aquarellen illustriert, jedes Bild mit Seidenhemdchen und einer gedruckten Bildlegende.

»Die beiden Semester in Padua sind lange her. Aber ich versuche es.«

Sie schlug *Canto uno* und den *Ersten Gesang* auf und las vor:

*»Nel mezzo del cammin di nostra vita*
*mi ritrovai per una selva oscura,*
*ché la diritta via era smarrita.*

*Ahi quanto a dir qual era è cosa dura*
*esta selva selvaggia e aspra e forte*
*che nel pensier rinova la paura!*

*Tant'è amara che poco è più morte;*
*ma per trattar del ben ch'i' vi trovai,*
*dirò de l'altre cose ch'i' v' ho scorte.*

*Auf halbem Wege dieser Lebensreise*
*Fand ich in einem dunklen Walde mich,*
*Weil ich verirrt war von dem rechten Gleise.*

*Zu sagen, wie er war, ist fürchterlich,*
*Der wilde Wald im rauhen, dichten Grunde;*
*Gedenk' ich sein, erneut der Schrecken sich.*

*Kaum minder bitter ist die Todesstunde,*
*Doch um des Guten willen, das ich fand,*
*Verschweig' ich auch vom andren nicht die Kunde.«*

Kay, Philine und Hubert applaudierten. Pia schwieg, immer noch andächtig. Amelie ging zu ihrem Vater und umarmte ihn. Er hielt sie fest und flüsterte ihr ins Ohr:

»Darin habe ich eine Sprache gefunden, die über unsere Wörter hinausfliegt. Ich wünsche mir, dass du dich auch darin findest. Das würde mich wahrhaft glücklich machen.«

Es war Nacht geworden, als sie alle gemeinsam aufbrachen. Vor der Haustür nahmen sie voneinander Abschied. Über ihnen funkelten die Sterne. Amelie war todmüde. Ein Windhauch ließ die Linde im Vorgarten rauschen und wehte ihr zwei herabgleitende Blätter ins Gesicht, als sich Philine und Pia mit ausgebreiteten Armen von ihr verabschiedeten.

Im Büro wurde sie zum Wochenbeginn von Kugler und Frau Kamp mit einem kleinen Sommerstrauß, einer Glückwunschkarte und einer Flasche Dom Pérignon empfangen. Sie selbst hatte einen Kuchen mitgebracht, den sie ihnen anbot. Als sie sich an ihren Schreibtisch gesetzt und den Computer hochgefahren hatte, erschien eine E-Mail von Mario. Er gratulierte ihr zum Geburtstag. Fast vier Wochen hatte sie nichts von ihm gehört und war jetzt gerührt, dass er trotzdem an ihren Geburtstag dachte. Sie beschloss, ihn anzurufen und sich zu bedanken. Das Gespräch hatte kaum mit zaghaften Sätzen begonnen, schon fing er wieder von der Internetseite an. Er warf ihr halb scherzhaft vor, dass sie sie ihm wohl verbieten wolle. Amelie bereute ihren Anruf sofort, erwiderte kühl, das sei nie ihr Ansinnen gewesen, selbstverständlich dürfe er tun, was er für richtig halte, und wollte das Telefonat rasch beenden.

»Nein, nein«, sagte er, »natürlich hast du nichts gesagt. Aber es ist doch so, dass ich entweder die Seite entfernen muss oder du den Kontakt mit mir verweigerst. Habe ich nicht recht?«

Über seine unverhohlene Deutlichkeit musste sie lachen. Dass er keine Scheu zeigte, ihre Uneinigkeit vorwurfslos in dieser Direktheit auszusprechen, gefiel ihr und erleichterte sie. Denn wenn jemand in der Lage war, etwas in Klarheit zu benennen, konnte er nicht ganz unberechenbar sein, ging es ihr durch den Kopf.

»Gut, du hast ein bisschen recht«, antwortete sie. »Wollen wir uns heute Abend treffen? Dann sprechen wir weiter.«

Den ganzen Tag über hatte die Sonne gebrannt und die Stadt unter einer Glutglocke gefangen genommen, von der sich jedes Pflaster, jedes Gemäuer in den Abendstunden zu befreien schien, indem sie die aufgesogene Hitze nach Kräften zurückstrahlten. Um diesem Hitzekessel entfliehen zu können, ging Amelie auf dem Heimweg vom Büro einkaufen, packte zu Hause einen Picknickkorb und ihre Badesachen. Dann holte sie Mario ab und fuhr mit ihm an einen nahegelegenen Weiher, den ein kühler Wald umgab. Als er ins Auto stieg, sie begrüßte und noch einen Moment lang anblickte, merkte sie, wie sehr er ihr gefehlt hatte. Sehnen und Fliehen, ihr so vertraut ineinander verwoben. Am See angekommen, lief Amelie sofort ins Wasser und schwamm eine halbe Stunde lang um die Schilfinseln herum. Er saß am Ufer und rauchte. Im Schutz des Dickichts wurde die Dämmerung rasch Dunkelheit. Sie trocknete sich ab und zog sich etwas über. Dann packte sie den Korb aus, breitete alles aus und zündete ein paar Windlichte an.

»Weißt du, warum wir heute Abend hier sind?«, fragte sie.

Er verneinte.

»Weil es dir gelungen ist, ins Diffuse Klarheit zu bringen. Du lagst damit richtig, dass ich den Rückzug beschlossen hatte. Eine reale Flucht und keine virtuelle wohlgemerkt. Virtuelle Nähe macht mir Angst.«

Er erschrak spürbar.

»Du wolltest tatsächlich nichts mehr mit mir zu tun haben? Das war mir nicht bewusst. Das hatte ich nicht so verstanden.«

Verwirrt blickte sie ihn an, sah im Dämmerlicht seinen Blick wieder unruhig werden.

»Du hast es doch selbst ausgesprochen!«, rief sie. »Findest du meine Reaktion vielleicht unverständlich?«

»Ach so, verstehe. Dann erzähl mal, was du mir in deiner Phantasie alles zugetraut hast? Komm schon, das interessiert mich.«

Amelie überlegte. Für Mario offenbar zu lang:

»So schweigsam auf einmal? Das passt doch gar nicht zu dir?«

»Für mich ist es nicht begreiflich, vor einem anonymen Publikum seine Gefühle zur Schau zu stellen. Und erschreckt hat mich, dass du deinem Ärger über meine Ignoranz, wenn du so willst, in einem virtuellen Raum Luft machst, anstatt ihn von Angesicht zu Angesicht zu äußern. Woher soll ich wissen, was in dir vorgeht?«

»Aha, du denkst also, dass ich vielleicht hier in meiner Hosentasche ein kleines, blitzscharfes Messer verstecken könnte?«

Amelie beobachtete sein Gesicht, doch vermochte sie dessen Ausdruck nicht zu deuten. Dann grinste Mario. Amelie schaute sich um. Die Badewiese hatte sich vollständig geleert. Der Wald sog den fahlen Mondschein über dem im Dämmerlicht liegenden Weiher in seinen schwarzen Schlund und warf dunkle, rauschende Schatten aufs Ufer.

»Bitte, gib doch zu, dass mir die Mitteilung auf der geschlossenen Seite aggressiv erscheinen musste.«

»Wieso aggressiv?«, fragte Mario erstaunt. »Sie war kein bisschen aggressiv.«

Kurz konnte sie lachen.

»Mir erschien das aggressiv, und zwar unterschwellig aggressiv und deshalb unberechenbar. Tatsächlich hatte ich Phantasien, du könnest mir, von diesen schlummernden Aggressionen getrieben, etwas anhaben wollen, weil ich außerstande war, dir zu entsprechen.«

»Jetzt hast du geglaubt, das Messer in meiner Hosentasche sei mehr als ein dummer Scherz von mir? Du hast gedacht, ich schlitze dir damit dein Köperlein auf? Und schneide es in Stücke? Die ich in Plastiktüten verknotet und von der Nachbarschaft unbemerkt auf die Mülltonnen meines Viertels verteile? An einem Dienstagabend, weil Mittwochfrüh die Müllabfuhr kommt? Das hast du gedacht?«

Er starrte sie eindringlich an. Seine Augen flackerten

kein bisschen. Amelie starrte zurück und ließ seine Augen keine Sekunde aus dem Blick. Beide verharrten sie bewegungslos, wie jäh versteinert. Die Spannung zwischen ihnen wurde unerträglich, die nächste Minute unsichtbar.

Schließlich ließ er das Kinn sinken und sagte kopfschüttelnd:

»Man hat mir schon viel vorgeworfen. Aber dass ich ein Killer sein soll …«

Amelie atmete durch. Sie lockerte ihren Hals, dessen Starre ihr nötig erschienen war, um jede seiner Regungen zu gewahren. Auch die Anspannung in Rumpf und Gliedern löste sich. Sie schämte sich für ihre Hirngespinste und fühlte sich auf einmal mehr denn je zu ihm hingezogen. Sie war zutiefst dankbar dafür, dass er die Provokation auf die Spitze getrieben und ihre Wahnvorstellungen eingeäschert hatte, und für seinen letzten Satz. Er schaute sie an, offensichtlich ebenfalls erleichtert, und sagte:

»Gott sei Dank haben wir das hinter uns.«

Trotzdem, die Erleichterung war nicht groß genug für die Überwindung seiner Blockaden. Von ihm zu erwarten, dass er näher zu ihr rücke, schien aussichtslos. Sie kam sich lächerlich vor, von Stunde zu Stunde, die sie dort beieinandersaßen, lächerlicher.

»Ich würde mich gerne näher zu dir setzen«, sagte sie schließlich.

»Warum tust es dann nicht?«

Er zog sie zu sich heran, legte den Arm um sie und schmiegte seine Wange an ihren Kopf. Über ihnen funkelten mehr und mehr Sterne, als stimmten sie ein in einen stummen Gesang.

»Dass Luna und Kay anriefen, brauche ich eigentlich nicht mehr zu erwähnen. Trotzdem liegt mir daran.«

»Auch mir liegt daran. Danke, Herr Blum. Gleichwohl diese Anrufe surreal erscheinen. Mein Vater schickt mir jede Woche eine Postkarte. Auf den Karten steht nichts. Nur meine Knastadresse und sein Name.«

Herr Blum blickt Amelie an. Zum ersten Mal erlebt sie ihn verwirrt. Er macht den Anschein, als suchte er in ihrem Gesicht nach einem passenden Satz, den er jetzt erwidern könnte. Sie lässt ihn. Eine ganze Weile.

»Herr Blum, ich habe noch einen Brief bekommen.«

»Von wem?«

»Von Pascal Matt.«

»Von Matt? Dem Finanzgauner? Der weiß also über Sie Bescheid?«

»So wird es sein.«

»Was will der denn von Ihnen?«

»Er schreibt, dass ich nach meiner Entlassung jederzeit für ihn arbeiten könne, wo immer ich wolle.«

Herrn Blums anfängliche Skepsis, als er den Namen Matt vernommen hatte, weicht sichtlich der Erleichterung. Nun sitzt er ihr wieder gegenüber als der, den sie kennt.

»Auch wenn ich Herrn Matts Handeln kein bisschen gutheiße, es freut mich, dass er Ihnen eine konkrete Hoffnung auf ein neues Leben nach der Entlassung ermöglicht.«

»Wann ist denn meine Entlassung?«

Wieder zögert Herr Blum. Dann sagt er:

»Sie haben die Gewissheit, dass sie kommen wird.«

»Sie kommt frühestens in fünf Jahren.«

»Amelie, entscheiden Sie sich doch, nicht an die fünf Jahre, sondern an die Hoffnung zu denken.«

»Ich habe keine Ahnung, was fünf Jahre sind. Ich erinnere mich noch, dass ich zehn Jahre in der Kanzlei gearbeitet habe, dass ich sieben Jahre in meiner letzten Wohnung gewohnt habe, sie seit vier Jahren leer steht, dass ich ein Jahr in Padua war, und dass Sie mich seit drei Jahren besuchen. Das hat alles nichts mit den kommenden fünf Jahren zu tun. Deshalb kann ich mir mich nicht fünf Jahre lang vorstellen.«

»Das ist gut so, Amelie. Aber die Hoffnung, dass es ein Leben danach gibt, die dürfen Sie zulassen.«

»Mit der Hoffnung ist es wie mit den fünf Jahren. Dafür müsste ich mir von nun an fünf Jahre lang jeden Tag etwas vormachen, mir etwas einreden.«

»Sie haben eine schlimme Tat begangen, aber Sie werden ihre Strafe abgesessen und die Tat gesühnt haben. Ein Wiedereinstieg in die Gesellschaft ist bei uns nicht leicht. Ich weiß von ehemaligen Häftlingen, die ich begleitet habe, dass die meisten ihr Leben lang als Stigmatisierte am Rand leben. Glauben Sie mir, ein Angebot wie das von Matt ist für Sie Gold wert. Sie erhalten eine angesehene Position, und niemand interessiert sich für Ihre Vergangenheit. Zu Recht, muss ich sagen. Auch sie selbst dürfen Ihre Tat dann als gesühnt betrachten.«

»Wäre ich in einem anderen Land geboren, könnte es sein, dass ich schon lange nicht mehr am Leben wäre.«

»Das wäre schlimm«, erwidert Herr Blum.

»Dass ich hier geboren bin, dafür kann ich nichts. Ich habe die Tat begangen, hier oder dort, vor der Sühne und nach der Sühne, ob ich darüber so oder anders denke, ob ich mich verurteile oder rechtfertige, ob mich andere verurteilen oder in Schutz nehmen.«

»Sie sind nicht Ihre Tat, Amelie. Wir können uns glücklich schätzen, dass es bei uns Sühne gibt, ohne dass sie den Tod einfordert.«

»Das war auch bei uns nicht immer so. Dasselbe Wort, und auf einmal eine andere Idee. Wörter als Echo der Zeit. Wörter als Echo der Erfahrung. Wörter als Echo der Erinnerung.«

Herr Blum schweigt.

»Die Tat müsste aus meinem Gedächtnis gelöscht werden, um den Zustand gelungener Sühne zu erreichen. Solange das nicht passiert, ist jeder Gedanke darüber beliebig, weil er genauso gut ein anderer sein könnte. Ich habe die Tat begangen, es hat mich niemand dazu gezwungen, und ich kann sie in die Worte kleiden, in die ich sie kleiden will. Mehr, als dass ich diejenige bin, die die Tat begangen hat, kann ohne Fälschung nicht gesagt werden. Damit bin ich allein. Und wenn ich damit allein bin, bin ich auch mit allem anderen allein. Und wenn ich mit allem allein bin, sind die anderen auch mit allem allein.«

»Amelie, heute habe ich das Gefühl, die Zeit renne davon.«

Sie sieht Herrn Blum an und lächelt.

»Dann wissen Sie, was ich meine.«

»Es tut mir leid, Amelie, dass ich heute nicht die richtigen Worte finde. Es tut mir zutiefst leid. Am liebsten würde ich Sie heute nicht allein lassen.«

»Bitte, machen Sie sich keine Gedanken, Herr Blum. Ich

bin froh, dass Sie heute zu mir gekommen sind, dass sie jede Woche zu mir kommen. Da gibt es keine falschen Worte. Und das Alleinsein, das ich meine, spendet mir Ruhe.«

Herr Blum erhebt sich von seinem Stuhl und reicht ihr über den Tisch hinweg die Hand.

»Auf Wiedersehen, Amelie.«

»Auf Wiedersehen, Herr Blum.«

Auch Amelie steht auf und geht zur Tür. Im Türrahmen hält sie inne. Sie wendet sich zu Herrn Blum um.

»Darf ich noch etwas sagen? – Ich liebe meinen Vater.«

Zurück in der Zelle. Es dämmert schon. Sie schiebt den Stuhl unters Fenster und steigt hinauf. Sie schaut hinaus ins Schneegestöber der einbrechenden Dunkelheit. Vor ihr wirbeln die dichten Flocken in die Höhe. Als weiße Glanzlichter schmücken sie die schwarze Luft. Eben noch von ihnen umfangen, entschwinden sie in der Unendlichkeit des Himmels ihrem Blick.

Lunas Eltern lebten seit der Rente auf Kreta. Da die Mutter einen Tag nach Amelie Geburtstag hatte, verbrachte die ganze Familie jedes Jahr um diese Zeit zwei Wochen auf der Insel. Mit Amelie feierte Luna immer einen verspäteten Geburtstag und hatte sie nun für Sonntag eingeladen. Sie wollte mit ihr eine Wanderung machen und in einem von ihr ausgekundschafteten Lokal zu Abend essen.

Am Vormittag rief Luna an, um anzukündigen, dass sie sie bald abholen werde.

»Meine nachträglichen Geburtstage mit dir sind jedes Mal etwas Besonderes. Und dieses Mal bin ich dir umso dankbarer, dass du mir gerade heute die bestmöglichen Voraussetzungen bietest, um auf andere Gedanken zu kommen. Du bist die einzige, der ich meinen Irrsinn anvertrauen kann.«

»Dann lassen wir es uns dieses Mal besonders gut gehen«, erwiderte Luna. »So schlimm wird es schon nicht sein. Ich hole dich gegen zwölf Uhr ab!«

Sie fuhren eine Stunde mit dem Auto und wanderten dann fünf Stunden lang, bevor sie eine weitere halbe Stunde fuhren und in ein entlegenes, aber dennoch ausgezeichnetes Bauernhof-Restaurant einkehrten. Dort aßen sie auf der Terrasse in der niedersinkenden Sonne. Nun solle sie aber erzählen, was sie bewege, ermunterte Luna

Amelie und mutmaßte sogleich, dass es mit Mario zu tun habe.

»Ein paar Tage nach dem schönen Abend am Weiher äußerte er den Wunsch, wieder baden zu gehen. Ich hatte nichts dagegen. Also haben wir uns vorgestern getroffen.«

»Eigentlich verwunderlich in Anbetracht seiner Wasserscheu«, warf Luna ein. »Aber das macht sein Bedürfnis, mit dir zusammen zu sein, umso erkennbarer.«

»Unter normalen Umständen könnte man das tatsächlich annehmen«, seufzte Amelie.

Luna sah sie fragend an.

»Ja, Luna, ich bin dabei, die Nerven zu verlieren. Warum, weiß ich selbst nicht. Meine Rolle als Zuschauerin habe ich als unerträglich empfunden. Aber ich habe sie gut gespielt, und sie war gut, um zu ertragen, was nicht zu ertragen ist. Bei Mario gelingt mir diese Rolle nicht. Ich bin keine Zuschauerin. Und obwohl ich es immer annahm, macht es das kein bisschen besser. Im Gegenteil, denn ich weiß nicht einmal, wer ich wirklich bin.«

»Amelie, bitte erzähl, was geschehen ist«, sagte Luna besorgt und nahm Amelies Hand.

»Wahrscheinlich lachst du darüber. Und ich sollte es auch tun.«

Kurz nachdem sie von der Arbeit zurückgekommen war, läutete Mario an der Tür. Wie jedes Mal stürzte er sich sofort auf ihren Computer, um irgendetwas zu perfektionieren. Das empfand sie einerseits als angenehm, weil sie davon nichts verstand. Andererseits kam ihr dieser seltsame Drang so vor, als flüchtete er sich aus Angst vor Kontakt in vertraute Gefilde. Später fuhren sie wieder an den Weiher und blieben bis tief in die Nacht. An dem Abend übernachtete er wieder bei ihr. Nur, dieses Mal weigerte sie sich, ihn auf dem Sofa schlafen zu lassen, und bot ihm den Platz neben ihr im Bett an. Zwar fügte er sich dem Befehl, doch er legte sich vollständig bekleidet hin. Wie einen kleinen Jungen forderte sie ihn auf, die Kleidung abzulegen. Das tat er. Aber natürlich nicht ganz. Danach schliefen sie wenigstens gemeinsam ein. Es war spät geworden. Trotzdem sprang er morgens um sieben – ihre Tiefschlafphase war noch nicht vorüber – wieder auf. Sie ignorierte ihn, so gut es ging, blieb liegen und drehte sich zur Wand. Nachdem er offenbar schon eine Zeit lang auf dem Balkon verbracht hatte, ließ er ihr keine Ruhe, bis sie sich geschlagen gab. Er sagte, dass er Hunger habe. Matt ging sie in die Küche und machte Kaffee. Weil sie sich wieder ins Bett legen wollte, schmierte sie ein paar Brote und trug alles auf einem Tablett ins Schlafzimmer. Mario trank Kaffee, schwarz und sehr viel davon. Die Brote rührte er nicht an.

»Was ist denn jetzt schon wieder? Du hattest doch Hunger?«, fragte sie.

Nun war es ihm auf einmal unangenehm, von ihr wie von einer Mutter vorbereitete Brote zu essen. Seine Weigerung ging ihr an die Geduld, und ihr Verständnis für den Berg seiner Probleme schwand zusehends. Ist es nicht in Wahrheit eine Nichtigkeit, in irgendwelche Brote zu beißen, wenn man hungrig ist?, dachte sie. Geringstenfalls hilft es doch, deren Entsorgung im Hausmüll zu verhindern.

»Iss jetzt!«, befahl sie und legte ihm eine Scheibe auf die Hand.

Er saß angezogen auf der Bettkante, sie lag im Bett und war nicht gesprächig. Sie fragte sich, warum er eigentlich nicht nach Hause gehe. Sie wollte kein Verständnis mehr aufbringen, keine Annäherungsspielchen mehr spielen. Ihr reichte es, und ihr Überdruss schien sich zu vermitteln. Aber er: trotzdem unfähig, daraus Konsequenzen zu ziehen in die eine oder andere Richtung. Stattdessen erzählte er die lächerlichsten Anekdoten. Sie hörte kaum hin, trank ihren Kaffee und ließ ihre Gedanken schweifen, keine angenehmen Gedanken. Marios Erzählungen wurden immer skurriler, seine Erzählweise versessener. Halb erwartungsvoll, halb verunsichert sah er hin und wieder zu ihr herüber, das spürte sie, während sie mit geschlossenen Augen auf dem Rücken lag, die Kaffeetasse in der rechten Hand, den linken Arm über der Stirn. Schließlich kapitulierte er. Er legte sich neben sie und rückte zu ihr heran. Ob ihn ein Bedürfnis nach Nähe oder die Scham über seine erbärmliche Vorstellung zu diesem Schritt bewog, entzog sich ihrer Kenntnis. Leider freute sie sich, und ein warmes Kribbeln umrundete ihre Magenwand. Langsam nahm sie den Arm vom Gesicht, stellte die Tasse auf den Boden und wandte sich ihm zu. Zwar lag er sehr nah bei ihr, jedoch stocksteif. Sein kaum aufgeflammter Mut hatte ihn offenkundig schon wieder verlassen. Ein wenig probierte sie, diese verdammte Mauer um ihn herum ins Wanken zu bringen. Es war zwecklos. Und sie hatte keine Ausdauer mehr. Weil sie ohnehin Besorgungen machen musste, stand sie auf. Sie spürte Gereiztheit in sich aufsteigen. Mario blieb und blieb. Allmählich empfand sie seine Anwesenheit als Belagerung. Aber sie brachte es immer noch nicht fertig, auch den letzten Funken Hoffnung zu ersticken. Sie ging ins Bad, duschte und zog sich an. Als sie sich zur Haustür begab, saß Mario auf dem Balkon, trank seelenruhig – zumindest äußerlich – Kaffee und rauchte.

»Du kannst ruhig sitzen bleiben. Ich gehe jetzt zur Apotheke und kaufe Viagra«, sagte sie zum Abschied.

Sie hatte erwartet, dass Mario sofort die Flucht ergriff. Aber ihn amüsierte diese Idee.

»Warum nicht? Kann man ja mal ausprobieren«, sagte er.

»Ganz genau!«, erwiderte sie, die Türklinke in der Hand. »Mit dem Theater ist jetzt Schluss. Während ich unterwegs bin, kannst du dich darauf vorbereiten, dass nach meiner Rückkehr alles anders wird.«

Sie schloss die Tür hinter sich, ging hinaus und nahm das Fahrrad. Ob sich Mario durch Viagra tatsächlich zu Zärtlichkeiten hinreißen ließe, ob sie gar miteinander schlafen würden, konnte sie sich kein bisschen vorstellen. Auch wusste sie nicht, ob es ihr unter den Umständen überhaupt gefiele. Aber dann dachte sie an die Skurrilität der verfahrenen Lage und fand, dass es schlimmer nicht mehr werden könne und es deshalb allemal einen Versuch wert sei, es auf sich zukommen zu lassen. Sich zu fragen, ob Mario damit zurechtkomme, sollte sich bei ihm nach Jahren ein Pfropfen lösen, daran fehlte ihr das Interesse.

In der Apotheke gab sie die Bestellung möglichst leise auf. Dennoch kam es ihr vor, als drehten sich alle Anwesenden kaum merklich und um Diskretion bemüht in ihre Richtung. Damit nicht genug, im nächsten Moment wäre sie tatsächlich am liebsten im Boden versunken, denn die Apothekerin sagte höflich, es tue ihr leid, das Präparat sei rezeptpflichtig. Sie kam sich furchtbar lächerlich vor. Durch diese sonderbaren Begegnungen verlor sie anscheinend zusehends den Bezug zu den Alltäglichkeiten. Sie hätte sich denken können, dass es Viagra nur auf Rezept gab. Blamiert, enttäuscht und unschlüssig stand sie auf der Straße und überlegte, was sie tun solle. Es gab nur zwei Möglichkeiten: Entweder musste sie Mario umgehend hinauswerfen, am besten sollte er schon gar nicht mehr da sein, wenn sie nach Hause käme, oder sie musste das Mittel woanders besorgen. Während sie ihr Fahrradschloss öffnete, fiel ihr ihr Schulfreund Philipp ein. Er war, wohlwollend ausgedrückt, ein Lebenskünstler, der noch nie viel getan, aber zuweilen Kontakte in die Unterwelt gepflegt und deshalb eigentlich für alles eine einfache Lösung parat hatte. Sie rief ihn an.

»Du, Amelie? Guten Morgen. Schön, dass du anrufst. Hast du etwas auf dem Herzen?«, hörte sie seine verschlafene Stimme unter gequälten Trägheitsseufzern sagen.

»Guten Morgen, Philipp. Ich brauche deine Hilfe. Aber nur, wenn du dich nicht über mich lustig machst«, sagte sie.

»Wie könnte ich?«, erwiderte er. »Also, schieß los.«

»Kannst du mir Viagra besorgen? Ich brauche es sofort.«

Kurz blieb es still in ihrem Hörer, dann vernahm sie ein Räuspern.

»Das müsste gehen. Aber was ist mit dir? Wenn ich fragen darf.«

Sie überhörte seine Frage.

»Wo kann ich es abholen?«

»Ein paar Minuten brauche ich«, sagte er. »Ich melde mich bei dir.«

Sie ging in ein Café und bestellte einen Cappuccino. Die Wartezeit wurde beunruhigend. Ihre Gedanken schwirrten wie Bienen im Kopf umher. Sie fragte sich, ob sie mit Mario gemeinsam über dieses Unterfangen würde lachen können, oder ob es beschämend werden würde und sie vielleicht nicht mehr zu einem normalen Umgang zurückfänden. Philipps Anruf unterbrach ihre Gedanken.

»Kennst du die Taverne Bosporus in der Nordstadt?«

»Kennen ist übertrieben«, erwiderte sie.

»Das sollte reichen. Verlang dort nach Ronny.«

»Du bist dir aber sicher, dass ich da wieder heil herauskomme?«

»Keine Sorge«, lachte er. »Es sieht schlimmer aus, als es ist. Aber sieh dich vor: Der Preis ist gesalzen, um die zweihundert Euro pro Schachtel.«

Amelie schluckte.

»Das ist auch schon der einzige Haken«, fuhr Philipp fort. »Der Preis trägt eben dem Geschäft mit der Scham oder der Verfügbarkeit Rechnung.«

Sie überlegte kurz. Doch zurück wollte und konnte sie nicht mehr.

»Ich bin dabei. Danke dir, Philipp. Du hast etwas gut bei mir. Aber nichts Juristisches!«

Er lachte. Dann legte sie auf, bezahlte den Cappuccino und fuhr mit dem Fahrrad zum beschriebenen Ort.

Das Bosporus war tatsächlich eine Spelunke, der Raum eng, mit einem braunen Teppichboden ausgelegt, auf dem acht nackte Plastiktische mit je vier Stühlen standen. An einem Tisch spielten drei bullige Männer Poker, ansonsten war die Gaststätte leer. Sie trat zögernd ein und sagte Guten Tag. Die Männer blickten kurz auf und wandten sich ohne ein Wort wieder ihrem Spiel zu.

»Entschuldigung, ich suche Ronny«, sagte sie vom Eingang aus.

Einer zeigte auf einen Durchgang hinter dem unbeleuchteten Tresen. Als sie den hinteren Bereich betreten wollte, kam ihr Ronny schon entgegen.

»Ja, hallo«, rief er. »Du kommst wegen dem Stoff?«

»Genau.«

»Ich hab mir dich anders vorgestellt«, ließ er sie zwinkernd wissen, während er ihr gleichzeitig mit einer Handbewegung zu verstehen gab, ihm zu folgen. Seine freundliche Offenheit überraschte sie und trug zu ein wenig mehr Wohlbefinden bei. Bloß seine Reaktion auf ihren Anblick hatte einen Moment lang ihre Unsicherheit neu geschürt, ob ihr Vorhaben nicht der größte Blödsinn war, den sie sich je geleistet hatte. Er führte sie in ein enges Hinterzimmer und bot ihr auf einem klapprigen Hocker Platz an. Dann öffnete er einen großen Wandschrank, in dem von oben bis unten Kartons gestapelt waren. Zielsicher zog er einen aus dem untersten Fach, entnahm ihm eine Schachtel und legte sie ihr hin.

»Hier ist das Wundermittel. Damit kann nichts schiefgehen«, sagte er. »Über den Preis bist du informiert?«

Sie zählte ihm die Scheine in die Hand, steckte die Schachtel ein, verabschiedete sich und verließ die Kaschemme. Bevor sie ganz durch die Tür war, rief Ronny ihr noch nach:

»Maximal zwei, und dann dreißig bis sechzig Minuten warten!«

Im Gehen drehte sie sich um und nickte ihm zu.

Mario saß unverändert auf dem Balkon, als sie zu Hause ankam. Weil sie nicht wusste, was während ihrer Abwesenheit in ihm vorgegangen war, verkündete sie sogleich:

»Alles, was ich vorher angedroht habe, wird jetzt wahr. Ich zähle auf deine Kooperation. Es gibt kein Zurück mehr.«

»Du hättest mich enttäuscht, wenn du beim Einkauf gescheitert wärst«, sagte er lächelnd.

Sie schlug mit der flachen Hand auf ihre umgehängte Handtasche.

»Hier ist es.«

»Ich bin gespannt«, erwiderte er.

Sie hatte eine Angstreaktion erwartet. Und plötzlich hatte sie das Bedürfnis, das Vorhaben selbst abzubrechen.

»Lass die Packung mal sehen«, unterbrach Mario ihre Gedanken.

»Nichts da«, erwiderte sie und warf sich die Handtasche hinter den Rücken. »Ich verabreiche dir die Medizin!«

Sie ging in die Küche und drückte zwei Tabletten aus der Verpackung. Bei solch massiven Blockaden erschien ihr die höhere Dosis angemessen. Dann reichte sie ihm zusammen mit einem Glas Wasser die Pillen. Er zögerte kurz und schluckte sie. Sie beobachtete ihn. Eine ganze Weile schwiegen sie. Sie saßen auf dem Balkon und genossen gequält den Blick über die Dächer mit den bunt bepflanzten Terrassen und gemusterten Sonnenschirmen. Keiner wusste, was als Nächstes passieren würde. Sie klebten auf den Stühlen, beinahe reglos. Nur ihre Blicke schweiften umher, manchmal trafen sie sich, flüchtig, wie aus Versehen.

»Spürst du etwas?«, fragte sie nach einer unendlich langen Weile, weil sie die starre Stille nicht mehr ertrug, und wusste im selben Moment, dass sie das Falsche sagte. Deshalb versuchte sie zu lachen.

»Ich gebe dir rechtzeitig Bescheid«, erwiderte er und rang sich ebenfalls ein Lächeln ab.

Danach schauten sie wieder über die Dächer. Die Sonne stand hoch am Himmel, es ging gegen eins.

»Möchtest du noch einen Kaffee?«, fragte sie.

»Gerne«, antwortete er.

Sie stand erleichtert auf und ging in die Küche. Ihr Herz pochte, als sie die Maschine einschaltete. Auch ihre Hände zitterten. Kurz lehnte sie sich mit der Stirn an die Wand. Dann setzte sie ihre fahrigen Handgriffe fort. Der Kaffee schwappte über, beinahe wäre eine Tasse zu Bruch gegangen, das verklebte Kaffeepulver lag verstreut auf Tisch und Boden. Sie ließ es liegen. Um Katastrophen aufgrund ihrer derangierten Motorik zu verhindern, brachte sie zuerst nur seine Tasse hinaus. Sie fragte ihn wieder, wie er sich fühle.

»Keine Wirkung«, gab er einsilbig zurück.

Nach und nach waren sie einander fremd geworden. Sie war sich selbst fremd. Am Vormittag hatte er sich über die Situation, in die sie geraten waren, noch erheitern können, jetzt war sie seriös. Die Voraussetzungen, um miteinander zu schlafen, konnten nicht misslicher sein. Sie holte ihre Kaffeetasse und setzte sich ihm wieder gegenüber.

»Was machen wir jetzt?«, fragte sie.

Sie hielt die Trostlosigkeit kaum mehr aus.

»Jetzt trinken wir erst einmal Kaffee.«

In ihrer Beklommenheit sah sie ein Versuchskaninchen im Stall vor sich, ohne Mario noch wahrzunehmen. Sie warf sich vor, es nicht auf sich beruhen gelassen zu haben, dass er in sexueller Hinsicht unzugänglich war. Sie hätte darauf verzichten müssen, von ihm begehrt zu werden. Abgesehen davon hatten sie eine schöne Zeit miteinander verbracht. Während der wenigen Monate, die sie ihn kannte, hatte es viele außergewöhnliche Erlebnisse, darunter auch außergewöhnlich schöne gegeben. Sie konnte sich mit ihm treiben lassen, und es war unwichtig gewesen, wohin es sie treiben würde. Das hatte ihr Vergnügen bereitet und Kraft gespendet, es hatte ihrem Alltag die Absolutheit genommen. Aber jetzt fand sie keinen Ausweg mehr aus der entstandenen Beklommenheitslast. Am liebsten wollte sie Mario nun endgültig hinauskomplimentieren, doch dafür war es zu spät. Das konnte sie ihm jetzt nicht mehr antun.

Wenigstens begannen sie vorübergehend, ein paar Belanglosigkeiten auszutauschen, und ignorierten geflissentlich, warum sie stur auf dem Balkon hocken blieben. Der Kaffee war schon lange ausgetrunken. Sie war erschöpft und hatte von der Warterei genug. Er sprach kaum mehr, sein Blick, der immer noch flackernd in die Ferne gerichtet war, wirkte fahl. Ob er nach wie vor nichts spüre, fragte sie noch einmal leise. Er schüttelte den Kopf. Ob er erschüttert darüber war, dass selbst ein derartiges Mittel bei ihm keine Wirkung hatte, vermochte sie nicht zu sagen. Sie versuchte, die Aufmerksamkeit von der Erwartung wegzulenken, und sagte, dass es sich vielleicht um ein Placebo gehandelt habe.

Mario war nicht danach, solche Gespräche zu führen. Er schien auf einmal gereizt und ließ seinen Blick nicht mehr aus der Ferne zurückkehren. Sie rang mit der Übermacht ihrer Resignation, bis sie unterlag und sich einzig danach sehnte, der unerträglichen Starre, die sie beide gefangen hielt, zu entkommen. Sie schlug vor, Conny abzuholen und bei dem herrlichen Wetter baden zu gehen. Mario stimmte erkennbar erleichtert zu. Sie rief Conny an, dann packten sie ihre Sachen zusammen. Als sie bei Conny eintrafen, sprang Amelie aus dem Auto, Mario blieb sitzen. Sie klingelte. Es gab keine Gegensprechanlage, also musste sie zwei Treppen hinauf, als der Öffner surrte. Connys Freund, eine warmherzige Erscheinung, der ein paar Jahre älter wirkte als sie, bat sie herein. Er erzählte, dass er gleich arbeiten müsse, sonst hätte er sich ihnen gerne angeschlossen. Conny erschien mit ihrem Rucksack und verabschiedete sich liebevoll von ihm. Amelie legte erleichtert den Arm um Connys Schultern und geleitete sie die Treppe hinunter zum Wagen. Kaum waren sie eingestiegen, hellte sich die Stimmung auf, sodass sie auf der halbstündigen Fahrt heiter plaudern konnten. Sogar Mario war wieder zu dem einen oder anderen Scherz aufgelegt. Bester Dinge erreichten sie das Strandbad. Die Sonne brannte, die Luft glühte. Das Wetter war phantastisch, beinahe schon zu heiß. Der See lag gleißend vor ihnen. Einzig die vielen Menschen, die am Wochenende genauso wie sie die Seen aufsuchen, störten die Idylle. Es war zu voll. Deshalb lief Amelie sofort ins Wasser und schwamm den Bergen entgegen. Im Angesicht dieser Giganten, die vor ihr emporragten, erschien ihr alles, was den halben Tag auf ihr gelastet hatte, nichtig. Ihre Arme und Beine bewegten sich wie von selbst und trugen sie vom betriebsamen Ufer fort in die Stille. Von Zeit zu Zeit ließ sie sich auf dem Rücken treiben und konnte ihren

Anfall von Übereifer wie aus der Ferne betrachten. Manchmal kicherte sie sogar leise darüber. Mehr als zwei Stunden blieb sie im Wasser, ohne es zu merken. Die Sonne war ein beträchtliches Stück gewandert. Die Luft glühte nicht mehr, sie legte sich schwer auf See und Land. Vom Wasser aus beobachtete sie, dass sich das Ufer entvölkerte, konnte aber nicht genau ausmachen, wo sie sich niedergelassen hatten. Sie tastete mit den Augen das Ufer ab. Ihre Begleiter sah sie weder auf der Wiese noch im See. Je mehr sie sich näherte, desto mehr wunderte sie sich darüber, niemanden entdecken zu können. Als das Wasser zum Schwimmen zu flach wurde, lief sie zügig hinaus. Sie fand ihr Handtuch. Es lag verlassen da. Zuerst machte sie sich Vorwürfe, viel zu lange fortgeblieben und zu weit hinausgeschwommen zu sein. Sie wollte nachschauen, ob sie ihr eine Nachricht hinterlassen hatten, doch der Akku ihres Handys war leer. Daraufhin lief sie zu dem kleinen Biergarten, um zu sehen, ob sich Conny und Mario dort hingesetzt hatten. Den Tresen und jeden einzelnen Tisch suchte sie ab. Die beiden waren unauffindbar. Sie war ratlos, denn ohne sie kämen sie nicht nach Hause. Sie legte sich auf ihr Handtuch, um eine Weile abzuwarten und auszuruhen, nahm ein Buch zur Hand, schlief jedoch nach wenigen Zeilen ein. Als sie erwachte, war nur noch eine Handvoll Gäste übrig geblieben, die Szenerie überschaubar geworden. Die letzten packten ihre Sachen zusammen, im Biergarten wurden die Tische abgewischt. Sie richtete sich auf, spähte in alle Richtungen. Niemand war zu sehen. Sie zog sich an und schlenderte zum Ausgang. Kurz zögerte sie noch, dann ging sie zum Parkplatz und fuhr alleine zurück. Während der Fahrt spielte sich in ihrem Kopf wie hinter einem Schleier der Tag als ein bizarres Stück ab. Mehrfach besann sie sich, dass sie tatsächlich am Steuer ihres Wagens saß und sich die Ereignisse in der

Realität zugetragen hatten, sogar in ihrer eigenen Realität. Sie musste sich eingestehen, dass sie wie besessen versucht hatte, die außergewöhnliche Begegnung in gewöhnliche Bahnen zu lenken. Dieser Versuch war gescheitert. Glücklicherweise hatte es wenigstens den Badeausflug gegeben, dachte sie noch, wenigstens der zweite Teil des Tages war erträglich verlaufen und das Schwimmen hatte sie von ihrem Irrsinn erlöst. Der Morgen blieb die skurrile Episode.

Zu Hause angekommen, hängte sie ihr Handy sofort an die Steckdose – keine Nachricht, kein Anruf. Eine ganze Weile grübelte sie über den seltsamen Tagesausklang nach und wählte schließlich Marios Nummer. Es klingelte endlos, niemand nahm ab. Dann rief sie Conny an. Dort meldete sich schnell ein Anrufbeantworter. Sie hinterließ keine Nachricht. Sie war hin- und hergerissen zwischen Sorge, dass etwas passiert sein könnte, und Ärger darüber, dass die beiden sie ohne eine Botschaft zurückgelassen hatten. Bis Luna sie heute abgeholt hatte, hatte es weder von Mario noch von Conny ein Lebenszeichen gegeben. Allerdings war ihr am Morgen wieder einmal Marios Internetseite dienlich gewesen. Dort hatte sie eine vom Vortag datierte Änderung gesehen. Er lebte also noch. Das versetzte ihr einen Stich.

Luna war von Amelies Geschichte verwirrt und klang hilflos, als sie sagte, dass es für das Verschwinden gewiss wieder eine Erklärung gebe, da diese Beziehung von Beginn an nichts mit üblichen Gepflogenheiten zu tun gehabt habe.

»Ich hoffe aber, dass es dir gelingt, auf diese Erklärung verzichten zu können. Du hast Mario in einer Krise kennengelernt und nicht von ihm erwarten können, dass er Ordnung in dein Leben bringen würde. Das liegt außerhalb seiner Zuständigkeit. Deshalb gibt es auch keinen Anlass, ihn zu verteufeln. Vielleicht kannst du diese Zeit ja sogar als einen Urlaub betrachten. Ein Urlaub wird erst dann zur Oase, wenn er andere Nerven reizt als der Alltag.«

»Einen Reiz kann ich im Hinblick auf die vergangenen Monate wirklich nicht leugnen«, erwiderte Amelie leise.

»Wenn die Krise geht, kannst du auch ihn gehen lassen«, fügte Luna hoffnungsspendend hinzu.

»Zwar ist es mir nicht richtig ins Bewusstsein gelangt, aber ich weiß natürlich, dass Mario anderen Gesetzen folgt als jenen, die in meinem Leben Gültigkeit haben«, gestand Amelie ein. »Ich glaube ihm nicht mehr und glaube ihm auch nicht nicht. Ich sage nicht, er sei ein Lügner, und glaube ihm nicht. Ohne dass ich imstande war, alles genau zu begreifen, hat er meine eingesperrte Sehnsucht gestreichelt und zum Tanz eingeladen. Und jetzt lässt er mich wie ein Mauerblümchen auf meinem Stuhl hocken. Ich fühle mich von ihm verraten. Zutiefst verraten. Warum tut er das? Das schmerzt. Ganz fürchterlich.«

»Du musst dir Zeit nehmen«, sagte Luna liebevoll und schlug vor, noch einen Blick in die Karte zu werfen und ein Dessert zu bestellen.

Amelie entschied sich für ein Grießsoufflé mit Beeren, Luna für ein Apfelquarksoufflé mit Joghurt und Minze. Nach dem Essen legten sie sich mit einem Glas Champagner auf die Liegestühle am Wiesengrund der Waldlichtung und blickten in Amelies Sternenschar, die weit größer als gewöhnlich war, während Luna ihre Hand hielt.

»In Marios Augen sah ich Furcht. Dass ich vermutlich nicht nur seine, sondern auch meine eigene sah, dass wir darin miteinander verflochten waren, kann ich erst in der Rückschau erkennen.«

»Es berührt«, sagt Herr Blum, »wenn man sich, sei es, ohne es zu wissen, im Gegenüber wiederfindet wie in einem Spiegel. Wenn wir morgens im Badezimmer in den Spiegel schauen, nehmen wir uns auch nicht getrennt von demjenigen wahr, der uns entgegenblickt.«

»Sehen Sie? Schauen ist schwieriger, als man denkt«, sagt Amelie und lächelt. »Die Augen blicken nur geradeaus. Sie können nicht gleichzeitig das Spiegelbild und dessen Quelle ausmachen. Dafür müssen Sie den Kopf zur Hilfe nehmen. Aber der pfuscht einem meistens dazwischen.«

»Dass die Augen nicht das Ganze sehen, das müssen Sie sich nicht vorwerfen.«

»Ich werfe es mir nicht vor. Ich nehme es zur Kenntnis. Hilflos.«

»So tragisch es ist, müssten wir alles, gar alles sehen, ohne dass der Geist ordnet, lauerten überall Gefahren. Stellen Sie sich in dem Zustand eine Fahrt mit dem Auto vor. Unmöglich. Der Geist gibt uns auch Sicherheit.«

»Und doch wäre es schön«, sagt Amelie, »seiner Wahrnehmung Vertrauen schenken zu können. Aber wir: Je weiter das Wahrgenommene von uns entfernt ist, desto interpretationsfreudiger werden wir. Man kann es auch anders ausdrücken: Wir stürzen uns auf das Wohlbekannte, sei es noch so beklemmend, dann macht es weniger Mühe. Und der Knoten ist festgezurrt.«

Herr Blum scheint darüber nachzudenken, während sein Blick konzentriert auf ihr ruht.

»Eine Mandantin«, fährt sie fort, »sie übersetzte indische Literatur, erzählte mir von dem Theosophen Jiddu Krishnamurti. Er sagt, dass wir Menschen uns stets ein Bild vom anderen machten und eine wirkliche Begegnung verhinderten, weil wir nur die Bilder miteinander in Beziehung treten ließen.«

»Das ist sehr gut gesagt. Man spürt gleich, dass er recht hat und dann an unseren Begegnungen etwas nicht stimmen kann. Aber wenn ich jetzt erklären sollte, was genau sich da abspielt … Da muss ich passen. Das ist mir nicht greifbar.«

»Mir auch nicht. Der Verstand braucht Bilder, er braucht eine Form, also Grenzen. Räumliche Grenzen. Was ist es, das wir staunend betrachten, wenn der Schmied sein Eisen schmiedet? Eine feurige Glut und einen wilden Funkentanz. Aber die Kraft, die dieses Geschehen ermöglicht, sie ist unsichtbar.«

»Trotzdem spürbar«, sagt Herr Blum. »Sonst würden wir nicht staunen, über eine unzählbare Zahl an Funken.«

»Man müsste nicht zählen. Schauen genügt. Nur, was für ein Schauen? Im Sommer habe ich das Sternbild Skorpion beobachtet. Jetzt im Herbst steht die Sonne darin, die am Horizont mit ihm zusammen auf- und untergeht, und überstrahlt es mit ihrem Licht. Aber es ist da. Da oben.«

Sie weist mit dem Zeigefinger zur Decke.

»Sein gebogener Schwanz ist in unseren Breiten sogar

niemals zu sehen. All das spielte beim Beobachten keine Rolle.«

»Sie sind die Beobachterin des Skorpions gewesen. Und das Sternbild haben Sie vermutlich anders beobachtet als sich selbst, wenn ich an Ihre Schilderungen der Situation zurückdenke, die zunächst zu Ihrem Kündigungsversuch geführt hat.«

»Wenn sich Vergangenheit und Zukunft des Beobachtens und Beobachters ermächtigen, kann es gefährlich werden. Dass ich mich auf einmal selbst beobachten musste, war kein bisschen angenehm. Ich habe mich verachtet für das, was ich sah, es war entsetzlich. Das konnte ich natürlich nicht ertragen. So und so bin ich, weil ich das und das machte. Und ich müsste anders leben, auch wenn ich keine Vorstellung davon hatte, wie, indem ich auf jeden Fall anderes täte, als ich tat. Das habe ich nicht geschafft. Also ging es wie auf einem Karussell von vorne los.«

»Und Sie selbst, die das sah, haben Sie ganz vergessen.«

»Das kann man sagen. Vorausgesetzt, ich habe je von mir gewusst.«

Amelie lacht kurz.

»Aber das Vergessen im landläufigen Sinn«, fährt sie fort, »kommt mir so vor, als meine es, mein Vergehen sei gewesen, dass ich meinem Verstand nicht greifbar war. Dabei waren die elenden Gedanken verantwortlich für mein Lebensgefühlsdesaster. Ihre Anklage, meine Starre. Der Verstand kann doch Zeit gar nicht erfassen. Er meint es. Aber das, was er als Zeit begreift, sind nichts als Vergleiche. Du vergleichst zwei Zeigerstände auf der Uhr und sagst, jetzt seien zehn Minuten vergangen. Du meinst aus Erfahrung zu wissen, was in zehn Minuten zu geschehen habe. Vielleicht gibt dir auch die Sonne eine Auskunft über die Zeit, weil sie erst im Osten stand und dann gen Westen gewandert ist. Dass das ohnehin falsch ist und die Sonne nicht wandert, wissen wir.«

»Das stimmt«, sagt Herr Blum nachdenklich. »Aber wie sagt man es richtig? Man dürfte nicht sagen, was man sieht, denn ich sehe die Erde sich nicht drehen. Das Einzige, was stimmt, ist, dass die Sonne jetzt gerade im Südwesten steht.«

Er weist mit dem Daumen über seine Schulter zum vergitterten Fenster schräg hinter sich. Er scheint diesen Gedanken nachzuhängen. Dann wendet er auf einmal den Blick, macht den Anschein, als schüttelte er seine Grübeleien ab, lacht kurz und sagt:

»Ach Amelie, ich hänge fest in meiner Perspektive.«

»Wenn Sie der Einzige wären, fiele das kein bisschen ins Gewicht«, beruhigt sie ihn. »Wir haben unsere Hilfsmittelchen, damit wir begreifen, was wir nicht begreifen. Die Bewegung von einem zum anderen Punkt erhält die Definition einer Zeitangabe, damit wir Zeit begreifen. Mir erscheint das inzwischen zu klein, der Größe, Unendlichkeit und Ewigkeit der Bewegung des Universums unwürdig. Und im eigenen Leben, wenn wir gerade nicht auf die Uhr schauen, reden wir von Zeit und ziehen dafür Vergleiche erlebter Erfahrung oder herbeigesehnter Erfahrung heran. Das muss ja nicht immer schlecht sein. Aber warum nennt es sich Zeit? Warum bleibt es nicht das, was es ist? Wenn wir etwas sagen, einen Gedanken formulieren, ist seine Substanz schon Vergangenheit, übrig bleiben die Wörter. Und Zukunft ist reine Vorstellung, eine oft schöne Illusion, brauchbar für den gegenwärtigen Wahn, einen wie auch immer gearteten Erlösungswahn. Aber weder das eine noch das andere ist existent. Existent ist einzig die Gegenwart. Nur, die Gegenwart lässt sich nicht in Zeit messen, weil sie sich sofort entzieht und in die nicht existente Vergangenheit entwischt. Kein Vorher und Nachher zu denken …«

Amelie lacht kurz und schüttelt den Kopf.

»Was für ein Satz! Ein Widerspruch in sich. Ich korrigiere mich: Sich von einem Vorher und Nachher zu lösen, es zu vergessen, das schafft das Bewusstsein nicht. Und reine Gegenwart unterwirft sich keinem Messinstrument. Reine Gegenwart ist ein Zustand. In dem Zustand könnte alles versammelt sein, sogar alles zugleich geschehen.«

»Ach Amelie, Sie überfordern einen älteren Herrn«, lacht Herr Blum. »Irgendwie begreife ich, was Sie meinen. Aber wenn ich etwas sagen will, weiß ich auf einmal nicht mehr, was oder wie.«

»Ich doch auch nicht. Ich beschreibe nur, was ich nicht weiß. Zeitlosigkeit und Raumlosigkeit sind zu hoch für uns Menschen, zu hoch für den Verstand. Sie müssen etwas Göttliches sein, befreit von menschlicher Logik. Etwas Vollkommenes. Einfach das Ganze …«

»… das wir in Einzelheiten spalten.«

Amelie schweigt. Dann fährt Herr Blum fort:

»Doch manche Begegnungen tragen einen Hauch des Ganzen in sich. Eine Kraft. Und diesen Hauch nehmen wir wahr. Das beschränkt sich nicht auf menschliche Begegnungen. Ich habe den Hauch manchmal in der Natur gespürt, im Wald oder in den Bergen oder auf See. Und ich bin sicher, Sie haben ihn in Mario gespürt, in seinen Augen, seiner Musik, seiner Furcht, seinem Schmerz.«

Amelie blickt auf ihre Hände, die gespreizten Finger auf den Oberschenkeln. Ruhe und Wärme durchströmen sie.

»Amelie, ich wage es, diesen Hauch Liebe zu nennen. Er ist da, auch wenn der sogenannte Verstand sich einmischt und sagt, das und das und das sei aber so und so und so. Daran ist dieser Hauch unbeteiligt.«

Anfang September war Luna wieder zu einer langen Reise aufgebrochen, erneut nach Norwegen, doch dieses Mal nach Spitzbergen, bevor die Sonne dort nicht mehr scheinen würde. Und vier Wochen nach dem Ausflug zum See mit Mario und Conny begann das zweite Semester der Astrologieschule. Amelie hatte sich in den vergangenen Tagen bemüht – und nicht ganz ohne Erfolg, die durch das bevorstehende Wiedersehen mit Mario getrübte Vorfreude aufzuklaren. Kaum nahte eine Gedankenverführung, hatte sie, was immer das Spätsommerwetter ihr bot, die Laufschuhe geschnürt und war bis zur Erschöpfung gerannt. Ab und zu hatte sie in den vorangegangenen Wochen im Netz nach ihm geschaut und erfahren, dass es ihn noch gab. Im wirklichen Leben kein Wort von ihm. Als sie nun vor der Schule aus dem Auto stieg, sah sie ihn im Dunkelheit werden wollenden Dämmerlicht den Hof betreten. Sie folgte ihm hinein, da trafen sich ihre Blicke. Er sah verändert aus, war dünn geworden, wirkte beinahe ausgezehrt. Sie ging auf ihn zu.

»Was war los an dem Tag am See? Wieso habe ich nie wieder von dir gehört?«

Mario schenkte ihr ein paar unscheinbare Funken seines flackernden Blicks und sagte:

»Tut mir leid, Amelie. Ich hätte dich anrufen müssen. Aber über mir stürzt gerade alles zusammen.«

»Und was ist los?«

»Ich kann es dir nicht sagen. Bitte sei mir nicht böse. An dem Tag hat alles angefangen. Ich weiß gar nicht, was ich sagen soll. Ich kann noch nicht mal etwas denken.«

»Wo ist Conny?«, fragte Amelie weiter.

»Sie hatte kein Geld für die Schule und will ein Semester aussetzen«, gab er zurück.

Amelie betrat den Klassenraum und suchte sich einen Platz, nach dem Unterricht fuhr sie ohne ein weiteres Wort nach Hause. Die Nacht wurde unruhig, nur kurze empfindungslose Intervalle im Dämmerschlaf. Um vier Uhr legte sie nahezu hoffnungslos die Schlafmaske irgendeiner Fluggesellschaft über die Augen, um fünf stand sie auf. Sie brachte Wasser zum Kochen und goss einen schwarzen Tee auf. Sie zog sich einen Wollpullover über, holte das Teleskop aus dem Schrank, trat auf den Balkon, stellte die dampfende Tasse auf den Tisch und blickte in den Himmel. Im Osten lag die zarte Mondsichel wie in eine schwarze Wiege gebettet. Gleich darunter erspähte sie Jupiter, heller leuchtend als alle Sterne des Firmaments. Er war zurückgekehrt, war wieder kräftig. Er hatte den Löwen verlassen und sich der Jungfrau genähert. Dann ein zweiter Strahler, Merkur, der Bote, der Hermes der Römer, der Verkünder von Zeus' Willen, der Erklärer, der Begreifbarmacher, der sich schneller fortbewegte als das Licht, der Begleiter der Seelen auf ihrem Weg in den Hades, und: Merkur, der Sonne am nächsten, an jenem Morgen Jupiters engster Gefährte. Als die Morgendämmerung das Dreiergespann verschluckte, war der Tee erkaltet. Amelie nahm die Tasse, ging hinein, überließ sich ihrem Morgenritual und dem Rest des Tages.

Früh verließ sie am Nachmittag die Kanzlei. Kugler, der im selben Moment in den Korridor trat, schaute ihr schweigend nach, als sie die Tür erreichte und ihm beim Hinausgehen einen schönen Feierabend wünschte. Zu Hause warf sie ihre Tasche aufs Sofa und machte sich zum Laufen bereit. Es war kalt und klar. Eine Stunde lang in Begleitung von Bachs Kantaten. Sie wollte sie aushalten, und rennend schaffte sie es auch. Außerdem wollte sie rechtzeitig zur Dämmerung zurück sein, um ihre Lichter des Abendhimmels zu beobachten. Sie duschte heiß und kalt, zog sich eilig warm an und trat auf den Balkon. Als Erstes stach ihr im Südwesten nah am Horizont der Abendstern in die Linse, als ränge er trotz schwachen Scheins um ihre Teilnahme und seine Existenz, als Lichtträger sich hervorkämpfend aus der Dunkelheit. In seiner Nachbarschaft, im Schützen, flimmerte rötlich der Kämpfer Mars, weitaus weniger kämpferisch als vor ein paar Monaten noch. Und ein Stück weiter westlich Saturn, Abschied nehmend dicht am Horizont im Schlangenträger, der eine lange Himmelsschlange zwischen Kopf und Schwanz teilte. Saturn lief der Sonne entgegen und würde bald unsichtbar, wenn er sich in wenigen Wochen auf ihre andere Seite begab. Abschied nahmen auch die Sternbilder des Sommers, die sie durch die warme, helle Zeit begleitet hatten: der Schwan, in dessen Gestalt Zeus mit Nemesis die schöne Helena zeugte, die Leier, mit der Orpheus Hades betörte, und der Adler, den Zeus aus Zorn darüber, dass Prometheus den Menschen das den Göttern vorbehaltene Feuer gebracht hatte, unaufhörlich dessen Leber fressen ließ, bis Herakles' Pfeil den König der Lüfte erlegte. Dafür stellte sich am östlichen Horizont das Herbstviereck Pegasus ein, das fliegende Pferd, auf dem Sprung, den Himmel zu erobern, gefolgt von Andromeda, der Schönen, die um ein Haar von einem Seeungeheuer gefressen worden wäre, wäre ihr nicht Perseus auf seinem fliegenden Pferd zur Rettung geeilt. Andromeda, der Pfad hinaus aus unserer Galaxie. Die Sonne war längst untergegangen und hatte Venus und Saturn mit hinabgenommen. Mars harrte noch eine Weile aus in der Finsternis, bis auch er verschwand. Unterdessen waren vor Amelies Teleskop zwei neue Planeten erschienen, die sie zum ersten Mal erspähte: Uranus und Neptun, die äußersten Planeten unseres Sonnensystems. Uranus war dreimal so weit von der Erde entfernt wie Saturn und Neptun viermal so weit. Mit bloßem Auge waren Uranus kaum und Neptun überhaupt nicht zu erkennen. Aber durch ihr Teleskop konnte sie beide bläulich in der Schwärze schimmern sehen; Uranus, der Urhimmel, blasser als sein tiefblauer, geheimnisvoller Nachbar. Sie stellte das Teleskop scharf auf Uranus. Auch wenn sie ihn nur als kleines blaues, gleichsam unscheinbares Scheibchen wahrnahm, jetzt spielten Essen und Trinken keine Rolle mehr. Dass es ihr gelang, Teil dieser unvorstellbaren Ferne von drei Milliarden Kilometern zu werden, und dass diese Ferne sie in eine versunkene Gegenwart sog, zog sie an. Uranus war der wilde Umstürzer. Die Geburt seines Namensgebers Uranos war immerhin die Geburt der Welt. Die Erde in Gestalt der Göttin Gaia hatte das Urchaos bereits hervorgebracht gehabt, auch die Nacht und den tiefsten Ort der Unterwelt, in den nicht einmal Hades freiwillig hinabstieg. Zwar hatte das Chaos nichts Männliches, wohl aber die erotische Begierde erschaffen, die auch Gaia umfing. Deshalb gebar sie – ohne männliche Beteiligung – Uranos, das personifizierte Himmelsgewölbe, auf dass es sich über sie lege. So wurde der Sohn zum Geliebten, und zusammen wurden sie Eltern zahlloser Nachkommen, darunter nicht nur solcher, die Eltern vor Stolz bersten ließen, sondern auch einer Horde Scheusale. Kronos, mit dem sich Amelie bereits angefreundet hatte, war eines ihrer wohlgerateneren Kinder. Uranos entsprach seiner Bestimmung vorbildlich.

Tagaus, tagein lag er auf seiner Frau und erfreute sich der unaufhörlichen Begattung. Die störende Rasselbande versenkte er in den dunkelsten Tiefen der Erde, stopfte sie zurück in Gaias Schoß. Zwischen Himmel und Erde war ja auch gar kein Platz für Nachwuchs. Irgendwann hatte Gaia trotzdem genug von ihrem Mann, denn sie drohte, an ihrem prall gefüllten Bauch zu ersticken. Deshalb stiftete sie Kronos an, den Vater zu entmachten. Was das hieß, verstand Kronos sofort. Er schlich sich zu den Eltern, schnitt Uranos mit einer Sichel den Penis ab und schleuderte ihn ins Meer. Natürlich spritzte das Blut, und Uranos musste nun wohl oder übel von Gaia lassen. Doch seine Potenz war ungebrochen: Die von seinem Glied versprühten Blutstropfen brachten eine Schar Rachegeister und die kriegslüsternen Giganten in die Welt. Die Rachegeister wurden Kronos später zum Verhängnis, als er – in Folge seiner Tat – von den eigenen Söhnen entmachtet wurde. Aber auch die schöne Aphrodite, die Göttin der Liebe, durfte dank Uranos dem Wasser entsteigen. Dieses Uranus-Scheibchen, das in fast drei Milliarden Kilometern Entfernung um die Sonne zog und dafür vierundachtzig Jahre brauchte, war den alten Griechen bereits bekannt gewesen, aber nicht als Planet, sondern als Stern, weil er so blass war und so langsam wanderte. Und dann war er wieder in Vergessenheit geraten. Dass die Neuentdeckung dieses Umstürzers zeitlich mit dem entscheidenden Auslöser der Französischen Revolution zusammenfiel, nämlich der Veröffentlichung der katastrophalen Finanzlage der französischen Krone durch den Generalkontrolleur, passte ja, dachte Amelie und musste lachen.

Es war finstere Nacht geworden. Sämtliche Lichter waren erloschen. Nur noch das Sternenzelt über ihr und sie darunter, sie inmitten einer Geisterschar, denn unzählige

Körper waren schon lange tot, wenn ihr Licht die Erde erreichte. Neptun lebte, als sie ihr Teleskop auf ihn richtete. Aber er war nicht mehr der, den sie sah. Sein Licht benötigte vier Stunden, bis es zu ihr gelangte. Wer er jetzt sein mochte, konnte sie nicht sagen. Sie sah ihn, wie er nicht war.

Amelie ließ die Wochen unbeachtet verstreichen, die Zeit verfließen. Rennend betäubte sie ihre Regungen, spähend verschmolz ihre Seele mit den Abenteuern am Himmel. Wie über Nacht neigte sich der Oktober dem Ende entgegen, die Luft roch nach Winter. Mario erschien nur noch unregelmäßig zum Unterricht, warf ihr unruhige Blicke zu, ohne sich ihr zu nähern. Sie wähnte sich glorios unempfindlich. Nur die Tage, an denen er fehlte, störten die unerschütterliche Normalität, die sie sich wieder erschaffen hatte. Nur an diesen Tagen verspürte sie eine winzige innere Entgleisung und rannte tags darauf umso länger. Nun war er zweimal hintereinander nicht erschienen, dachte sie, als sie am Samstagvormittag am Küchentisch saß, Tee trank und ihre Augen über die Buchstaben in Karl Karenyis Griechischem Mythologiebuch wandern ließ. Sie stand auf, nahm das Telefon und wählte Philipps Nummer.

»Philipp, hier ist Amelie.«

»Hallo Amelie, wie geht es dir?«

»Gut, und dir?«

»Ich will jetzt nicht davon reden, aber ich bin seit Wochen gehetzt, renne, renne, renne. Und wenn ich schon renne, renne ich am liebsten zu dir. Wollen wir uns mal wieder sehen?«

»Unbedingt. Ich hätte von deinem Freund Ronny nämlich gerne mein Geld zurück. Das Zeug war wirkungslos.«

»Das gibt es doch nicht. Wie alt war denn dein Partner?«

»Zweiunddreißig«, antwortete Amelie.

Philipp schwieg. Dann sagte er:

»Hast du heute Abend Zeit? Ich lade dich zum Essen ein, und danach gehen wir ins Bosporus und stellen Ronny.«

Amelie stimmte zu.

Philipp hatte ein spanisches Restaurant ausgesucht. Nicht nur das Essen und der Wein, auch die Stimmung waren großartig. Ein Flamenco-Gitarrist riss die Gäste mit, dass alle nach dem Hauptgang auf den Tischen tanzten. Amelie und Philipp klatschten begeistert. So fröhlich und ausgelassen war sie seit Monaten nicht mehr gewesen.

Als sie das Lokal gegen elf verließen, hatte sie einen Schwips. Mit dem Taxi fuhren sie zum Bosporus, wo Ronny sie schon erwartete. Die drei Pokerspieler saßen wieder an ihrem Tisch, als hätten sie sich seit Wochen nicht dort wegbewegt. Ein paar andere Gäste aßen geräuschvoll Schnitzel mit Pommes und tranken Bier.

»Kommt rein«, rief Ronny mit ausgebreiteten Armen und drückte Amelie einen Kuss auf die Hand. »Ich habe hinten einen Tisch für uns freigehalten.«

Amelie und Philipp setzten sich. Ronny holte eine Flasche Rotwein und Gläser.

»Philipp sagte, dass es mit meinem Präparat Probleme gab«, begann er. »Wie alt war denn der Proband, wenn ich fragen darf?«

»Was soll diese Frage?«, erwiderte Amelie. »Ich dachte, es wirkt unter allen Umständen.«

»Da hast du recht«, räumte Ronny ein. »Ich hatte noch nie Beschwerden. Später kommt ein Kunde. Ich werde ihn fragen, ob er bereit ist, dir das zu bestätigen.«

»Der interessiert mich nicht«, sagte Amelie. »Es hat nicht funktioniert. Das reicht doch.«

»Er war erst zweiunddreißig«, warf Philipp ein. »Aber Amelie hat ihn vielleicht eingeschüchtert.«

»Habe ich nicht! Ich habe nur gewartet, nachdem ich vor der Einnahme erfolglos mein Bestes gegeben hatte.«

Philipp und Ronny begannen wie auf Kommando zu lachen.

»Was hast du?! Gewartet? Worauf? Auf Godot?«, prustete Ronny und rieb sich die Augen. »Der arme Kerl!«

Amelie musste jetzt auch lachen und sah vor sich, wie jämmerlich sie mit Mario, verzweifelt einer Regung harrend, über Stunden auf dem Balkon verbracht hatte. Philipp schenkte Wein nach. Sie stießen an. Da klingelte Ronnys Handy.

»Ja, komm vorbei. Ich bin da. – Schon gut. Ich höre nur gerade eine der besten Geschichten meines Lebens. Sie ist noch nicht zu Ende. Die junge Dame, die sie erzählt, zweifelt an der Qualität meiner Produkte. Kannst ihr ja von deinen Erfahrungen berichten. – Gut, bis gleich.«

Ronny legte auf.

»Er ist ein zufriedener Kunde und wird es dir bestätigen. Wenn du willst. Wie ging es denn dann weiter? Er hat die Pille genommen ...«

»Nein, zwei«, unterbrach Amelie ihn. »Und dann haben wir auf dem Balkon Kaffee getrunken und gewartet, dass sich etwas tut.«

Ronny bog sich vor Lachen. Unter Tränen fragte er: »Und dann?«

»Ja, irgendwann wurde es unerträglich, und wir sind mit einer gemeinsamen Freundin zum Baden gefahren.«

»Na, das war gut investiertes Geld«, warf Philipp ein.

Amelie trank drei Schlucke Wein hintereinander und dachte an Mario und daran, wie sie sich seit Semesterbeginn nur noch flüchtig grüßten, während Ronny und Philipp immer noch lachten und ihr zuprosteten.

»Jetzt will ich aber noch hören, ob wenigstens die andere den armen Tropf auf Touren gebracht hat«, sagte Ronny lachend.

Amelie erstarrte.

»Was war denn jetzt beim Baden?«, fragte Philipp ungeduldig mit vor Erwartung weit aufgerissenen Augen.

»Das bekomme ich heraus«, antwortete Amelie leise.

Ronny wurde zu seinen Gästen gerufen. Philipp war auf einmal still geworden. Er pustete Amelie mit einem weingeschwängerten Lufthauch eine Haarsträhne aus der Stirn und sagte:

»Ich habe dich immer bewundert, Amelie, für deine Stärke, mit der du so viel erträgst. Mich hat das, was einem im Leben widerfährt, unaufhörlich gelähmt. Wenn du Trost brauchst, ich bin da.«

Seine Worte klangen sanft in Amelies Ohren, ungewohnt, wie von einem anderen Philipp als dem, den sie seit dreißig Jahren kannte.

»Komm, ich bringe dich nach Hause.«

Wie der Hund den Hasen verfolgten Amelie, zu Hause angekommen, die Gedanken an den letzten Badetag mit Mario und Conny. Nur der strahlende Sonnenschein jenes Tages erschien ihr nicht. Die Umgebung war fahl, in Schatten gehüllt, die immer dunkler wurden. Sie schleppte sich durch ein Zimmer nach dem anderen, als plagte sie jeder Schritt unter der eigenen Last und zöge sie hinab in einen finsteren Ort. Heuchler! Heuchler! Heuchler!, schrie es in ihrem Kopf. Sie hatte Mühe zu atmen und kämpfte gegen die Tränen an, die die Schmerzlast hinauszupressen nicht müde wurde. Sie ging ins Schlafzimmer, zog sich aus, mühevoll, als entledigte sie sich einer bleiernen Kutte. Sie ließ alles zu Boden fallen. Dann sich selbst. Wie mit Pflöcken an Händen und Füßen in den Boden genagelt, lag sie nackt im Schlachtfeld ihrer Jacke, Bluse, Hose, Schuhe,

Strümpfe, Unterwäsche. Reglos. Sie sank in einen weinschweren, traumlosen Schlaf.

Als sie erwachte, hatte sich der erste Frost herbeigeschlichen und die schmale Wiese hinterm Haus überzuckert. Das Sonnenlicht gleißte durch den frühen Nebel, schwach genug, einen Schleier über die Schattenspuren zu werfen. Amelie legte sich ins Bett und schlief bis in den Nachmittag.

Luna rief an. Aus Spitzbergen. Sie habe so ein Gefühl gehabt und wolle sich nach Amelie erkundigen, wolle wissen, wie es ihr gehe.

»Ich kann mich nicht erinnern«, erwiderte Amelie.

»Jetzt mache ich mir tatsächlich Sorgen«, sagte Luna. »Wie hat es dieser Dieb nur geschafft, dir so das Herz zu stehlen?«

»Ich will jetzt nicht darüber reden«, sagte Amelie. »Erzähl du lieber etwas, wenn du willst, von Spitzbergen.«

»Spitzbergen ist eine andere Welt«, sagte Luna, »eine raue, keine liebliche. Inzwischen wird es schon nicht mehr hell.«

Ob Amelie das hören wolle, fragte sie noch.

»Ich höre«, sagte Amelie.

»Als ich in Longyearbyen ankam, erweckte der monströse Gletscher dort gleich den Anschein, als wollte er alles und jeden ins Innere seiner gewaltigen Trichtergipfel saugen. Es war nass und kalt und neblig, und die Ebene eine Schutthalde. Kein Baum, kein Busch, kein Pflänzchen, nur Eis und Geröll, darunter eine Menge Milliarden Jahre alte Fossilien, die Häuser auf eingefrorenen Pfählen.«

Mit einem Schneescooter sei sie zum Billefjord gebracht worden, um mit dem Schiff überzusetzen in die Geisterstadt Pyramiden. Nur noch drei Menschen lebten dort. Zur Begrüßung pfeifender Wind und schreiende Möwen.

»Über einen verrotteten Brettersteg ging ich an Land. Dort wurden den Touristen getrockneter Dorsch, getrocknete Heilbuttfettstreifen und getrocknetes Rentierherz verkauft. Ich habe alles probiert vor einem gespenstischen Spaziergang durch den verlassenen Ort am Fuße des Berges, dessen Formation an die ägyptische Sakkara-Pyramide erinnert. Danach heuerte ich auf einem Forschungsschiff an mit Kurs ins Packeis. Manche Fjorde waren unpassierbar, dicht treibende Eisschollen erzwangen Umwege. Im Lilliehöökfjord, der schon bald den Blick auf einen gigantischen Gletscher freigab, setzte plötzlich ein gewaltiger Sturm ein. Das Schiff wurde zum Schiffchen.«

Amelie hörte Luna reden. Doch in dieser höllischen Szenerie sah sie nicht Luna, die schöne Luna, die helle Luna, die freie Luna. Sie sah immer nur sich selbst vor sich.

»Ein Crewmitglied schrie: ›Das Eis kommt!‹«

Amelie zuckte zusammen.

»Der Kapitän machte sofort kehrt. Ob im Fjord oder auf offener See, überall trieb das Packeis auf uns zu. Das Schiff fuhr trotzdem so nah wie möglich an der Eiskante der Welt entlang. Bald begann es zu schneien, die Temperatur sank auf minus dreißig Grad. Ein Schneesturm kam hinzu. Das schwappende Salzwasser wurde im dichten Schnee zu einer zähen Masse Halbgefrorenes und zementierte die Eisschollen ein, sodass sie wohl kaum imstande sein würden, sich vor dem nächsten Frühling wieder freizuschwimmen. Die Crew arbeitete sich tapfer weiter, gen Nordwesten. Und dann ließ das Unwetter Gott sei Dank nach. Nur noch graue, dicke Wolken schienen sich auf das Schiff betten zu wollen. Immer deutlicher sichtbar wurden die zackigen Gletschergipfel im Smeereburgfjord im äußersten Nordwesten, denen Spitzbergen seinen Namen verdankt. Auf einmal wieder ein Schrei: ›Eisbären an Steuerbord!‹«

Wieder zuckte Amelie zusammen.

»Alle rannten zur Reling. Das Schiff drosselte den Schub. Da trottete ein einsamer weißer Riese gemächlich über die Schollen«, jubelte Luna. »Und kurz darauf sind zwei kleinere Eisbären hinterhergerannt gekommen, offenbar die Eisbärenkinder! Alle zusammen ließen sie sich von einer Scholle ins Wasser hinabgleiten.«

Luna hielt inne.

»Das Schiff nahm weiter Kurs gen Norden. Nichts als Eis. Irgendwann brüllte abermals jemand, abermals laut und wild: ›Wale an Backbord!‹«

Abermals fuhr es Amelie wie ein Stromschlag durch den Leib.

»Wieder rannten alle an die Reling, dieses Mal mit Sicht aufs offene Meer. Der Anblick machte verständlich, warum Spitzbergen einst Walfänger-Paradies war. Dort bäumte sich und tobte und rang und spielte nicht eine Handvoll, nein! Hunderte Schweinswale sausten umher und bevölkerten die Meeresoberfläche. Das war eine Sensation!«, rief Luna.

Von dort habe sich das Forschungsschiff dann auf sein eigentliches Ziel zubewegt, den Muschelhafen hoch im Norden, an der Mündung des größten Fjords von Spitzbergen.

»Den musste ich dann wieder hinunterkommen, allein. Die Forscher hatten mir zuvor versichert, man werde schon eine Mitfahrgelegenheit für mich auftreiben. Der Fjord schneidet über hundert Kilometer tief nach Süden in die Insel. Hinter seinem Ostufer ziehen sich fernab menschlicher Siedlungen Gletscherfelder durch eine zerklüftete Eiswüste, hier und da türmen sich steile Felswände empor und weiter südlich überragen die beiden höchsten Berge alles. Übermenschlich, diese Eislandschaft zu durchqueren. So stelle ich mir die Hölle vor.«

Aber zuvor, im Muschelhafen, sei Spitzbergen auf einmal friedlich geworden.

»Die Sonne lag schon tief unterm Horizont. Doch der Vollmond beschien den Himmel, das Eis, das Wasser, als könnte er mit genügend Kraftanstrengung die Dunkelheit verdrängen. Die Wolken schwammen in seinem Licht, die Wellen tanzten, die Eisschollen wippten. Am südlichen Horizont brach ein roter Schimmer hervor; die Sonne vollführte zum Abschied ein Lichtschauspiel, wechselte von Augenblick zu Augenblick Farbton und Intensität ihrer letzten Strahlen. Oben leuchtete der Polarstern in einem Lichtermeer. Kaum zu erahnen, dass es gegen Mittag ging.«

Luna machte eine Pause und fuhr gedämpft fort:

»Tiefe Stille, Amelie, untermalt vom dumpfen Kratzen der auf der See aneinander schabenden Eisschollen. Die milden Temperaturen von zehn Grad unter null luden zu Spaziergängen an der Abbruchkante ein.«

Dann hob sie die Stimme noch mal.

»Aber dann geschah etwas: Ein Eisblock, der gerade noch gegen alles gefeit angemutet hatte, als könnte ihn ein ganzes Heer überqueren, brach mit einem Donnerschlag aus der weißen Wand. Zum Vorschein kam ein kleines Schiff, nahezu unversehrt.«

»Ich kann nicht mehr«, sagte Amelie.

Luna bat sogleich um Verzeihung dafür, zu viel geredet zu haben.

»Ich beneide dich, Luna«, erwiderte Amelie matt, »weil du immer das Richtige tust und instinktsicher Entscheidungen triffst. Aber jetzt kann ich nicht weiter zuhören.«

»In ein paar Tagen bin ich zurück«, sagte Luna. Dann stehe ich dir ganz zur Seite. Und, Amelie, falls du schon vorher die überfällige Entscheidung triffst, dich endgültig von deinen Gedanken an Mario zu lösen, stoßen wir gemeinsam darauf an.«

Dann verabschiedete sie sich.

Amelie legte sich in die Badewanne und schloss die Augen. Ihr erschienen die Trümmerhaufen, das Geröll, die Schutthalde, Felsklüfte, die steinige Eiswüste und die gefräßigen Trichtergletschergipfel, von denen Luna berichtet hatte. Sie sah Stürme und Schlünde und vermochte sich nicht aus ihnen zu befreien. Sie glitt tiefer in die Wanne. Das unter einer seichten Schaumkrone violett gefärbte Wasser stieg ihr übers Kinn bis zur Unterlippe, legte sich um ihren Hals und verschloss ihr die Ohren. Kein Fingerbreit Luft. Ihr Blut machte sich bemerkbar, stieg ihr als beißender Taumel in den Kopf. Als kröche aus dem kalten Geröll eine erhitzte Schlange und wände sich um ihren Hals, dass ihr das Atmen schwer wurde und das Bewusstsein erstickte. Eine zweite kroch hervor. Sie knotete sich mit aufgesperrtem Rachen um die erste zu einem scheußlichen Knäuel. Beide dampften aus den Mäulern, vermengten ihren Qualm. Amelie überkam Ekel. Die ineinander verschlungenen Schlangenkörper hoben ihre Köpfe, spien abermals heißen Dampf, der Blick des einen Schlangentiers begann, in alle Richtungen zu flackern.

Das bleibt dir nicht erspart, zischte die Schlange.

Was?, fragte Amelie.

Meine Augen, erwiderte das Tier.

Pssst, machte Amelie, schau!

Das Tier drehte sich zur anderen Schlange hin, deren Augen sich gerade ins Aufwärts verloren, dann erstarrten, erblindet. Vor Ohnmacht. Vor Glück. Dabei reckte dieses Tier, dieses ihr ach so bekannte Tier, den Kopf in den Nacken, der lange Rumpf bog sich weit hinten über, bevor er wie ein zu tief hinabgezogener Zweig einer Trauerweide zurückschnellte, mit einem klatschenden Schlag auf den anderen Körper peitschte, sich wieder mit ihm verknäulte, verschmolz und in seliger Reglosigkeit liegend erstarrte. Tier und Tier ist Tiertier. Das seid ihr. Amelie hatte genug von dem, was ihr die zwei Schlangen vormachten. Sie riss die Augen auf. Mit den Füßen stieß sie sich an der Badewanne ab und stand auf. Sie stieg aus dem Wasser, schraubte den Stöpsel heraus und sah die violette Suppe im Abfluss versickern. Sie dachte wieder an Luna, die entschlossene, unermüdliche, unverdrossen tätige Luna. Sie trocknete sich rasch ab und zog sich an.

Dann nahm sie das Telefon.

»Ja«, hörte sie Connys Stimme.

»Hallo Conny, hier ist Amelie.«

»Amelie! Wie schön, dass du dich meldest. Leider bin ich ja dieses Semester zu klamm für die Schule. Wie geht es dir?«

»Ganz gut. Und dir?«

»Mir geht es gut. Bis auf das Geld eben.«

»Hast du nicht Lust, noch mal einen Film für uns auszusuchen?«

»Natürlich! Sehr gerne. Wann hast du Zeit?«

»Wann du willst. Heute geht es. Morgen auch. Du bist selbstverständlich eingeladen, das ist klar.«

»Ich schaue, ob es heute etwas gibt, und melde mich.«

Warum Conny dann die Komödie *Männertag,* ein schales Remake des amerikanischen Slapstick-Versuchs *Kindsköpfe,* auswählte, die vier alten Freunden anlässlich des Vatertags reichlich Gelegenheit zum Saufen und Regredieren gibt, versäumte Amelie zu fragen. Geschenkt, dachte sie. Wichtiger war ihr das Danach, als sie gemeinsam ein Café aufsuchten. Sie setzten sich an einen kleinen

Tisch in der Ecke. Amelie bestellte ein Glas Rotwein, Conny eine Mangosaftschorle.

»Schön, dass es so spontan geklappt hat«, sagte Amelie und legte ihre Hand kurz auf Connys.

Die Getränke wurden gebracht.

»Prost!«

Conny hob ihr Glas und blickte Amelie fröhlich an.

»Und vielen Dank für die Einladung. Ich war schon lange nicht mehr vor der Tür.«

»Nicht der Rede wert, Conny. Das Wetter ist ja schlecht genug geworden, sodass dir dein entzückender Freund Gesellschaft leisten kann.«

»Die Beziehung zu ihm ähnelt derzeit leider meiner finanziellen Lage: ziemlich mies.«

»War das nicht ein alter Hut, der immer wieder zu flicken ist?«

»Dieses Mal wahrscheinlich nicht. Ich bin aber noch nicht ganz sicher. Ich lebe zu auf den Tag X. Der wird die Antwort bringen.«

»Mit unbekannten Variablen kenne ich mich aus. Das kannst du mir glauben. Aber auch damit, dass meistens alles gut ausgeht«, log Amelie.

»Amelie, ich bin einfach froh, heute mit dir hier zu sein.«

Amelie schwieg und trank einen Schluck. Auch Conny trank und blickte nachdenklich in ihr Glas.

»Amelie, ich muss mich jemandem anvertrauen. Darf ich?«

»Ich hoffe, ich kann dir helfen.«

»Egal, es erleichtert mich schon, wenn ich nicht mehr alleine damit bin. Helfen kann man mir sowieso nicht.«

Amelie drängte die anrückenden Gedanken an die Schlangen und ihren Ekel zurück. Um äußerlich gelassen erscheinen zu können, geriet jede Zelle ihres Körpers in Hochspannung. Sie kontrollierte jeden Reiz wie eine Marionettenspielerin, die über die leichtfertigen Zuckungen der Puppenglieder herrscht.

»Eigentlich bin ich dir ohnehin noch eine Erklärung schuldig«, begann Conny. »Das hatte ich in den Wirren ganz vergessen. Es tut mir leid, Amelie. Dann mache ich jetzt den Rundumschlag.«

»So schlimm wird es schon nicht werden«, sagte Amelie schal lachend und strich Conny hastig über den Oberarm.

»Ich war doch selbst überrascht. Aber kurz nachdem du damals am See ins Wasser gegangen warst, wurde Mario auf einmal ungewohnt zutraulich. Er strich mir die Haarsträhnen aus dem Gesicht, dann strich er mir sanft über den Hals und dann auch über die Brust.«

Amelie nahm ihr Glas zur Hand, um mögliche Regungen in nachvollziehbare Bahnen zu lenken, trank einen Schluck und straffte die Fäden ihrer Marionettenschar.

»Kannst du dir das bei ihm vorstellen?«, fragte Conny und redete sogleich weiter. »Zuerst habe ich nicht reagiert. Vor Erstaunen. Aber dann merkte ich, dass mich die Annäherung glücklich machte. Und tun musste ich fast nichts. Er griff die kleinste Reaktion von mir auf und steigerte sie. Ja, er steigerte sie ins Unermessliche, Amelie. Das war sonderbar. Und schön. Jetzt kannst du dir schon denken, wo das hingeführt hat.«

»Wahrscheinlich ins Dickicht.«

Conny grinste verstohlen.

»Das klingt keineswegs nach einer Katastrophe«, fügte Amelie noch schnell hinzu.

»Du hast recht. Das müsste alles keine Katastrophe sein. Ich bin doch auch glücklich. Das gebe ich zu. Wir werden eine Lösung finden, wenn wir uns lieben.«

Jetzt strahlte Conny wieder wie meistens, wenn Amelie ihr begegnet war.

»Denn weißt du, Amelie, da ist noch etwas ... ich bin schwanger! Das ist doch ein Zeichen, oder?«

Amelie entschied sich jetzt für die Gewaltherrschaft über ihre Zellen und hellte das Gesicht auf.

»Conny, so etwas darf keine Katastrophe sein. Ich gratuliere dir.«

Sie hatte Glück, dass ihre Worte Conny offensichtlich ermunterten und einen nicht zu bremsenden Redefluss auslösten, dem Amelie Unbeobachtetheit verdankte und der sie über Connys Ahnungslosigkeit unterrichtete, wer für die Vaterschaft verantwortlich sei.

Warum sie, nachdem sie Conny abgesetzt hatte, nicht nach Hause, sondern in Marios Straße fuhr, wollte sie nicht wissen. Sie parkte das Auto dicht an einem Müllcontainer gegenüber seiner Haustür, stellte den Motor ab und löschte das Licht. Aus dem Autolautsprecher perlten kaum hörbar Bachs Goldberg-Variationen in den dunklen Innenraum. Sie verrenkte sich, um zugleich die Haustür und das kleine Fenster von Marios Wohnung im vierten Stock im Blick zu haben. Das Gebäude war dunkel bis auf ein Fenster der ersten Etage. Sie wartete. Ihr Blick sprang vom Eingang zum Fenster, vom Fenster zum Eingang. Einmal durchfuhr sie ein Schauer, als im Oberlicht der Haustür ein fahler Schein erglomm. Sie starrte gebannt hin, rang nach Atem. Dann erlosch das Licht wieder, ohne dass sich die Tür geöffnet hatte. Amelie ließ den Motor an und fuhr los. Sie fror.

Am nächsten Dienstag erschien Mario zum dritten Mal nicht im Unterricht. Ihre Gedanken drifteten davon, entglitten ihr. Immer wieder verschafften sich die Schlangen, die Felsklippen, das Geröll und die Eisöde Zutritt, als hätte ihr Kopf tausend Türen, durch die es zog. Schlug sie eine zu, stoben die anderen auf und fegten ihre Dämonen herein. Und immer wieder blitzte Luna auf, als mahnte sie Amelie zu einer Entscheidung. Wenn sie könnte, müsste sie mindestens zehn Entscheidungen fällen. Aber sie fällte keine und schluckte rasch ihre Verachtung hinunter.

Zu Hause saß sie eine Stunde lang am Esszimmertisch. Die Hände stützten den Kopf, der Blick auf die leere Tischplatte gerichtet. Ihre Finger gruben sich ins Haar über ihrer Stirn. Die Fingernägel rieben über die Kopfhaut, hin und her, drückten sich dann und wann hinein. Mit Daumen und Zeigefinger der linken Hand fuhr sie an einem Haar entlang, straffte und hielt es. Daumen und Zeigefinger der rechten Hand übernahmen. An der Spitze angekommen, rissen sie es heraus. Sie legte es vor sich auf den Tisch. Mit der linken Hand zog sie ein neues Haar lang, riss es mit Hilfe der rechten heraus und legte es glatt neben das andere. Noch eins. Noch eins. Nach und nach wuchs ein wirres Büschel vor ihr heran. Sie stand auf. Sie strich die Haare zusammen und warf sie in der Küche in den Abfalleimer. Dann ging sie ins Bett und ließ sich vom Schlaf überwältigen.

Sieben Uhr, der Wecker klingelte. Sie stieg aus dem Bett, ging in die Küche und setzte Wasser auf. Unter der Dusche ließ sie sich mit geschlossenen Augen das Wasser über den Körper laufen, bis der Schlaf wich. Mit umgeschlungenem Handtuch setzte sie sich an den Tisch, trank Tee und frühstückte. Dann stand sie ratlos vor ihrem Kleiderschrank. Da hörte sie das Telefon läuten. Sie erschrak und blickte auf die Uhr. Es war kurz nach acht. Amelie nahm den Hörer, es knackte und rauschte in der Leitung, dann meldete sich Kugler.

»Entschuldigen Sie die Störung, Frau Frank. Ich rufe Sie aus Indien an und komme demnach heute nicht ins Büro.«

»Aus Indien?«, wiederholte Amelie.

»Ja, aus Rishikesh, um genau zu sein. Ich habe die Reise gestern Hals über Kopf antreten müssen. Der Anlass hätte schöner sein können. Aber soweit ist alles in Ordnung. Es ist gerade noch mal gut gegangen.«

»Was ist denn passiert, Herr Kugler«, fragte Amelie verwirrt.

Das Knacken und Rauschen wurde kurz lauter, dann setzte sich Kuglers Stimme wieder durch:

»Mein Vater ist hier. Er war für ein paar Tage von einem indischen Sammler in dessen Urlaubspalast wenige Kilometer außerhalb von Rishikesh am Ganges und am Fuß des Himalaya eingeladen. Er gab ein großes Fest, zu dem er Künstler, Sammler und Händler aus allen Kontinenten eingeladen hatte, als auf einmal ein Feuer ausbrach.«

»Das ist ja entsetzlich«, sagte Amelie erschrocken. »Wie geht es Ihrem Vater?«

»Man kann sagen, gemessen an den Umständen sehr gut. Wenn Sie den Palast sehen würden! Er liegt da in Schutt und Asche und raucht immer noch. Doch wie durch ein Wunder konnten sich offenbar alle retten, obwohl sie durch die Flammen hindurchmussten. Denn die Feier hatte rund um den Innenhof des Gebäudes stattgefunden. Alle sind sie auf die Berge zugerannt und hinauf über Felsen und Klippen, so weit sie konnten. Rosa, die mich begleitet, und ich sind ihnen dorthin gefolgt. Und hier sitzen wir jetzt und schauen hinab auf den von der Feuersbrunst gezeichneten Trümmerhaufen. Mein Vater ist völlig verstört. Er bricht immer wieder in Tränen aus und ruft leise den Namen meiner Mutter. Sonst sagt er fast nichts.«

»Er ist traumatisiert«, erwiderte Amelie.

»Er ist nicht wiederzuerkennen. Die äußere Glut muss die innere ausgetrieben haben.«

Jetzt lachte Kugler kurz.

»Nein, lustig ist das alles nicht«, fügte er schnell hinzu. »Mein Vater hockt auf einem Felsvorsprung und ist nicht zum Aufbruch zu bewegen. Nur wenn einer der Leidensgenossen an ihm vorbeistreift, erhebt er sich, drückt ihm die Hand und umarmt ihn. Offenbar empfinden die meisten von ihnen die Höhe als Sicherheit. Auch wenn die Pfade schmal sind und nur einer hinter dem anderen laufen kann, hier rasten bestimmt fünfzig Menschen wie eine Ziegenherde über Nacht im Vertrauen, der Hirte wache darüber, dass sich ihr kein Wolf nähert.«

Abermals wurde das Rauschen im Hörer lauter. Doch auf einmal glaubte Amelie, sich Gesang in das Geräusch mischen zu hören.

»Herr Kugler, singt da jemand?«, fragte sie.

»Ja, ein Äthiopier und ein italienisches Paar, zwei Männer und eine Frau. Das scheinen geistliche Gesänge zu sein.«

Kurz schwieg er.

»Eigenartig. – Aber schön. Es beruhigt tatsächlich.«

Amelie sagte nichts und lauschte den Klängen. Sie wurden lauter und deutlicher. Kugler schien sich den Sängern zu nähern, sodass Amelie jetzt den wiederkehrenden Text verstehen konnte:

»*Beati mundo corde, quoniam ipsi Deum videbunt, beati pacifici, quoniam filii Dei vocabuntur …*«

»Wenn man das hört«, sagte sie, »dann meint man, alles müsse gut werden.«

»Das hoffen wir«, erwiderte Kugler. »Ich informiere Sie, wenn ich weiß, wann wir die Rückreise antreten können.«

»Bitte richten Sie Ihrem Vater und Rosa meine besten Wünsche aus.«

Eilig zog sie sich an und verließ das Haus. Sie ging zum

Auto und fuhr los. An der ersten Ampel legte sie den Gang ein, hielt die Kupplung gedrückt und begann, sich die Wimpern zu färben. Bis sie ankam, war sie fertig, hatte Lippenstift aufgetragen und mit einem Wattestäbchen die ungewollten Sprenkel der Wimperntusche entfernt. Sie nahm den Aufzug.

»Guten Morgen, Frau Frank.«

»Guten Morgen, Frau Kamp.«

»Möchten Sie einen Kaffee? Ich mache Ihnen gerne einen.«

»Danke, Frau Kamp, diese fünf Minuten müssen einem heilig sein«, sagte Amelie und wartete, bis Frau Kamp mit dem Kaffee kam.

Nach einer kurzen Plauderei, in deren Verlauf Frau Kamp erwähnte, dass Kugler sich krankgemeldet habe, verschwand Amelie in ihrem Büro. Am Nachmittag nahm sie zwei Auswärtstermine bei Mandanten wahr, danach ging sie nur noch kurz zurück in die Kanzlei.

Atemlos
Träume rauschen rauf und runter. Riesen reisen im Schacht. Wale fressen wilde Kinder. Wasser wird zu Glas. Umklammert den Hals. Allüberall verzerrte Gesichter, grinsende Froschmäuler mit zerzausten Haaren ohne Quak. Dass Wasser aus Eis ist und die Maus schwimmen kann, habe ich nicht gesehen. Dass der Schrei ein Ton ist, den niemand hört, habe ich nicht gesehen. Dass der Sonnenaufgang Verrat ist, weil nur die Erde spazieren geht, habe ich nicht gesehen. Halte dich der Sonne fern, sonst verbrennst du. Hör auf zu schreien, sonst erstickst du. Meide das Wasser, sonst bindet es deine Lider zu einem Eisblumenstrauß.
Jetzt kotzt du die Eisbrocken deiner Seele aus. Baust Türme wie Riesen daraus. Die Erde ist erlahmt.

Viermal hintereinander war Mario inzwischen dem Unterricht ferngeblieben. An diesem Abend musste Amelie nicht auf ihren Balkon treten und in den frostig vernebelten Novemberhimmel schauen, sie wusste auch so, was dort vorging. Und schuld war Neptun, oder Poseidon. So harmlos war dieser wässrige Vernebler dann doch nicht. Er hatte als geiler Hengst die widerliche Medusa geschwängert, die Abscheuliche mit ihrem von kriechenden, zuckenden, sich wälzenden, züngelnden Schlangen bedeckten Kopf. Aus dem Schädel hervorgesprungen war das geflügelte Pferd Pegasus, als Perseus die Abscheuliche köpfte. Pegasus, der kopfüber als auffälliges Herbstviereck noch hoch am Himmel prangte, um bald zu verschwinden und dem Winter Platz zu machen. Im Zenit die Königin Kassiopeia, ebenfalls kopfüber, als Himmels-W. In diese Verrenkung hatte Poseidon sie gebracht. Er hatte sie so an den Himmel verpflanzt. Doch das war harmlos verglichen damit, dass er aus Rache das Seeungeheuer Keto an die Küste hetzte, weil Kassiopeia allerorts mit der unerreichten Schönheit ihrer Tochter Andromeda geprahlt hatte. Poseidon wütete, denn niemand durfte schöner sein als seine Meernymphen. Und bevor Keto alles zu verwüsten drohte, erklärten sich Kassiopeia und ihr Mann Kepheus, der am Himmel als liegendes Häuschen oberhalb seiner Gemahlin erschien, bereit, ihre Tochter dem Ungeheuer zu opfern. Keto äugte jetzt gerade noch über den Horizont. Welchem Gott auch immer sei Dank, kam Perseus mit seinem rötlich flackernden Teufelsauge, dem Dämonenstern, dem bösen Blick der Medusa, deren abgeschlagenen Kopf er stets bei sich trug, des Wegs und sah Andromeda. Angekettet an einen Felsen, rührte sie sich nicht. Doch dann, als das Ungeheuer in geblähtem Vernichtungswahn losstob, vergoss sie eine Träne. Perseus rammte Keto sein Schwert ins Genick. Schnaubend bäumte sich das Ungeheuer sofort wieder auf. Nun zückte Perseus den widerlichen Schädel, aus dem die Schlangen hervorkrochen, sich dicht verknäulten, wabernd sich windend, und hielt ihn Keto vor die Fratze. Das Monster erstarrte zu Stein. Perseus bekam Andromeda zur Frau, die am Himmel liegend in seine Richtung wies, an deren Arm sich in klaren Nächten mit dem Teleskop ein Nebelfleckchen als gewaltiger Sternenhaufen jenseits unserer Galaxie, jenseits unserer Weltinsel in seiner vor drei Millionen Jahren untergegangenen Gestalt zu erkennen gab. Aus der Ferne zurück im Hier und Jetzt lag auf einmal ein großes Haarbüschel vor Amelie auf der Tischplatte. Sie schob es mit beiden Händen zusammen und warf es in den Abfalleimer. Dreimal hatte das Telefon geklingelt, dreimal war Lunas Name erschienen, dreimal hatte sie das Geräusch nicht beachtet. Sie zog sich aus, putzte die Zähne und überließ sich dem Schlaf.

Am Morgen fand sie eine SMS von Luna vor:

> Liebe Amelie, ich weiß nicht mehr, wie oft ich dich seit meiner Rückkehr angerufen und nicht erreicht habe. Bitte gib mir ein Lebenszeichen. In drei Wochen breche ich nach Namibia auf. Bitte Amelie. Und bitte triff die Entscheidung. Sie drängt, das weiß ich. Triff sie und komm mit mir nach Südafrika. Deine Luna

Bis sie am Abend das Büro verließ, war es spät geworden. Sie stieg ins Auto und fuhr nicht nach Hause. Sie fuhr in Marios Straße, parkte wieder gegenüber seiner Haustür. Kaum hatte sie den Motor abgestellt, das Licht gelöscht und sich schräg vornübergebeugt, um das Fenster im vierten Stock ins Visier nehmen zu können, durchfuhr sie ein Schmerzblitz. Im Fenster brannte Licht. Sie atmete laut, hechelte, rang nach Luft, in unbeweglicher Verrenkung. Nur ihr Blick sprang zwischen Fenster und Tür hin und her. Von links näherte sich eine Gestalt. Als sie die Tür erreichte, hielt sie inne, wandte sich zum Eingang und drückte auf einen Klingelknopf. Einen Augenblick später fiel fahles Licht auf den dunklen Bürgersteig, und Amelie erkannte – ganz sicher – Connys Silhouette, die sich gleich darauf gegen die Tür stemmte und im Haus verschwand. Auch wenn sie ihn nicht hörte, der Schlag, mit dem die Tür zurück ins Schloss fiel, ging wie ein Hammerhieb auf Amelie nieder. Sie blieb sitzen. Kein Wort, keine Träne, als hätte der Schlag ihre Sargbretter vernagelt. Sie spürte von innen die Kälte ins Gesicht steigen. Dann spürte sie nichts mehr. Sie ließ den Motor an, blendete die Scheinwerfer auf, legte den Rückwärtsgang ein, rollte ein paar Zentimeter, um vorne Platz zu schaffen, sie fuhr behutsam an, drehte das Lenkrad nach rechts, bis die leere Parklücke hinter ihr lag. Dann fuhr sie geradeaus weiter. Verräter! Jetzt ist es so weit, Luna: Ich treffe eine Entscheidung. Das bin ich dir schuldig. Verrat.

Sie fuhr nicht nach Hause, sondern zurück in die Kanzlei. Sie drehte den Schlüssel im Haustürschloss herum, nahm den Aufzug. An der Kanzleitür tippte sie den Zahlencode ein und trat in den Korridor. Sie machte Licht. Sie ging ins Aktenarchiv, öffnete einen Schrank, schob eine pendelnde Akte nach der anderen zur Seite, bis sie fand, wonach sie suchte. Sie nahm die Mappe von der Stange und blätterte in den Papieren. Dann holte sie einen Stift und einen Zettel aus ihrer Handtasche, notierte zwei Namen, dazu Adressen und Telefonnummern. Sie klappte die Akte zu, hängte sie zurück und schloss den Schrank. Im Korridor löschte sie das Licht, bevor sie die Kanzlei verließ und mit dem Aufzug abwärtsfuhr.

Zu Hause zog sie sich aus, putzte die Zähne und legte sich schlafen.

Amelie steht schon bereit, als der Wärter die Zelle aufsperrt und die Tür öffnet. Sie hat sich eine Jacke übergezogen. Zusammen laufen sie die Flure entlang, dann zwei Treppen hinab bis zur Pforte. Neben dem Ausgang wartet Herr Blum in Anzug und leichtem Mantel. Als Amelie in Begleitung des Wärters erscheint, macht er ein paar Schritte auf sie zu. Trotzdem bringt sie der Wärter bis zur Tür, drückt die Klinke, zieht den Flügel auf und lässt sie mit Herrn Blum hinaustreten. Zum Abschied blickt er sie an und hebt wortlos das Kinn, womöglich um ihr ein »Also dann…« oder gar die Steigerung »Viel Vergnügen« mit auf den Weg zu geben.

»Ich freue mich sehr«, sagt Herr Blum, »dass die Gefängnisleitung für unser letztes Treffen diesen Ausflug ermöglicht. Und schauen Sie: Auch das Wetter spielt mit.«

Beide wenden sie den Blick nach oben und sehen in einen kräftigen, von Sonnenstrahlen erleuchteten Saphirhimmel, den die aufgerissenen Wolken wie ein Kranz aus Zuckerwattebäuschen rahmen.

»Haben Sie einen besonderen Wunsch, wo Sie hingehen möchten?«

»Nein, Herr Blum. Mir fällt nichts ein. Ich bin verloren. Ich überlasse mich Ihnen und gehe, wohin Sie mich führen. Das ist mir das Liebste.«

Herr Blum legt seinen Arm um Amelies Schultern und läuft mit ihr zum Besucherparkplatz. Er öffnet die Beifahrertür seines Wagens, hilft Amelie fürsorglich beim Einsteigen und Anschnallen, dann schließt er die Tür vorsichtig und steigt auf der anderen Seite selbst ein. Er fährt an, verlässt das Gefängnisgelände und schlängelt sich durch mehrere Straßen aus der Stadt hinaus, bis er am Rand eines Wäldchens anhält, einparkt, aussteigt, ums Auto herumgeht und Amelie, die sitzen geblieben ist, die Tür öffnet. Wieder legt Herr Blum den Arm um ihre Schultern und geleitet sie auf einen von Gräsern gesäumten Trampelpfad. Dann lässt er sie los. Gemächlich laufen sie an einem Bach entlang. Das rege Wasser funkelt, versenkt dann und wann die grellen Sonnenstrahlen im seichten Grund, um sie bald darauf auf seinem Stromgekräusel tanzend wieder aufsteigen zu lassen.

»Es ist schön hier«, sagt Amelie.

Einigen Veilchen, Butterblumen und Tausendschöns gelingt es nicht ganz, sich in den Ufergräsern zu verbergen. Herr Blum und Amelie erspähen sie beide als aus dem Grün blau-gelb-weiß herauslachende Tupfer. Amelie bittet Herrn Blum, sich die Schuhe ausziehen zu dürfen und die Füße ins Wasser zu halten. Sie läuft schräg vor, da geht der Bach schon fast in einen Weiher über. Mit Schuhen und Strümpfen in der Hand watet sie durch das klare Wasser.

»Nicht zu kalt?«, ruft Herr Blum ihr vom Ufer aus zu.

»Doch«, erwidert sie.

»Falls Sie noch nicht ganz wach waren, dann sind Sie es jetzt«, lacht er.

»Stimmt.«

Sie watet weiter.

»Ich laufe die paar Meter bis zum Weiher, wir treffen uns dort«, ruft sie.

Herr Blum setzt seinen Spaziergang fort, langsam schlendernd. Den Blick ins Nichts vor seinen Füßen gerichtet, bemerkt er auf einmal, wie Wärme seine Brust durchströmt. Er spürt, dass diese Wärme das Glück ist, das er empfindet, bei seinem letzten Besuch mit Amelie ihre erste Wiederbegegnung mit der Welt außerhalb der Gefängnismauern zu teilen. Wie er sie während der vier Jahre in den Gesprächen erlebt hat und wie sie sich nun nach fünf Jahren Isolation mit allen Sinnen herantastet an das, was sie längst vergessen haben muss oder vielleicht nie gekannt hat, bewegt ihn tief und gibt ihm das Gefühl, guten Gewissens mit seiner Frau ins einstige Ferienhaus nach La Palma übersiedeln und von Amelie Abschied nehmen zu können. Als er wieder aufblickt, liegt der Weiher schon vor ihm. Amelie sitzt mit nackten Füßen am Ufer, die Schuhe stehen neben ihr.

»Setzen Sie sich doch«, sagt sie.

Herr Blum folgt ihrer Aufforderung. Schweigend schauen sie aufs Wasser. Sie sehen Schilfhalme treiben, Enten ziehen vorüber und verzerren das Abbild der Wolkentürme auf der spiegelnden Oberfläche, hier und da springt ein Karpfen in die Luft. An manchen Stellen zieht der Himmel zu und bricht an anderen wieder auf. Weit hinter dem gegenüberliegenden Weiherufer entdeckt Amelie einen matten Regenbogen.

»Schauen Sie«, sagt sie und weist mit dem Zeigefinger in die Ferne.

Einträchtig beobachten sie, wie das Farbenkaleidoskop an Kraft gewinnt, wie der Bogen deutlicher wird, sodass er spielend als ganzes Kreisrund vorstellbar ist.

»Amelie, lassen Sie uns bald aufbrechen, bevor der Regen herüberkommt, damit wir noch trocken zum Auto gelangen«, sagt Herr Blum.

Amelie zieht Strümpfe und Schuhe an, dann stehen sie auf und laufen den Weg langsam zurück. Sie steigen ins Auto. Herr Blum lässt den Motor an. Gerade verlassen sie auf dem Besucherparklatz des Gefängnisses den Wagen, Herr Blum hält eine Tasche und einen Regenschirm in der Hand, da entlädt sich ein kräftiger Schauer. Herr Blum spannt den Schirm auf, legt seinen Arm um Amelie und geleitet sie zur Pforte. Dort bleibt er stehen. Da lässt der Regen schon wieder nach, letzte Tropfen fallen herab, und die Sonne triumphiert.

»Wir müssen hier Abschied nehmen, Amelie. Ich gehe nicht mehr mit hinein«, sagt Herr Blum. »Aber etwas möchte ich Ihnen noch geben.«

Er greift in die Tasche, entnimmt ihr eine lange Papierrolle, wickelt sie auf und überreicht ihr eine weiße Rose. Amelie nimmt sie entgegen, riecht an ihrem Kelch und atmet ihren Duft tief durch die Nase ein. Herr Blum umarmt sie, drückt sie an sich, lange. Seine Arme und sein Körper sind kräftig, das hatte sie nie wahrgenommen und spürt es jetzt. Auch sie legt ihre Arme um seinen Rücken. Für einen Moment schmiegt sie sich an ihn. Als er die Umarmung löst und weiter ihre linke Hand festhält, sagt sie:

»Ich danke Ihnen, Herr Blum. Ich danke Ihnen für die vier Jahre, in denen sie mich begleitet und mir geholfen haben, dass die Zahl Vier jetzt keine Rolle mehr spielt. Für mich sind diese Jahre jetzt alles. Und egal, wo Sie sich aufhalten, wie fern, wie nah, ich bewahre Sie als Ewigkeit im Herzen. Ich kam aus der Hölle in die Hölle, und Sie haben mich begleitet. Ich habe mich langsam aus ihren Fesseln gekämpft, und Sie haben mich begleitet. Ich konnte nach und nach Frieden und sogar Freiheit in mir spüren, und Sie haben mich begleitet. Danke.«

Herr Blum schaut Amelie an. Er lässt ihre Hand los,

lächelt. Sein Blick erreicht sie klar und direkt. Sein Gesicht ist hell. Aus dem Blumenkübel neben dem Trakteingang steigt summend eine Biene auf. Sie lässt sich auf Amelies Rose nieder und versenkt sich im Kelch. Beide schauen sie dem Insekt interessiert nach.

»Ich habe Ihnen mindestens genauso zu danken.«

Dann macht Herr Blum einen Schritt rückwärts, wendet sich um und schreitet Richtung Parkplatz. Er schaut nicht zurück. Amelie sieht ihm nach, bis er ihrem Blick verloren geht. Noch einen Moment lang bleibt sie stehen. Sie sieht die dahinschwindende Aprilsonne am Himmel prangen, kraftvoll, als wäre sie soeben aufgegangen. Dann geht sie hinein.

Eine Woche war vergangen, seitdem sie Conny bei Mario gesehen hatte. Telefonklingeln. Amelie schreckte zusammen. Im selben Moment durchfuhr sie ein Freudenschauer. Mario, schoss es ihr durch den Kopf. Sie sprang auf, eilte zum Apparat, der auf dem Sofa lag, und griff ihn hastig. Da klingelte das Handy schon gar nicht mehr. Nach zweimal Läuten war Schluss. Auf dem Display las sie: »Verpasster Anruf« von »Anonym«. Sie starrte auf die falschen Buchstaben. Wären es die richtigen gewesen, sie hätten ihr Vorhaben zunichtegemacht. Jetzt hatte es »Anonym« zweimal läuten lassen und würde es gleich wieder tun. Abermals klingelte es, in ihren Ohren schrill, und ließ sie erneut zusammenzucken. Sie nahm ab, blieb stumm. Eine Computerstimme gab den 2. Dezember an, die Uhrzeit, den Ort, fünfundzwanzigtausend Euro und fünftausend Anzahlung. Dann schnelles Tuten. Sie nahm einen Stift und einen Block, notierte mit der rechten Hand, die linke an der Stirn stützte den Kopf. Die Fingernägel rieben über die Kopfhaut, hin und her, drückten sich hinein. Mit Daumen und Zeigefinger fuhr sie an einem Haar entlang, straffte und hielt es. Sie ließ den Stift fallen. Dann riss sie das Haar heraus. Sie legte es vor sich auf den Couchtisch. Noch eins. Noch eins. Ihre Augen ohne Blick. Nur die einzelnen Haare auf dem Kopf und das dichter werdende Büschel vor ihr. Es füllte zwei Hände, als sie es zusammenschob. Sie stand auf, ging in die Küche, öffnete den Abfalleimerschrank, ließ das Haarknäuel hinabgleiten und schaute ihm nach. Wenn Mario endlich tot ist, höre ich damit auf. Vorher schaffe ich das nicht. Sie lehnte die Stirn an den Oberschrank, den starren Blick auf die kalten Fliesen an der Wand gerichtet. Hätte dieses Schwein heute angerufen, ich hätte ihm eine letzte Chance gegeben, eine letzte ohnehin vergebliche Chance. Ich hätte sie ihm gegeben. Jetzt ist er selbst daran schuld, was passiert. Ich kann ihm jetzt nicht mehr helfen. Verräter! Er war es, der uns dahin gebracht hat, wo wir nun sind. Er hat es heraufbeschworen, also hat er es gewollt. Ich tue ihm wieder einen Gefallen, und tue es wieder genauso gerne. Ich erlöse dich vom Schweinsein, Mario. Und ich erlöse alle, die unter dir leiden. Auch Conny wirst du verraten. Uns tust du nichts mehr. Ich weine keine Träne, bringe es vom Fußabtreter zur Tränentrocknerin. Du bringst es vermutlich gar vom skrupellos flötenden Mimöschen, schamlosen Dickaufträger, rücksichtslosen Gefühlsfleischwolf, doppelzüngigen Illusionsausbeuter, arglistigen Glatteisrumbatänzer zum gefeierten Mythos mit Heiligenschein. Bitte! Beschwer dich nicht. Du hast mich in einen dunklen Krater gerammt. Du zerstörst mich, und nichts anderes scheint dein Ansinnen gewesen zu sein. Du hast mir die Haut vom Fleisch gerissen. Ich bin lebensuntüchtig geworden, würde mich am liebsten auflösen, so wie du, und niemals deinen Weg gekreuzt haben. Einzig die Angst und du Arschloch halten mich davon ab. Mir bleibt Zerstörung oder Selbstzerstörung. Ich kann nicht so viel rauchen, trinken und Nächte durchwachen, wie ich es bräuchte. Du hast mich tatsächlich bezwungen, mich gefrieren lassen, mich unfähig gemacht zur Begegnung. Deshalb ist mein Leben so eintönig, wie es nur sein kann. Ich bin glücklich, wenn ich dich vergesse, für anderes bleibt keine Kraft. Das Liebste ist mir die Leere im Kopf, das Allerliebste. Nichts spüren, gar nichts wahrnehmen. Schlimm diese Mittelmäßigkeit: zu einfältig für Brillantes, zu bauernschlau für nichts. Eine Plage. Du füllst mein Lebensmosaik mit Stumpfsinn. Herz und Kopf hast du mit Mörtel aus Schmerzen zementiert, undurchlässig für den beseelt pfeifenden Atem der Traurigkeit. Der Kopf von Minimalismus gezeichnet, das erledigte Herz ein Eiszapfen. Leck mich am Arsch. Mein Untergang, meine Starre. Aber ich werde mit Luna nach Südafrika fahren. Und mich erholen. Von dir. Von allem.

Dann war es fast acht. Sie ging in die Diele. Ihre Tasche lag griffbereit. Sie verließ das Haus. Im Hinterhof schloss sie ihr Fahrrad auf, klemmte die Tasche auf den Gepäckträger und fuhr los. Sie hatte Gegenwind, trat kräftig in die Pedale, zehn Minuten, und sie war angekommen, stellte ihr Rad ab und betrat das Fitnessstudio. In der Kabine zog sie sich um, band ihr Haar zusammen, befüllte ihre Flasche mit Wasser. Eine halbe Stunde verbrachte sie auf dem Stepper, mit einem gleichmäßigen Puls zwischen hundert und hundertzwanzig, während aus ihrem Kopfhörer laut der erste und letzte Satz von Beethovens fünftem Klavierkonzert schollen. Den getragenen zweiten Satz übersprang sie. Die Musik explodierte mit dem ersten schallenden Tutti-Schlag, der die Truppen zusammenruft, und setzte Amelie in Bewegung. Dann schien das perlende Klavier von den von Ferne aus allen Himmelsrichtungen herbeiströmenden Soldaten zu erzählen. Ein zweiter lauter Appell, und sogleich spürte sie durch die wachsende Klavierintensität: Die Truppen sind nahe. Ein dritter Aufruf. Dann die Ruhe vor dem Sturm, bevor sie losmarschieren in die Schlacht. Trotzdem lösen Rückzugsträumereien immer wieder die Kampfeslust ab. Amelie trat kräftig weiter, bis beide Empfindungen verschmolzen und in den leichtfüßig fröhlichen dritten Satz übergingen. Danach drei Runden an fünf Geräten.

Es war stürmisch. Dunkle Regenwolken und klarer Himmel wechselten einander im Eiltempo ab. Von Zeit zu Zeit brachen grelle Sonnenstrahlen hervor. Amelie stand kurz vor Geschäftsschluss im beigen Kostüm, den Regenmantel überm Arm, in der Bankfiliale und wartete vor dem Schalter. Sie reichte den Auszahlungsschein hinüber.

»Bitte alles in Fünfhundertern«, sagte sie.

Die Bankangestellte zählte vor ihr die Scheine ab. Dann schob sie sie in einen Umschlag, den sie Amelie übergab. Amelie verstaute ihn in der Manteltasche, konzentriert auf jeden Handgriff und den Taschenschlitz. Sie verließ die Bank, schlüpfte in den Regenmantel, trat auf den Bürgersteig, lief die Straße entlang mit schnellen Schritten und zuweilen unsicherem Tritt bis in den Park und zu einer Bank an einem dicht von kahlen Bäumen gesäumten Schotterweg. An der Rückenlehne ein Messingschild, auf dem stand: »Für Gerd und Katja und ein ewiges Glück. 2009.« Sie setzte sich, tat, als läse sie in einer Zeitschrift. Sekündlich blickte sie über den Zeitungsrand nach rechts und links. Spaziergänger gab es kaum, gelegentlich einen Jogger, meistens vermummt mit Mütze, Schal und Kopfhörern auf den Ohren. Sie beachteten Amelie nicht. Nach siebzehn Minuten sah sie zwei Männer herankommen, dunkel gekleidet, einer mit schwarzer Wollmütze, einer mit Schirmmütze. Herzklopfen. Die beiden näherten sich, blickten ihr in die Augen, nahmen links neben ihr Platz.

»Lass uns locker tun«, sagte der mit Wollmütze neben ihr, »ich bin Igor, das ist Vladimir«, und legte seinen rechten Arm um ihre Schultern.

Vladimir beugte sich vor und gab ihr die Hand. Igor sprach akzentfrei mit klarer Stimme. Er war groß und drahtig. Vladimir wirkte dagegen zart, hatte feine Gesichtszüge, freundliche Augen und eine weiche, tiefe Stimme. Sie war damals nicht für ihren Fall zuständig gewesen. Aber Kugler hatte keine Gelegenheit ausgelassen, damit zu prahlen, dass er die beiden wegen Mangels an Beweisen freibekommen habe. Amelie merkte, dass sie sich nicht unwohl fühlte in ihrer Gegenwart. Trotzdem wollte sie das Zusammentreffen nicht in die Länge ziehen und sagte, dass sie alles dabeihabe.

»Wie geht es jetzt weiter?«

»Wir peilen den 21. Dezember an. Bis dahin haben wir uns ein Bild gemacht. Dann kann nichts mehr schiefgehen«, erwiderte Igor. »Wenn du es dir anders überlegst, sind die fünftausend für unsere Vorbereitung.«

»In Ordnung.«

»Gib ihr den Ablauf.«

Vladimir reichte Amelie eine aufgeschlagene Autozeitschrift. Mit dem Zeigefinger wies er auf einen eingeklebten Zettel.

»Da steht alles«, sagte er.

Amelie las, dass sie bei Bedarf an jedem der kommenden drei Montage abends zwischen acht und neun Uhr eine Nachricht hinterlegen könne. Am 5. Dezember am Stadtrand im Papierkorb einer Bushaltestelle der Linie 54, am 12. Dezember könne sie einen Zettel unter den Rock der Bronzefigur vor der Elisabethkirche kleben, am 19. sei die letzte Gelegenheit, da könne sie einen Zettel im linken Blumenkübel am Eingang des Jagdmuseums vergraben. Alles war genau beschrieben samt Skizzen und Koordinaten. Professionell. Sie händigte ihnen das Geld aus. Dann verabschiedeten sich Igor und Vladimir. Amelie blieb sitzen, schaute ihnen nach. Ein plötzlicher Regenguss zwang sie zur Bewegung. Sie rollte die Autozeitschrift zusammen, steckte sie in die Manteltasche. Sie spannte ihren Knirps auf und machte sich auf den Heimweg. Geleise in die Unendlichkeit, gewunden, verschwunden, kein Zurück. Geschlossen der Schalter. Der Zug rollt an. Entschwunden in der Unendlichkeit. Das Handy klingelte. Sie zog es aus der Manteltasche. Luna. Amelie lächelte, steckte es wieder ein und ging weiter. Es wurde doch noch eine klare Nacht. Und bitterkalt. Der Abendstern, ihr Lichtträger, bekam Besuch von der dünnen Mondsichel, bevor er dann schnell vom Himmel hinabfiel.

Am späten Vormittag holte sie ihr Handy aus der Handtasche, streckte sich und legte die Füße auf den Schreibtisch. Dreizehn Anrufe in Abwesenheit. Die Mailbox meldete sieben neue Nachrichten: dreimal Luna, zweimal ihre Mutter, einmal Philipp, einmal ihr Vater. Schon während der ersten Silbe drückte sie jedes Mal die Zwei, um die Nachricht zu überspringen. Nur ihren Vater hörte sie an. Er hoffe, Amelie habe endlich einmal wieder Zeit für ihn, um gemeinsam ein Theaterstück, die Oper oder ein Konzert zu besuchen. Aber er wolle mit ihr auch ins Elternhaus fahren, das Ende kommender Woche geräumt und dann verkauft werde. Sie solle sich nehmen, woran ihr liege. Die Mutter sei vor fünf Tagen nach Paris gezogen und verstört gewesen, weil sie sich von ihr nicht habe verabschieden können. Sie solle sich bitte, bitte bei ihm melden.

Den 5. Dezember hatte sie verstreichen lassen. Die Mondsichel war zum Mars gezogen. Und Mars lief angriffslustig mehr und mehr auf Neptun zu. Amelie rief den Vater an, um ihm zu sagen, dass sie nichts brauche. Das verstehe er, sagte der Vater und fügte hinzu:

»Wir müssen von etwas Abschied nehmen, Amelie.«

Dann sein Zärtlichkeits-Amelie.

»Das ist kein leichter Gang. Aber als deine Mutter die Entscheidung treffen konnte, bedeutete das auch Hoffnung. Vorher hatte es viele Qualen und viel Leid gegeben. Das hast du erlebt, und wir dürfen es nicht vergessen.«

»Vielleicht«, erwiderte Amelie.

»Ein bisschen ist es wie bei Dante, wenn er nach dem Gang durch Hölle und Fegefeuer endlich wieder das erste Licht erblickt.«

Dann rezitierte der Vater:

*»Um uns die Felsen, die den Pass bekleiden.*
*Nur wenig Himmels ließen sichtbar die,*
*Doch in dem Wenig sah ich Sterne stehen,*
*Und leuchtend sah ich sie und groß wie nie.*

*Der steile Weg, der enge Weg verschwand.*
*Sieh da die Sonne deine Stirn verklären,*
*Sieh Gras und Blumen, sieh die Bäume stehn,*
*So diese Fluren aus sich selbst gebären.*

Das ist menschenmöglich, Amelie. Der beste Beweis ist deine Mutter.«

Amelie schwieg.

»Wollen wir uns bald einmal wiedersehen?«, fragte er noch einmal.

»Ja, natürlich«, erwiderte sie.

»Wann immer du möchtest. Gib mir ein Zeichen.«

Dann noch einmal sein Zärtlichkeits-Amelie.

Der zweite Montag verstrich. Amelie wurde Zeugin des Todeskampfes Tausender winziger Steinchen, die mit der Erde kollidiert waren und mit einem langen, stummen

Feueraufschrei vor dem schwarzen Himmel über ihrem Kopf verglühten, sodass wenige Sekunden später nichts mehr von ihnen übrig war. Es schien ein Protestaufmarsch der Gefallenen im Gange, so zahlreich, so auffällig vollführten sie ihre Todesmeuterei.

Eine SMS von Luna:

> Meine Liebe, morgen breche ich auf, ohne ein Wort von dir. Ich sage einfach, dass ich auf dich warte. Auf der anderen Seite der Welt. In der Sonne. Und außer mir, das habe ich mir sagen lassen, warten die Milliarden und Abermilliarden Sterne der Milchstraße zum Greifen nah. Deine Luna

Amelie reichte bei Frau Kamp ihren Urlaub ein. Am 22. wollte sie alles zusammenpacken, am 23. nach Windhoek fliegen und erst am 15. Januar zurückkehren. In der Mittagspause blieb sie im Büro und buchte den Flug. Achttausend Kilometer schnurgerade hinunter auf die andere Erdhälfte. Zu Luna.

Wieder Montag. In voller Pracht der Aufzug der Wintersternbilder hoch am Himmel. Der Himmelsjäger Orion, Sohn des Poseidon mit seinem Schwertgehänge am glänzenden Gürtel und der rotäugige Stier. In seinem dreieckigen Kopf ein Sternenhaufen, die Plejaden, aus dem sieben Schwestern am hellsten strahlten. Orion war schon immer hinter ihnen her gewesen. Und weil er sich nicht hatte zügeln lassen, musste Zeus die Mädchen zu ihrem eigenen Schutz in Tauben verwandeln und an den Himmel setzen. Wie man sah, wurden sie Orion auch dort nicht los. Doch erreichen konnte er sie bisher nicht. Wenn Amelie aus Namibia zurückkehren würde, würden die Plejaden nicht mehr lange verweilen, weil der Frühling nahte. Wenn sie verschwanden, begann für die Bauern die Zeit der Aussaat;

stiegen sie im Herbst wieder auf, sollte geerntet werden. Dann war es auch nicht mehr ratsam, in See zu stechen, weil schwere Orkane drohten. Amerikas Ureinwohner hatten sie bei der Bison-Treibjagd begleitet, die Babylonier feierten Neujahr, wenn sie untergingen. Kein Gestirn am Himmel war für die Menschen rund um den Globus von vergleichbar direkter Bedeutung gewesen. In Namibia, auf der anderen Erdhälfte, würden sie jetzt nicht zu sehen sein. Und dort stand Orion auf dem Kopf.

Sang- und Klanglos
Jubilieren in Grotten, tirilieren im Schnee.
Schauerrufe dringen durch finstres Schwarz,
Ein Schattengeflecht mit lautlosen Schwingen.
Grauen soll singen, Angst soll springen, Lustschlingen.
Vor Totenkerzen flackern Augen gelb wie Harz,
Dabei, bloß ersticktes Liebesweh.
Pannenballen krallen lallen fallen. Schluss.

»Frau Kamp, ich verabschiede mich für heute. Ich habe einen Termin«, sagte Amelie. »Wir sehen uns morgen noch mal vor meinem Urlaub. Aber übers Handy bin ich erreichbar.«

Sie lief durch die Stadt, ziellos und ruhig. Hier und da blieb sie vor einem Geschäft stehen. Im Schaufenster eines kleinen Modeladens fiel ihr Blick auf ein rotes Kleid. Enganliegend geschnitten bis übers Knie, ärmellos, mit Stehkragen, rotem Spitzeneinsatz entlang der linken Seite und einem Oval rückenfrei. Sie drückte die Tür auf und bat, es anprobieren zu dürfen. Sie gefiel sich. Bezahlte. Beinahe beschwingt trat sie aus dem Laden. Die Straßenbeleuchtung ging an. Es dämmerte. Zu Hause kochte sie Spaghetti und bereitete eine Soße aus Tomaten und Basilikum zu. Sie schenkte sich ein Glas Rotwein ein, stellte alles auf den Couchtisch und zündete eine Kerze an. Sie legte die Goldberg-Variationen auf, gespielt von Glenn Gould, machte die Stehlampe an und löschte das Deckenlicht. Alles war vorbereitet für einen ruhigen Abend. Sie fühlte nichts mehr, nur die Musik. Nur noch die Musik. Und eine kleine Nervosität, ein leichtes Kribbeln in der Magengegend, einen sanften Druck spürte sie, der nicht der Rede wert war. Sie nahm einen Schluck Wein, sog ihn langsam ein, brachte ihn zur Entfaltung, bevor er ihre Kehle hinabrann. Sie umwickelte eine Gabel mit Spaghetti und schob sie in den Mund. Der Tag neigte sich dem Ende entgegen, lag fast hinter ihr. Morgen Ordnung schaffen und packen, übermorgen fort. Dass sie im Taxi zum Flughafen wieder zu leben beginnen wollte und endlich wieder könnte, war in den vergangenen Wochen zu einer von Klarheit erfüllten Überzeugung gewachsen. Igor und Vladimir musste sie zugutehalten, gerade diesen Tag ausgesucht zu haben. Es war der dunkelste und kürzeste Tag. Durch ihre Neigung, in der sie um die Sonne wandert, gewährte die Erde der Sonne auf der nördlichen Halbkugel just an diesem Tag den geringstmöglichen Platz zu scheinen. Schon in den frühen Abendstunden war die Schwärze vollkommen. Neptun musste sich mehr und mehr vor Mars in Acht nehmen, der mit martialisch funkelnder Munition direkt auf ihn zumarschierte. Und Mars war nicht allein. Auch der Abendstern, der Mephisto am Himmel, der gefallene Engel, hatte die Verfolgung aufgenommen. Er war Mars dicht auf den Fersen, hatte ihn nahezu eingeholt und trieb ihn zum Angriff anfeuernd vor sich her. Angst hatte Amelie nicht. Nicht eine schwindende Sonne, sondern die Erde selbst brachte die finsterste Finsternis, sodass es finsterer nicht ging. Und wenn es finsterer nicht ging, wurde es folglich wieder hell und heller. Langsam und gemächlich würden die Nächte kürzer und die Tage länger werden. Doch mit ihrem Sprung auf die andere Erdhälfte würde Amelie sich mit Siebenmeilenstiefeln vorwärts ins Licht schwingen. Sie nahm ihr Handy, um Lunas letzte Nachricht zu öffnen. Darunter schrieb sie:

Liebe Luna, ich lande an Heiligabend morgens um halb sieben in Windhoek. Ich freue mich auf dich. Deine Amelie

Sie trank einen Schluck Wein und nahm eine Gabel Nudeln. Da vibrierte schon ihr Apparat.

Amelie, was für eine wundervolle Nachricht! Du wirst hingerissen sein. In der Abenddämmerung färbt sich der Himmel orange, rot, rosa, lila, dunkelblau, bis er tiefschwarz wird. Dann fangen die Sterne an zu funkeln. Die Milchstraße leuchtet so hell, dass sie deinen Schatten auf die Erde wirft. Amelie, mir ist erst hier bewusst geworden: Wir alle leben unter dem einen Sternenzelt. Da hätte ich wirklich früher schon einmal hinaufschauen können. Und dass das so ist, ruft ein Gefühl von Eingebettetsein in die Unendlichkeit des Universums hervor. Am hiesigen Himmel deutet uns das das Sternbild des Kentaur an, das sich sanft um das Kreuz des Südens legt. Das habe ich schon gelernt. Ich erwarte dich am Flughafen. Deine Luna

Amelie freute sich auf das Kreuz des Südens und den Kentaur, die sie beide noch nie am Himmel hatte sehen können. Das Kreuz des Südens war der Himmelssüdpol, und dicht daran der denkbar freundlichste Kentaur mitten in der

Milchstraße – zu Lebzeiten Chiron, der weise Lehrer zahlreicher Helden, der Heiler, der, nachdem ihn Herakles mit einem fehlgeleiteten Giftpfeil getroffen hatte, so sehr litt, dass er Zeus anflehte, ihm die Unsterblichkeit zu nehmen, und von diesem als Sternbild an den Himmel gesetzt wurde.

Die Uhrzeit kannte sie nicht, nur das Datum hatten Igor und Vladimir sie wissen lassen. Schließlich wollten sie morgen ihr Geld haben. Zwanzigtausend Euro. Deshalb beging sie den ganzen Tag so, als wäre jede Minute die entscheidende. Sie brachte den leeren Teller in die Küche. Sie drehte den Wasserhahn auf. Als der Wasserstrahl heiß wurde, nässte sie den Schwamm ein, ließ etwas Spülmittel darauftropfen und rieb Teller und Gabel sauber. Dann trocknete sie ab und räumte auf. Anschließend wischte sie die Spüle blank.

Plötzlich schrillte die Türklingel. Immer wieder, immer länger. Sie zuckte zusammen. Blieb starr für einen Moment. Kurz darauf löste sich der Schock, sie ging zur Tür und öffnete. Als die vermummten Polizisten mit auf sie gerichtetem Gewehrlauf ihre Wohnung stürmten, war ihr klar, dass Igor und Vladimir sie verpfiffen hatten. Der Schreck, der sie bei diesem Anblick durchfuhr, war verhältnismäßig schwach. In Handschellen wurde sie abgeführt, Arme auf dem Rücken. Zwei Polizisten zogen sie grob die Treppe hinab, ein weiterer sicherte die Stufen vor ihr, einer die hinter ihr. Dann in einen Kleinbus. Dort legten sie ihr Fußfesseln an. In der Justizvollzugsanstalt wurde sie dem Haftrichter vorgeführt. Er informierte sie vorwurfslos, ihr werde Anstiftung zum Mord zur Last gelegt. Sagen brauchte sie nichts. Sie erfuhr noch, dass sie sich am nächsten Tag einen Anwalt bestellen könne, falls sie sich nicht in der Lage sehe, ihre eigene Verteidigung zu übernehmen.

Dann in Untersuchungshaft. Allein.

Sie unterbricht das Grollen des dampfenden Wassers und gießt einen weißen Kunststoffbecher voll. Sie hängt einen Teebeutel hinein, sieht das Wasser nach und nach die Farbe der grünen Schlieren annehmen. Minzgeruch steigt ihr in die Nase. Sie nimmt einen Block, legt ihn auf den Tisch, greift nach einem Stift und setzt sich. Kurz hält sie inne, schaut durch die karge Wand hindurch. Dann senkt sie den Blick auf das Blatt Papier vor sich.

Lieber Mario,
ich habe keinen Mord begangen, aber ich hätte es getan. Auf die tragischste Weise hast du mich davor bewahrt. Ich wünschte, ich könnte sagen: Das hättest du nicht tun dürfen! Ich kann es nicht sagen. Allzu unvorstellbar, was sich in dir hätte abspielen müssen, wären Igor und Vladimir drei Tage früher bei dir eingedrungen. Ich weiß nur, deine Augen, sie hätten das Unvorstellbare erzählt, alles in einem einzelnen Augenblick. Stumme Rufer, abermals unerhört. Schicksalsverflochten über Jahre, deren Zahl in jeder Hinsicht nichtig ist. Ich, die, die ich war, bin die, die ich bin. Kühn gedeiht durch Ertragen Verklärungsversagen. Wünschen und Wollen ersticken in Demut. Wie Schnee unter den Liebkosungen der Sonne

schmelzen Träume und fließen ins Herz. Das Gedächtnis kapituliert. Der Verstand kapituliert. Die Sprache kapituliert. Ins Unvermögen flimmern leise Funken der Herrlichkeit. Ich verschließe die Augen nicht vor ihnen. Mir bleibt ein gebundenes Buch, dessen Blätter bedeutungslos sind. Über den Tod hinaus.

Dass Igor und Vladimir deinen Leichnam vorfanden und die Polizei in Connys Begleitung beinahe im selben Moment die Tür aufbrach, lässt jede Urteilsbereitschaft erlöschen. Ich bete, auch wenn ich nicht weiß, zu wem. Ich bete zu den Sternen.

Deine Amelie

Sie reißt das Blatt aus dem Block, faltet es zweimal. Dann nimmt sie eine Scheibe Brot vom Teller, legt den Brief darauf und schlingt ein Haargummi herum. Sie schiebt den Stuhl unters Fenster, steigt hinauf, öffnet das Fenster und streckt den Arm durch die Gitterstäbe. Sofort gleitet von fern ein Rabe herbei. Mit dem Schnabel nimmt er ihr den Brief aus der Hand und fliegt davon, hinauf, hoch hinauf zur Sonne und zu den Sternen.